7

초판 1쇄 인쇄일 2019년 6월 14일 | **초판 1쇄 발행일** 2019년 6월 19일

지은이 조휘 | **펴낸이** 곽동현 | **담당편집 팀장** 이범수
편집부 정요한 홍현주

펴낸곳 (주)조은세상 | 출판등록 제2002-23호
주소 경기도 연천군 미산면 청정로1355
TEL 02)587-2966 | FAX 02)587-2922
E-mail bukdu@comics21c.co.kr

조휘ⓒ2019
ISBN 979-11-6432-304-3 | ISBN 979-1-89785-63-5(set)
값 8,000원

※잘못 만들어진 책은 바꿔드립니다.
※저자와의 협의에 의해 인지는 생략합니다.

독재자

조휘 대체역사장편소설

ALTERNATIVE HISTORY FICTION

7

북두
(주)좋은세상

조휘 대체 역사 장편소설

NEO ALTERNATIVE HISTORY FICTION

CONTENTS

독재자

1장. 송환

　대마도에 무사히 도착한 한국군은 정박을 위해 아소만에 만들어 둔 군항으로 들어갔다. 이준성은 지금 충무함대 기함으로 유명한 세종대왕함의 선수 위에 서서 점점 선명해져 오는 군항 부두를 감회에 찬 시선으로 바라보는 중이었다.

　대마도를 떠날 때만 해도 걱정이 이만저만이 아니었다. 한국군은 임진왜란과 정유재란에서 연달아 승리하며 강하다는 사실을 대내외에 증명했다. 그러나 사면이 바다로 이루어져 있는 적진 한가운데에 상륙하는 것은 아예 차원이 다른 문제였다.

　섬으로 이루어진 적국을 상대로 상륙 작전을 펼치기 위해선 우선 대규모 병력과 물자를 안전하게 수송할 수 있는 정밀한 수송 능력이 필요했다. 또 상륙한 다음엔 최소 수배에 달하는 적을 막아 낼 수 있는 강력한 군사력을 갖춰야 했다. 이 두 가지 문제를 먼저 해결하지 못하면 수만 명이 이역만리 타지에서 객사하는 최악의 결과가 발생할 수 있었다.

육지에서 하는 싸움이라면 죽을힘을 다해 활로를 뚫든, 말고기를 뜯어 먹으며 철벽 방어를 펼치든 해서 버텨 볼 자신이 있었다. 그러나 이동에 제한을 받는 섬과 바다에선 그러기가 힘들었다. 수송 능력이 떨어지면 작전에 차질을 빚을 가능성이 컸다. 또 군사력이 적의 군대를 압도하지 못하면, 적들에게 포위당한 상태에서 전멸과 자결 중 하나를 택하게 될 터였다.

그러나 다행히 그의 우려는 기우로 판명 났다. 한국군은 그가 세운 복잡한 작전을 완벽히 수행해 내는 저력을 보여 주었다.

합참의장 이순신 장군이 이끄는 해군 별동함대가 양동작전을 전개해 왜국 본토의 수비 병력 대부분을 규슈로 유인한 사이, 이준성이 지휘하는 주력 부대는 300킬로미터에 달하는 긴 거리를 은밀히 항해해 긴키 북부 해안에 상륙하는 데 성공했다. 그리곤 교토와 오사카를 공격해 원정 전에 세운 목표를 100퍼센트 달성한 후에 금의환향 중이었다.

이준성은 각이 잡힌 검은색 장교용 제복 위에 검은색 가죽

바람막이를 걸친 상태에서 팔짱을 낀 자세로 부두를 응시했다.

지금 이준성이 걸친 장교용 제복은 하얀색 셔츠, 단추로 잠그는 검은색 상하의, 가죽 전투모, 가죽 전투화 등으로 이루어져 있었다. 전체적인 형태는 몸에 달라붙는 양복과 비슷했다. 하지만 양복처럼 앞이 깊이 파여 있지는 않았다. 그 대신 목까지 단추로 잠글 수 있는 형태여서 20세기에 학생이 착용하던 교복과 비슷했다. 또 셔츠는 부드러운 비단으로, 상하의는 목면으로 만들어 단가가 높을 뿐 아니라 멋까지 갖춰 장교용 제복 때문에 입대하는 사람까지 있었다.

원래 장교용 제복 옷깃에는 금과 은으로 제작한 계급장을 다는 게 군법이었다. 위관과 영관은 은으로, 장군은 금으로 제작한 계급장을 다는데 이준성이 입은 제복에는 계급장이 없었다. 최고 통수권자에게는 계급이 따로 없기 때문이었다. 대신 상의에 부착하는 단추를 전부 순금으로 제작했다. 또 단추 겉에 용을 음각하며 화려함에 위엄을 더하였다.

이준성은 오른쪽 다리를 살짝 움직여 보았다. 통증이 전해졌다. 그는 마지막 전투에서 적의 무기에 오른쪽 허벅지를 찔려 크게 다쳤다. 전투가 끝난 후에 증류주로 상처 부위를 소독한 다음 의료용 실로 상처를 봉합해 치료했다. 하지만 아직 다 낫지 않았는지 움직일 때마다 약간의 통증이 있었다.

이준성은 미간을 찌푸리며 중얼거렸다.

"덧나지 않으면 좋겠는데."

통증을 떨쳐 내기 위해 이를 악문 그는 고개를 돌려 부두를 보았다. 부두에는 그보다 열흘 먼저 도착한 별동함대 장교들이 일렬로 늘어서서 그가 도착하기를 기다리는 중이었다.

흰 제복을 착용한 해군 장교와 검은색 제복을 착용한 육군 장교 수십 명이 부두에 오와 열을 맞추어 나란히 서 있는 모습은 장관이 따로 없어 그야말로 감탄사가 절로 나왔다.

잠시 후, 배에서 내린 이준성은 오른쪽 다리를 약간 절뚝이며 장교단 맨 앞에 서 있는 이순신 장군 쪽으로 걸음을 옮겼다. 그런 이준성의 뒤를 세종대왕함에 같이 승선해 있던 권응수, 권준, 유응수, 명회, 이정암, 한명련 등이 급히 쫓았다.

이준성을 본 이순신 장군은 즉시 한쪽 무릎을 꿇으며 외쳤다.

"대공을 이루신 것을 경하드리옵니다, 주상전하!"

이순신 장군의 선창이 끝나는 순간, 육해군에서 나온 장교 30여 명이 절도 있게 군례를 취하며 복창하였다.

"대공을 이루신 것을 경하드리옵니다, 주상전하!"

그들의 목소리가 얼마나 큰지 아소만 전체가 쩌렁쩌렁하게 울릴 정도였다. 이준성은 경례로 답례한 후에 여전히 한쪽 무릎을 꿇은 자세로 앉아 있는 이순신 장군을 붙잡아 얼른 일으켜

독재자 7

세웠다.

이준성은 이순신 장군을 바라보며 진심을 담아 말했다.

"이번 대공이 어찌 나만의 공이라 할 수 있겠소. 아마 공과 공의 부하들이 규슈에서 양동작전을 완벽히 수행해 주지 않았으면, 이번과 같은 대공을 절대 이루지 못했을 것이외다."

이순신 장군은 고개를 숙였다.

"성은이 망극하옵니다, 전하."

"바람이 아직 차오. 남은 얘기는 실내로 들어가 마저 나눕시다."

이준성은 부두 근처에 있는 사무소로 향했다. 그때, 이순신 장군이 다리를 절뚝이며 걷는 그를 걱정스레 보며 물었다.

"다리를 다치셨사옵니까?"

이준성은 쓴웃음을 지었다.

"별거 아니오. 왜적이 마지막에 발악하는 바람에 조금 다치긴 했지만, 치료를 받아 다행히 지금은 거의 다 회복한 상태요."

이순신 장군은 걱정이 가시지 않은 표정으로 권했다.

"소장의 진중에 외상에 잘 듣는 약재가 몇 가지 있사옵니다. 부관을 시켜 보내 드릴 터이니 꾸준히 복용하시옵소서."

"고맙소. 공의 성의를 생각하여 꼭 챙겨 먹도록 하겠소."

이준성은 이순신 장군 등과 대화를 나누며 아소만에 있는 대마도 항만관리사무소 안으로 들어갔다. 빠른 배를 먼저 보내 그들이 대마도에 곧 도착한단 소식을 미리 전해 놓았으므로 관리사무소 대청에는 간단한 주안상이 차려져 있었다.

연회장 상석에 앉은 이준성은 좌측에 이순신 장군을, 우측에 권응수 장군을 앉힌 뒤 앞에 있는 술잔을 높이 들었다.

"자, 다들 앞에 있는 술잔을 잡아 높이 드시오!"

"예, 전하!"

육해군 주요 지휘관들은 시키는 대로 술잔을 높이 들었다.

이준성은 지휘관 한 명, 한 명과 시선을 맞추며 말했다.

"다들 고생이 많았소. 해군은 상륙 작전과 양동작전을 수행하느라 고생이 많았소. 또 육군은 육군대로 왜국 본토에 상륙해 수많은 왜적과 싸우느라 고생 많았소. 비록 이번 원정에서 적지 않은 인명 피해를 입었지만, 원정의 목표를 완벽히 달성했다는 점에서는 소기의 성과를 거뒀다 할 수 있을 것이오. 이번 원정의 뒤처리와 논공행상 등 몇 가지 문제가 아직 남아 있긴 하지만, 오늘만은 다 잊고 신나게 즐깁시다. 자, 대한민국의 무궁한 발전과 안녕을 위해 축배를 듭시다!"

건배사를 마친 이준성은 술잔의 술을 단숨에 비웠다.

"성은이 망극하옵니다!"

연회에 참석한 장교들은 일제히 예를 표한 다음, 치켜든 술잔을 입에 가져가 단숨에 비웠다. 그다음부턴 다들 자유롭게 먹고 마시며 연회를 즐겼다. 작전 기간에는 술을 마실 수 없었으므로 다들 몇 달 만에 처음으로 입에 대는 술이었다.

장교 대부분은 잔에 술을 채우기 무섭게 걸신들린 사람처럼 목구멍에 쏟아부었다. 물론 술을 즐기는 방법은 각양각색이었다. 술 자체에 집중하는 장교가 있는가 하면 술보다 술자리가 자아내는 분위기를 즐기는 장교 역시 적지 않았다.

이준성은 왼쪽에 앉은 이순신 장군 잔에 술을 따르며 물었다.

"병사들에게 술과 고기를 나눠 주었소?"

"예, 전하. 지금쯤이면 다들 기분 좋게 취해 있을 것이옵니다."

"잘했소."

고개를 끄덕인 이준성은 일어나서 장교들에게 술을 손수 따라 주었다. 혼자서 수십 명의 잔에 술을 따라야 했기 때문에 꽤 귀찮은 일이었지만, 이들이 없었으면 오늘의 승리 역시 없었을 게 틀림없는지라 귀찮다는 생각은 별로 들지 않았다. 술을 다 따라 준 그는 계급이 낮은 장교들이 윗사람 눈치 보는 일 없이 즐겁게 놀길 바라는 마음에서 이순신, 권응수 두 장군과 다른 곳으로 자리를 옮겨 차를 마셨다.

이준성은 차를 한 모금 마신 후에 이순신 장군을 보았다.

"내일부터 대마도에 사는 왜인을 배에 태워 규슈로 보내시오."

이순신 장군이 찻잔을 내려놓으며 물었다.

"대마도를 영구히 점령할 생각이시옵니까?"

"그래야겠소. 대마도는 한반도와 너무 가까워 이곳을 이대로 내버려 두면 왜적이 나중에 한반도 공략을 위한 전초 기지로 사용할 가능성이 있소. 해서 이참에 이곳을 우리 한국의 영토로 편입시켜 왜적의 야욕을 사전에 차단할 생각이오."

"바로 조치하겠사옵니다."

이순신, 권응수 두 장군은 차를 마신 후에 숙소로 돌아갔다.

두 장군을 배웅한 이준성이 돌아와 잠자리에 막 들려는 순간, 대마도에 와 있던 국왕 비서실장 강주봉이 안으로 들어왔다.

"전하, 은호원장이 왔사옵니다."

"오, 안으로 들이게."

"예, 전하."

잠시 후, 못 본 사이에 수염을 기른 강태봉이 안으로 들어왔다.

"그동안 옥체 만강하셨사옵니까?"

"못 본 사이에 수염을 길렀군."

강태봉이 수염을 쓰다듬으며 물었다.

"이상하옵니까?"

"아니, 잘 어울려. 전엔 뭔가 경박한 느낌이 없지 않아 있었는데 수염을 기른 후엔 일국의 중신다운 기품이 느껴지는군."

강태봉은 즉시 머리를 조아렸다.

"황송하옵니다."

"그래, 무슨 일로 왔는가?"

"일전에 명하신 대로 고니시 유키나가와 소 요시토시 두 사람을 데려와 대마도에 있는 가족과 만나도록 해 주었사옵니다."

이준성은 미간을 살짝 찌푸리며 물었다.

"그들은 지금 어디 있나?"

"가까운 곳에서 전하의 어명을 기다리는 중이옵니다."

"두 사람은 우리말이 좀 늘었나?"

"둘 다 일상적인 대화는 가능하단 보고를 받았사옵니다."

"음, 지금 시간이 늦긴 했지만, 오늘 할 수 있는 일을 내일로 미룰 필요는 없겠지. 자넨 가서 두 사람을 데려오도록 하게."

"알겠사옵니다."

강태봉은 잠시 후 고니시 유키나가와 소 요시토시 두 사람을 데려왔다. 이준성을 발견한 두 사람은 긴장한 표정으로 즉시 엎드려 큰절을 올렸다. 이준성은 직접 두 사람을 일으켜 세운 다음, 앞에 놓여 있는 의자 두 개를 가리켜 보였다.

"거기 있는 의자에 앉게."

"성은이 망극하옵니다."

의자에 앉은 두 사람은 긴장한 표정으로 이준성을 바라보았다.

이준성은 두 사람을 한 차례 주의 깊게 응시한 후에 물었다.

"두 사람을 이곳에 부른 이유는 이번 원정의 뒤처리를 맡기기 위해서네. 대마도에 사는 왜인은 물론이거니와 한국에 있는 포로 역시 나보단 두 사람을 더 신뢰할 것이기에 이번 전쟁의 뒤처리를 맡기려는데, 두 사람 의향은 어떠한가?"

고니시 유키나가가 머리를 조아리며 유창한 한국말로 답했다.

"맡겨 주시옵소서. 어떤 일이든 성심을 다해 완수하겠사옵니다."

"좋아. 두 사람을 믿어 보지."

이준성은 두 사람에게 그들이 해야 할 일을 상세히 알려 줬다.

◆ ◈ ◆

고니시 유키나가와 소 요시토시, 두 사람은 이준성이 내린 지시를 수행하기 위해 다음 날 바로 움직였다. 그들이 가장 먼저 한 일은 대마도에 거주하는 왜인을 왜국 영토인 규슈로 이주시켜 대마도를 한국 영토로 편입시키는 작업이었다.

고니시 유키나가와 소 요시토시 두 사람은 일단 이준성이 편한 방법을 쓰지 않았단 점에서 감복하는 눈치였다. 사실,

대마도를 편입시키는 방법은 아주 간단했다. 대마도에 사는 주민을 노예로 만들어 버리면 그만이었다. 그게 싫으면 그들을 한곳에 모아 학살해 버리면 그만이었다. 한데 이준성은 그러지 않았다. 그는 쉬운 길 대신 어려운 길을 택했다.

대마도를 한국 영토로 편입하는 작업은 소 요시토시가 전담했다. 소 요시토시는 포로로 잡히기 전까지 대마도를 통치하는 도주였다. 그리고 그가 포로로 잡힌 다음에는 그의 일가가 그를 대신해 대마도를 다스려 왔다. 그런고로 소 요시토시가 이번 계획하는 주도하는 것이 최선이라 할 수 있었다.

대마도 전 주민을 한자리에 모은 소 요시토시는 그들에게 두 가지 선택지를 제시한 다음, 그중 하나를 고르도록 하였다.

첫 번째는 대마도에 계속 거주하는 대신에 한국으로 국적을 완전히 옮겨야 한단 선택지였다. 물론 단순히 국적만 옮기는 데서 끝나는 게 아니라, 한국의 말과 글을 배워 한국인으로 완전히 귀화해야 한다는 세부 조건이 붙은 선택지였다.

두 번째는 본토로 이주하는 선택지였다. 태어나 지금까지 쭉 살아왔던 정든 고향과 직장이 있는 생활 터전을 떠나야 하는 대신에 이주비용은 한국 정부가 부담하기로 하였다.

대마도 주민은 곧 두 가지 선택지 중 하나를 골랐다. 반은 남는 선택을, 반은 왜국으로 이주하는 선택을 골랐다. 물론 소 요시토시와 그의 가문에 속한 사람들은 왜국으로 돌아갈 수 없는 형편이라, 당연히 대마도에 남는 선택을 골랐다.

소 요시토시에게 진척 상황을 보고받은 이준성은 포로수
용소에 있는 왜국 수군 지휘관 도도 다카토라를 불렀다.

정유재란에 참전한 왜국 수군 전체를 지휘하던 도도 다카
토라는 가덕도에서 벌인 한국 해군과의 정면 대결에서 대패
했다. 그리고는 그 자리에서 바로 체포당해 포로수용소에 갇
혔다.

이준성이 이번 왜국 원정을 계획할 때 가장 고민한 부분은
바로 턱없이 부족한 한국군의 수송 능력이었다. 왜국 원정을
성공리에 마치려면 최소 5만 명 이상의 병력과 100여 문의
진천 1호, 그리고 그 병력이 사용할 무기와 포탄, 군량 등을
300킬로미터 이상 실어 나를 수 있는 대규모 수송 함대가 있
어야 했다. 한데 한국군과 한국 정부에게는 당장 그만한 규
모의 수송 함대를 만들어 낼 수 있는 여력이 없었다.

이준성은 고민 끝에 왜국이 보유한 수송 선단을 이용하기
로 마음먹었다. 왜국은 20만 명에 달하는 왜군을 한반도에
상륙시키기 위해 엄청난 재정을 투입해 1,000척이 넘는 왜선
을 건조했다. 그는 그 왜선을 강탈해 왜국 원정에 필요한 수
송 함대로 바꿔치기할 계획을 세웠다. 다행히 해군과 육군의
절묘한 포위 작전 덕에 계획은 대성공을 거두었다. 거의 400
척에 달하는 멀쩡한 왜선을 나포하는 데 성공한 것이었다.

그 후, 이준성은 나포한 왜선 400척을 한국군을 수송하는

수송 함대로 변모시켜 왜국 심장부 한가운데에 칼을 꽂는 작전에 투입했다. 왜국 사람들이 보기엔 그들이 막대한 재정을 투입해 만든 왜선 400척이 그들의 심장부를 겨누는 칼을 옮기는 데 쓰인 셈이라, 더 굴욕적으로 느낄 수밖에 없었다.

이준성은 이제 원정군을 실어 날랐던 그 왜선 400척을 대마도 주민 이주와 포로 송환 등에 투입할 계획이었다. 한데 그러기 위해선 도도 다카토라의 적극적인 협조가 필수였다.

이준성은 은호원 요원 두 명의 감시와 호위를 받으며 집무실 안으로 들어온 도도 다카토라를 살펴보았다. 그는 행색이 말이 아니었다. 양팔에는 강철 수갑이, 입에는 재갈이 물려 있었다. 또 단식하는 바람에 피골이 거의 상접해 있었다.

이준성은 도도 다카토라를 관리해 온 강태봉에게 먼저 물었다.

"수용소에서 자살 기도를 한 건가?"

"예, 전하. 두 번은 목을 매서, 한 번은 혀를 깨물어 자살하려 드는 바람에 재갈과 수갑을 채울 수밖에 없었사옵니다."

"마른 건 단식 때문에?"

"그렇사옵니다. 자결이 실패로 돌아간 후엔 굶어서 죽으려 했기 때문에 강제로 미음과 물을 먹여 연명시키는 중이옵니다."

"쓰레기 같은 놈을 살려 두기 위해 은호원에서 고생이 많았군."

이준성은 은호원 요원을 바라보며 손가락을 튕겼다.

"재갈과 수갑을 풀어 주게."

"예, 전하."

은호원 요원 두 명은 시킨 대로 도도 다카토라를 구속하던 재갈과 수갑을 풀어 준 다음, 그를 앞에 있는 의자에 앉혔다.

도도 다카토라는 그동안 잘 먹지 못한 탓에 몸에 힘이 없었지만, 눈빛만큼은 여전히 살아 있었다. 특히 이준성을 본후엔 눈빛이 분노로 활활 타오르기 시작했다.

그러나 이준성은 도도 다카토라의 눈빛 따위에 겁을 먹을 사람이 아니었다. 도도 다카토라의 살기 넘치는 눈빛을 담담히 받아 낸 그는 이내 카네를 불러 그의 말을 통역하게 했다.

"알량한 자존심을 지키기 위해 계속 자살을 기도한 모양인데, 지금부터 내가 하는 말을 들으면 죽는 게 무서워질 거야."

카네의 통역을 들은 도도 다카토라가 이를 갈며 고함을 질렀다. 그리 듣기 좋은 말은 아닌지 인상을 찌푸리며 서 있던 카네가 이내 돌아서서 도도 다카토라가 한 말을 통역했다.

"이자는 자기를 대마도에 데려온 이유가 궁금한 것 같사옵니다."

"그가 떠든 양에 비해 통역이 너무 짧은 거 아냐?"

카네가 머리를 긁적이며 대답했다.

"대부분 욕이라 통역할 필요가 없었사옵니다."

이준성은 히죽 웃었다.

"그렇겠지."

이준성은 도도 다카토라를 다시 응시하며 말했다.

"널 대마도에 데려온 이유는 시킬 일이 몇 가지 있기 때문이다. 원랜 우리 해군을 쓸 생각이었는데, 가만 생각해 보니 그건 내가 너무 밑지는 장사 같더라고. 애초에 이 모든 사달이 네놈들의 그 멍청한 야욕 때문에 빚어진 일이잖아? 그럼 그 수습 역시 네놈들이 하는 게 이치에 맞지 않겠어? 피해자더러 수습까지 하라는 건 너무 심한 거 아니냐 이 말이야."

카네의 통역을 들은 도도 다카토라가 갑자기 벌떡 일어났다. 그러나 시노카미를 상대론 승산이 없단 생각이 들었는지 달려드는 대신에 가래침을 모아 이준성의 얼굴에 뱉었다.

그러나 그는 도도 다카토라가 일어날 때부터 이미 이런 상황을 예견한 터라, 고개를 슬쩍 젖혀 날아오는 가래침을 피했다.

도도 다카토라의 갑작스러운 행동은 그를 감시하던 은호원 요원 두 명을 기겁하게 만들었다. 요원 두 명은 급히 도도 다카토라를 의자 위로 찍어 눌렀다. 물론 그냥 찍어 누르진 않았다. 의자에 앉힌 다음, 팔을 뒤로 최대한 꺾어 도도 다카토라에게 이 자리에서 줄 수 있는 최대한의 고통을 주었다. 도도 다카토라의 이마에 땀방울이 몇 개 맺혔지만, 그는 비명을 지르거나 신음을 내뱉지 않았다. 그저 견딜 뿐이었다.

이준성은 그 모습을 보며 히죽 웃었다.

"기가 센 놈이군. 하지만 세상엔 육체적인 고통보다 더한 고통이 있다는 것을 알아야 해. 특히 정신적인 고통이 그렇지."

이준성은 은호원 요원에게 도도 다카토라의 팔을 놓으라 명령했다. 요원은 시키는 대로 팔을 놓았지만 언제든 다시 제압할 수 있게 도도 다카토라에게서 시선을 떼지 않았다.

이준성은 다리를 꼰 자세로 고개를 살짝 흔들며 말했다.

"지금부터 네가 내 지시를 따르지 않으면 어떤 일이 벌어질 건지 말해 주지. 난 우선 왜국에 사람을 풀어 네가 배신하는 바람에 왜군이 이번 전쟁에서 패했단 소문을 퍼트릴 거야. 그 소문이 틀렸다는 사실을 증명할 수 있는 사람들 대부분이 포로로 잡혀 있는 탓에 아마 그 소문은 점점 진실처럼 받아들여지겠지. 소문이란 게 원래 그런 법이잖아. 안 그래? 너야 더럽혀진 명예를 회복하기 위해 자결하면 그만이라 생각할지 모르지만, 네가 죽은 다음에는 어떨까? 아마 네 이름 앞에는 자기 민족을 배신한 반역자란 낙인이 찍힐 거야. 왜국이란 나라가 세상에서 사라지는 그날까지 사람들은 네 이름을 반역자란 단어와 동일시하며 저주를 퍼부을 거라 이 말이야. 그리고 역사학자들은 네가 반역자란 내용의 책을 끊임없이 써서 네가 무슨 짓을 저질렀는지 후손에게 전하는 데 열과 성을 다하겠지. 쉽게 말해 넌 명예를 지키기 위해 죽을 수 있지만, 반대로 그 명예를 지키기 위해 한 행동이 네 명예를 박살 낼 수 있단 뜻이야."

카네의 통역을 들은 도도 다카토라가 갑자기 소리를 버럭 질렀다. 카네가 재빨리 그가 한 말을 이준성에게 통역했다.

"거짓은 언젠간 밝혀지기 마련이랍니다. 그는 왜국 사람들이 언젠가는 자신의 진심을 알아줄 거라 믿는 것 같사옵니다."

이준성은 껄껄 웃으며 대꾸했다.

"물론 머리가 돌아가는 사람들은 네가 반역자란 소문을 믿지 않을지 모르지. 그러나 대다수는 지금 머리가 회까닥 돌아버린 상태라 그 소문을 믿을 수밖에 없어. 그들에게는 자신들이 겪은 참담한 굴욕을 해소할 분풀이 대상이 간절히 필요할 테니 말이야. 내 말이 지나친 상상력의 결과물처럼 보이나? 아니야. 지금 같은 분위기면 오히려 부족할 정도일걸? 너도 소문을 들었겠지? 내가 왜국에 쳐들어가서 무슨 짓을 했는지 말이야. 나는 천황이 사는 교토를 쑥대밭으로 만든 다음, 오사카성에 쳐들어가 도요토미 히데요시를 산 채로 태워 죽였어. 그런 상황에서 분풀이할 대상이 필요 없을 만큼 냉정함을 유지하는 사람이 몇이나 있을 것 같아?"

통역을 들은 도도 다카토라의 얼굴이 굳어졌다. 현실성이 전혀 없는 얘기가 아니었기 때문이었다. 오히려 이준성의 얘기처럼 흘러갈 가능성이 아닐 가능성보다 훨씬 커 보였다.

이준성은 바로 표정을 부드럽게 풀며 설득하는 어조로 말했다.

"물론 나는 네가 속으로 무엇을 걱정하는지 잘 알아. 내 지시를 수행하면 정말로 민족을 배신하는 반역자가 되는 거란 생각이 들겠지. 하지만 내가 지금부터 네게 시키려는 일은 네 민족을 배신하는 일이 절대 아냐. 아니, 어떤 면에서 보면 오히려 네 민족을 위해 헌신하는 일에 더 가까울 거야."

이준성은 그가 도도 다카토라에게 시키려는 일이 뭔지 자세히 가르쳐 주었다. 한데 들어 보니 이준성 말대로 왜국에 해가 가는 일이 결코 아니었다. 아니, 오히려 왜국을 돕는 일에 더 가까웠다. 잠시 후, 도도 다카토라는 이준성의 협박 반, 설득 반에 넘어가 지시를 따르겠단 의사를 내비쳤다.

이준성이 그에게 내린 첫 번째 지시는 대마도를 떠나기로 마음먹은 주민을 수송 함대에 태워 규슈로 보내는 일이었다.

이준성은 도도 다카토라가 떠나기 전에 불러 재차 경고했다.

"네가 돌아오지 않으면 난 남아 있는 포로를 전부 죽여 버릴 거야. 마음이 흔들릴 때마다 10만 명이 넘는 포로의 생사가 너 하기에 달려 있다는 것을 생각하라고. 그럼 결정하기가 쉬워질 거야. 그리고 그 포로 중에 마에다 도시이에, 시마즈 요시히로, 우에스기 카게카츠, 다테 마사무네, 도쿠가와 이에야스의 두 아들 같은 거물이 있다는 사실 역시 잊지 말고."

고개를 끄덕인 도도 다카토라는 곧 수송 함대를 지휘해 규슈로 출발했다. 이준성은 그 틈에 한반도에 있던 왜군 포로를 대마도로 옮겨왔다. 그러나 포로 숫자가 워낙 많은 탓에 몇 번에 나눠 옮겨와야 했다. 물론 마에다 도시이에, 시마즈 요시히로, 우에스기 카게카츠, 다테 마사무네, 유키 히데야스, 마쓰다이라 다다요시와 같은 거물은 옮기지 않았다.

도도 다카토라는 약속을 지켰다. 열흘이 지났을 때, 대마도 주민을 규슈에 내려 준 수송 함대가 다시 대마도로 귀환했다.

이준성은 왜국이 수송 함대에 병력을 태워 다시 침략해 올지 모른단 일각의 우려를 받아들여 수송 함대를 일단 아소만 외곽에 멈춰 세웠다. 왜국이 수송 함대를 트로이 목마로 사용하지 말란 법이 없는 것이다. 그는 곧 충무함대를 수송 함대로 보내 왜선 내부를 수색하게 하였다. 다행히 수군 외에 다른 왜군은 보이지 않았다. 졌단 사실을 인정한 건지, 아니면 보낼 왜군이 없는 건진 모르지만 어쨌든 다행이었다.

이준성은 대마도로 돌아온 수송 함대에 왜군 포로를 실으라 명령했다. 한데 그 포로는 대부분 말단 중 말단이었다. 돈 좀 있는 집안의 포로는 이번 송환 명단에 포함되지 않았다.

이준성은 고니시 유키나가를 시켜 이번에 고향으로 돌아가는 포로들에게 소문을 하나 퍼트렸다. 이번 송환 명단에 들어 있지 않은 포로를 데려가려면 한국에 몸값을 내야 한단 소문이었다. 그는 또 거기에 한국군이 포로를 몇 등급으로 나누어 구체적인 몸값까지 정해 두었단 소문을 덧붙였다.

아마 이번에 돌아가는 포로들은 즉시 그들이 들은 소문을 왜국 전역에 퍼뜨릴 것이다. 그리고 그 소문을 접한 포로의 가족들은 자기 가족을 돌려받기 위해 몸값을 준비할 것이다.

이준성이 포로 10만 명을 살려 둔 이유는 바로 지금과 같은 일을 하기 위해서였다. 오사카성에서 가져온 황금이 있긴 하지만, 그것만 가지고는 부족하다는 생각이 들었기 때문이었다.

"이왕 하는 거 이자까지 받아 내야 하지 않겠어?"

◆ ◈ ◆

도도 다카토라는 1,597년 겨울부터, 1,598년 봄까지 대마도와 규슈를 세 차례 왕복하며 8만 명이 넘는 포로를 왜국으로 송환했다. 이준성이 그 8만 명을 무료로 송환한 이유는 하나였다. 그들은 가난해 돈을 뜯어낼 방도가 없기 때문이었다. 물론 그들을 징병한 영주에게 몸값을 대신 청구할 수는 있지만, 그렇게 하면 배 째라며 나올 가능성이 커졌다.

1,598년 4월, 마침내 왜국은 남은 포로 2만 명을 본국으로 송환하기 위해 한국 정부와 담판을 지을 협상단을 파견했다.

협상단 대표는 도쿠가와 이에야스의 자문을 맡은 승려 덴카인이었다. 텐카인은 마에다 가문, 우에스기 가문, 시마즈 가문, 모리 가문 등에서 파견한 인원들과 함께 대마도에 도착해 한국 정부가 파견한 외교부장관 이덕형과 협상을 벌였다.

텐카인은 협상 초기부터 100년간 이어진 전국시대와 임진, 정유년의 두 전란으로 인해 몸값을 지급할 여력이 없다며 포로의 몸값을 반으로 깎으려 들었다. 그러나 이덕형 또한 쉽게 물러서지 않았다. 은호원이 준 정보를 통해 그들에게 몸값을 지급할 여력이 남아 있다는 사실을 알고 있었기 때문이었다.

왜국은 엄청난 양의 은을 생산하는 은 생산국 중 하나였다. 정확한 통계는 없었지만, 대항해 시대를 연구한 학자의 논문에 따르면 전 세계 은 산출량의 30퍼센트 이상을 차지할 정도였다고 한다. 물론 21세기처럼 자원 개발과 국가 간의 교역이 활발하게 이뤄지는 자유 무역 시대의 무역 규모에 비할 바는 아니지만 어쨌든 엄청난 양이 아닐 수 없었다.

물론 은을 많이 생산하는 것과 그 은으로 돈을 버는 것에는 약간 차이가 있었다. 은을 사 줄 국가나 상단이 없으면 그건 그저 은일 뿐, 매물로서의 가치가 떨어지기 때문이었다.

그러나 왜국에는 운 좋게 그들이 생산한 은을 블랙홀처럼 빨아들이는 엄청난 규모의 시장이 곁에 있었다. 바로 명나라였다. 명나라는 16세기 후반에 일조편법이란 새로운 세금 징수 제도를 만들었다. 일조편법엔 크게 두 가지 특징이 있었다. 첫 번째는 잡다한 세금을 하나로 합쳤단 것이었다. 그리고 두 번째는 세금을 오직 은으로만 받는단 것이었다.

한데 명나라가 보유한 지하자원이 아무리 풍부하다 한들, 그 많은 은을 자체적으로 충당할 순 없는 노릇이었다. 해서 명나라 백성은 외국에서 수입한 은으로 세금으로 내기 시작했다. 그 바람에 은이 많이 나는 국가인 왜국과 중남미 각국이 대항해 시대를 선도하던 열강의 관심을 끌었다.

왜국과 중남미 각국에서 사들이거나, 아니면 강탈해 온 은을 그들이 소유한 상선에 실어 명나라 해안 지대에 가져가 팔면 그 보상으로 막대한 차익을 거둘 수 있었기 때문이었다.

협상단 한국 대표인 이덕형은 왜국이 개발했거나 현재 개발 중인 엄청난 규모의 금광, 은광을 일일이 열거하며 몸값을 지급할 돈이 부족하단 덴카인의 주장을 일축했다.

덴카인 등은 말 그대로 귀신이 곡할 노릇이었다. 그들로서는 한국이 어떻게 해서 사도 금광, 이와미 은광처럼 극비에 해당하는 정보를 손에 넣었는지 알아낼 방법이 없기 때문이었다.

그중에서 덴카인을 가장 놀라게 한 정보는 사도 금광의 존재였다. 이와미 은광이야 이미 몇 년 전부터 유명했던지라 그 존재를 아는 사람이 많지만, 에치고 사도가 섬에 있다는 사도 금광에 관해선 금시초문이나 마찬가지였기 때문이었다.

덴카인은 급히 내부 회의를 열어 이덕형이 말한 대로 정말에치고 사도가 섬에 엄청난 규모의 금광이 있는지 확인하는 작업을 거쳤다. 한데 결과는 놀랍기 짝이 없었다. 우에스기 가문 소속으로 참가한 협상단원 몇 명이 마지못해 털어놓은 정보에 따르면 정말로 사도가 섬에 금광이 존재했던 것이다.

놀라운 일은 그것만이 아니었다. 그 사도가 섬의 금광을 처음 발견한 사람은 왜인이 아니었다. 작년에 왜국 본토를 침략한 한국군이 보낸 특수부대였다. 덴카인은 협상단원의 말을 쉽게 믿지 못했다. 사실, 그럴 수밖에 없었다. 한국군이 상륙한 긴키 북부는 사도가 섬과 동서로 수백 킬로미터 넘게 떨어져 있었기 때문이었다. 한데 한국군이 그런 사도가 섬에 상륙해 그 섬에서 수백 년 넘게 거주한 주민보다 먼저 금광을 발견했다는 정보를 믿기란 쉽지 않은 일이었다.

그러나 사도가 섬을 통치하던 우에스기 가문의 가신이 직접 방문해 확인까지 했단 말에 덴카인은 믿지 않을 도리가 없었다.

그 후의 협상은 사실 협상이라 부르기 민망할 지경이었다. 여러 가문이 연합해 만들어진 협상단답게, 각 가문이 파견한 단원들은 자신들이 속한 가문의 재정 상태가 다른 가문 앞에서 낱낱이 까발려지는 것을 꺼린 탓에 정보 공유에 소극적이었다.

반면, 한국 정부가 파견한 협상단은 여러 가지 루트를 이용해 확보한 정보를 적극적으로 활용했기 때문에 정보전에서 훨씬 앞서갈 수 있었다. 쉽게 말해 협상장에 칼자루가 열 개 놓여 있다면, 그 열 개 모두 한국 정부가 쥔 셈이었다.

사실, 왜국 협상단은 정보전에서 한국 협상단을 이길 수가 없었다. 한국 협상단이 정보를 모으기 위해 사용한 루트는 크게 두 가지였다. 하나는 은호원 왜국지부가 모아 온 정보였다. 이와미 은광과 이즈 광산이 그렇게 해서 나온 정보였다.

다른 하나는 바로 이준성이 직접 건네준 정보였다. 아니, 엄밀히 말하면 이준성의 머리에 들어 있는 유진에게서 나온 정보였다. 유진은 데이터베이스에 들어 있는 16세기 말, 17세기 초의 왜국과 관련한 정보를 수집해 이준성에게 건네주었다. 그러면 이준성은 그 정보를 다시 선별해 은호원에 넘겼다. 사도 금광이 그런 방식으로 얻어 낸 대표적인 정보였다.

이준성은 정유재란을 철저하게 경제적인 관점에서 접근하려 노력했다. 쉽게 말해 이번 전쟁을 이용해 한밑천 잡아보겠다는 심산이었다. 운산, 운천 등 한반도 전역의 광산에서 열심히 채굴 중인 보화와 왕직이 남긴 막대한 유산을 동원해 죽어 가던 한국 경제에 활력을 불어넣긴 했지만, 그 활력을 지속시키기 위해서는 더 많은 자금이 필요했다. 해서 그는 그 자금을 얻기 위해 이번 정유재란을 철저히 이용할 생각이었다.

이준성은 그런 이유로 왜군을 생포할 수 있으면 반드시 생포하는 식으로 작전을 진행했다. 특히 몸값이 많이 나가는 각 가문의 영주와 가신을 생포하는 데 심혈을 기울였다. 결과는 다행히 대성공이었다. 한국군은 왜군 총사령관 마에다 도시이에를 포함한 영주 수십 명과 그 영주를 보필하기 위해 참전한 각 가문의 가신 천여 명을 생포하는 데 성공했다.

이제는 그 생포한 영주와 가신을 현금으로 바꾸는 일만 남은 셈이었다. 한데 그전에 미리 처리해 둘 중요한 문제가 하나 있었다. 왜국 협상단이 돈이 없다는 이유를 내세워 포로의 몸값을 깎으려 들 수 있었다. 또 포로를 죽이든지 삶아 먹든지 알아서 하란 식으로 배짱을 부리며 나올 수 있었다.

이준성은 이를 타개할 방법을 찾던 중에 유진이 건네준 정보에서 사도가 섬에 있는 사도 광산을 주목했다. 사도 광산은 에도시대 초기에 매년 400킬로그램의 금과 40톤의 은을 생산해 낼 정도로 광맥이 풍부해 에도 막부를 먹여 살리다시피 하였다.

왜국이 몸값을 협상할 때 돈이 없단 식으로 뻗대며 나올 때, 사도 광산을 들이대면 그들은 할 말이 없어질 게 뻔했다. 한데 문제는 사도 광산을 발견한 시기가 1,601년이란 점이었다. 이는 앞으로 3, 4년은 족히 지나야 광산에서 금과 은을 채굴할 수 있단 의미였다. 이래선 별 의미가 없으므로 이준성은 한국군이 긴키 북부에 상륙할 때 대대 규모의 특수부대를 전함 몇 척에 태워 사도가 섬을 기습하게 하였다.

사도가 섬에 상륙한 특수부대는 그가 내린 명령을 성실히 수행했다. 그들은 섬을 지키던 병력부터 분쇄한 다음, 이준성이 말한 지점을 찾아 광맥이 밖으로 드러나도록 만들었다.

한국군이 철수하기 무섭게 사람을 각지에 파견해 피해 상황을 조사하던 우에스기 가문은 사도가 섬에 한국군이 상륙했단 긴급 보고를 받고는 가신 몇 명을 보내 실태를 조사했다. 그리고 그 조사에서 사도 광산의 존재가 밝혀진 것이다.

이덕형은 왜국 협상단과 몸값 협상을 마무리 짓기 전에 이준성을 찾아 협상 전략을 다시 한 번 점검하는 시간을 가졌다.

은호원이 준 정보를 읽어 내려가던 이덕형이 고개를 들었다.

"한 가지 궁금한 점이 있사옵니다."

"뭐가 궁금하오?"

"은호원이 준 정보에 따르면 현재 이와미 은광은 모리 가문이, 사도 광산은 우에스기 가문이 각각 차지한 상태이옵니다. 그렇다면 그 두 가문이 광산 소유권을 내놓지 않는 이상, 다른 가문은 그 광산을 이용할 권리가 없는 것이 아닙니까?"

이준성은 미소를 지으며 고개를 저었다.

"그 두 가문은 광산의 소유권을 내놓을 수밖에 없소."

"어찌하여 그렇사옵니까?"

"간단한 이치요. 현재 우리가 제시한 포로의 몸값을 댈 만큼 광맥이 풍부한 광산은 그 두 곳밖에 없소. 한데 우에스기 가문과 모리 가문이 두 광산을 독차지하려 들면 어떤 일이 벌어질 것 같소? 아마 힘 좀 쓰는 영주들이 연합군을 구성한 다음, 두 광산을 소유한 가문에 쳐들어가 광산을 빼앗으려 들지 않겠소? 우에스기 가문과 모리 가문 역시 그러한 이치를 잘 알기 때문에 소유권을 내놓을 수밖에 없을 거요."

이덕형은 총명한 사람이었다. 또한 외교에 천부적인 재능을 지닌 사람이었다. 이준성은 그저 힌트만 줬을 뿐이었으나, 이덕형은 그 힌트를 이용해 필승의 협상 전략을 완성했다.

협상장에 도착한 이덕형은 왜국 협상단원들에게 계속해서 이와미 은광과 사도 금광의 존재를 어필했다. 마치 이와미 은광과 사도 금광은 어느 영주의 자산이라기보단 왜국에 사는 모든 사람의 자산이란 뉘앙스를 짙게 풍긴 것이다.

이덕형의 협상 전략은 제대로 통했다. 왜국 협상단이 모리 가문과 우에스기 가문에서 온 협상단원을 집요할 정도로 압박해 가기 시작한 것이다. 결국, 두 손을 든 모리 가문과 우에스기 가문의 협상단원은 영지에 사람을 보내 포로의 몸값을 다 지급하기 전까지는 이와미 은광과 사도 광산을 다른 영주들과 공동으로 소유하는 것이 좋겠다는 의견을 피력했다.

본국에 있는 모리 가문과 우에스기 가문 사람들 역시 다른 방도가 없었던지라, 협상단의 제안을 받아들이기로 했다. 물론 포로의 몸값을 다 지급한 다음에는 다시 광산 소유권을 모리 가문과 우에스기 가문에게 돌려준다는 세부 조건이 붙긴 했지만, 어쨌든 그 덕에 몸값 협상은 일사천리로 이루어졌다.

곧 왜국 전역에서 광부란 광부는 전부 이와미 은광과 사도 광산으로 몰려가 포로의 몸값으로 쓸 금과 은을 채굴하기 시작했다. 엄청난 인원을 투입한 채굴이었기 때문에 반년이 지나기 전에 한국 정부가 요구한 몸값을 마련할 수 있었다.

한국 정부는 몸값을 받은 후에 포로로 잡힌 각 가문의 가신 중에서 가장 지위가 낮은 가신부터 왜국으로 송환했다. 처음부터 영주를 송환하면 화장실 들어갈 때와 나올 때의 마음가짐이 다르단 말처럼 입을 싹 닦아 버릴 위험이 있었기 때문이었다.

왜국은 1,598년 봄부터, 동년 겨울까지 10여 차례에 걸쳐 포로 송환팀을 파견해 한국에 몸값을 지급한 뒤 포로를 데려갔다. 그리고 마침내 1,599년 봄에 이르렀을 무렵, 막대한 액수의 몸값을 지급한 각 가문의 영주들이 자신들의 영지로 돌아갔다.

이번에 풀려난 영주들은 왜군 총사령관 마에다 도시이에를 비롯해 우에스기 카게카츠, 시마즈 요시히로, 모리 데루모토, 모리 히데모토, 고바야카와 히데아키, 다테 마사무네,

킷카와 히로마사, 후쿠시마 마사노리, 모가미 요시아키, 유키 히데야스, 마쓰다이라 다다요시 등이었다. 그들 대부분이 긴키, 도호쿠, 주코쿠, 시코쿠, 규슈에서 영지가 가장 큰 영주들이었으므로 그들이 낸 몸값 역시 엄청날 수밖에 없었다.

물론 한국 정부와 한국군 내부에선 이준성이 하는 일을 마음에 들어 하지 않는 자가 많았다. 마에다 도시이에 등은 한국을 침략한 침략군의 수뇌였다. 돈을 받긴 했지만 어쨌든 그런 자들을 살려 돌려보낸단 사실을 썩 내켜 하지 않았다.

문제는 그것만이 아니었다. 이준성이 풀어 준 포로 10만 명이 만약 복수심에 불타 한국을 재침략할 계획을 세운다면 머지않아 세 번째 왜란이 일어나지 말란 법은 없었다.

그러나 이준성은 자기 뜻을 끝까지 관철했다. 그가 쓴 시나리오를 완성하려면 마에다 도시이에, 우에스기 카게카츠, 모리 데루모토, 다테 마사무네와 같은 배우가 꼭 필요했다. 그들이 비록 그가 쓴 시나리오의 주인공은 아닐지 모르지만, 없어선 안 되는 중요한 조연임은 분명하기 때문이었다.

물론 그들 전부가 조연은 아니었다. 영주 중 한 명은 그가 쓴 시나리오의 주인공으로 미리 점찍어 둔 자였다. 그 주인공은 다름 아닌 규슈 사쓰마의 맹장 시마즈 요시히로였다.

독재자

2장. 야망의 크기

2장. 야망의 크기

이준성은 포로 송환을 지휘하던 강태봉을 불러 물었다.

"시마즈 요시히로는 언제 송환할 예정이지?"

강태봉이 서류를 뒤적이며 대답했다.

"도중에 사고가 생기지 않는다면 시마즈 가문이 파견한 협상단이 내일 대마도에 도착해 몸값을 지급한 다음, 시마즈 요시히로와 그의 주요 가신 10여 명을 데려갈 예정이옵니다."

이준성은 수염을 쓰다듬으며 고개를 끄덕였다.

"그를 만나야 할 일이 있다면 지금밖에 시간이 없단 뜻이군."

"그렇사온데 어찌하여 그를……."

"그를 은밀히 만나야겠네. 자리를 마련하게."

강태봉은 시키는 대로 그날 저녁 항구 근처에 만든 은호원 안가에서 이준성이 시마즈 요시히로를 독대할 수 있는 자리를 만들었다. 준비가 끝났단 연락을 받은 이준성은 카네 한 명만 대동한 상태에서 시마즈 요시히로를 만나러 갔다.

이준성이 안가에 도착했을 땐 이미 은호원 요원들이 시마즈 요시히로를 안가에 있는 방 안에 데려다 놓은 후였다. 이준성은 카네와 함께 안으로 들어가 시마즈 요시히로를 만났다.

시마즈 요시히로는 양손에 수갑을 찬 자세로 앉아 있었다. 그는 안으로 들어오는 카네를 보았을 땐 표정에 변화가 없었다. 그러나 카네 뒤로 들어오는 이준성을 보았을 때는 물처럼 고요하던 눈빛에 스파크가 튀듯 불꽃이 번쩍였다.

그들은 서로 통성명할 필요가 없었다. 전에 전장에서 두어 차례 만난 적이 있기 때문이었다. 물론 두 번 다 그리 기분 좋은 만남은 아니었다. 특히 그들이 만날 때마다 도망치기 바빴던 시마즈 요시히로로선 기분이 좋을 리가 없었다.

이준성은 시마즈 요시히로의 어깨에 눈길을 슬쩍 주며 물었다.

"그래, 다친 어깨는 좀 어떻소? 팔을 쓰는 데 문젠 없는 거요?"

카네의 통역을 들은 시마즈 요시히로의 눈썹이 살짝 꿈틀거렸다. 시마즈 요시히로는 임진왜란, 정유재란 두 전쟁에 모두 참전한 만큼, 이준성과 얽히는 일이 잦았다. 이준성이 방금 언급한 어깨 역시 그 와중에 생긴 부상이었다.

임진왜란이 한창 진행 중이던 어느 날이었다. 대본영으로부터 이준성을 없애란 명령을 받은 시마즈 요시히로는 모리 데루모토, 호소카와 타다오키, 후쿠시마 마사노리 등과 북상하여 이준성이 잠시 자리를 비운 원주읍성을 기습했다.

처음엔 기습이 제대로 먹혔다. 그러나 이준성이 행주산성 전투에서 돌아온 다음엔 상황이 180도 달라졌다. 이준성은 가장 먼저 모리 데루모토가 이끌던 포위군 주력을 박살 냈다. 그리고는 뒤이어 시마즈 요시히로의 시마즈군을 공격했다.

시마즈군은 원래 정병으로 이름난 군대였다. 그러나 그런 시마즈군조차 이준성이 직접 이끄는 부대를 막아 내지 못했다. 시마즈군 입장에서 더 참담한 일은 그다음에 벌어졌다.

개인기로 시마즈군의 방어벽을 돌파한 이준성이 시마즈 요시히로의 턱밑까지 접근했기 때문이었다. 시마즈 요시히로는 그가 착용한 두꺼운 갑옷 덕에 가까스로 목숨을 건졌다. 그러나 그 대가로 한쪽 어깨를 다치는 중상을 입어야 했다.

이준성이 조금 전에 물어본 어깨는 그때 다친 어깨를 의미했다. 시마즈 요시히로로선 속에서 천불이 날 수밖에 없었다.

그때, 시마즈 요시히로가 미소를 활짝 지으며 무언가를 물었다.

잠시 후, 카네가 조금 주저하는 목소리로 그의 말을 통역했다.

"그때 전하께서 휘두른 언월도에 당해 입은 부상은 깨끗이 나아 이제 팔을 쓰는 데 전혀 지장이 없답니다. 그리고는 질문을 하나 했는데, 그게…… 재작년에 밀양 전투에서 전사한 강문우 장군의 장례는 잘 치렀느냐 묻는 말이었습니다."

이준성은 피식 웃었다.

"꽤 아픈 곳을 찔러 오는군."

한국군은 정유재란에서 왜군을 시종일관 압도했다. 그러나 한 전투에서만은 회복하기 쉽지 않은 엄청난 타격을 입었다. 바로 밀양에서 한국군 주력과 왜군 주력이 맞붙은 전투였는데, 그 전투에서 시마즈 요시히로와 다테 마사무네 등이 지휘하던 왜군이 강문우가 지휘하던 아시온군 주력을 격파해 성과를 거두었다. 특히 시마즈 요시히로의 활약이 빛났다.

시마즈 요시히로가 지휘하던 시마즈군은 아시온군이 펼친 방어선을 돌파한 다음, 아시온군 사령관 강문우와 천궁포병여단장 김국신 두 장군을 전사케 하는 전공을 올렸다.

시마즈 요시히로는 그때 전사한 강문우를 언급하여 이준성의 심기를 건드린 것이다. 그러나 이준성은 어깨를 으쓱하며 별일 아니라는 태도를 보인 다음, 그에게 다시 물었다.

"어차피 전쟁이란 것이 다 그런 거 아니겠소? 이기는 자가 있으면 지는 자가 있지. 또 죽는 자가 있으면 살아남는 자 역시 있기 마련이고. 당신이 제 한목숨 부지하기 위해 사랑하는 조카를 헌신짝처럼 버린 일 또한 그런 예가 아니겠소?"

시마즈 요시히로의 굵은 눈썹이 다시 한 번 꿈틀거렸다. 이준성이 방금 말한 대로 시마즈 요시히로는 조카 시마즈 도요히사의 장렬한 희생 덕분에 사지에서 빠져나온 적이 한 번 있었다. 아마 시마즈 도요히사가 결사대 1,000명과 함께 그를 추격하던 이준성의 앞을 막아서지 않았다면 그는 그 전투에서 목이 잘려 목숨을 잃었을 공산이 아주 높았다.

시마즈군 내부에서는 조카가 자기 목숨을 내던져 삼촌을 구한 영웅적인 행동으로 기억할지 모르지만, 다른 사람들 눈엔 삼촌이 자기 목숨을 부지하기 위해 사랑하는 조카를 사나운 사냥개 앞에 버려둔 상황처럼 보일 가능성이 있었다.

이준성은 시마즈 요시히로의 역린을 제대로 건드렸다. 수갑을 찬 시마즈 요시히로의 팔이 부들부들 떨리는 중이었다.

그때, 이준성이 이제 그만하잔 의미로 손을 들어 보였다.

"아마 우리 사이에 그동안 쌓인 원한을 다 들춰내려면 오늘 하루론 부족할 거요. 그리고 어차피 당신 역시 도요토미 히데요시의 명령을 받는 처지였지 않소? 이번 전쟁의 진짜 원흉이라 할 수 있는 도요토미 히데요시가 죽은 마당에 우리가 상대에게 준 상처를 끄집어내 괴롭힐 필요까진 없지 않겠소?"

시마즈 요시히로의 미간에 자리한 주름이 좀 더 짙어졌다. 이는 시마즈 요시히로가 그의 말에 관심이 생겼단 증거였다. 사실, 시마즈 요시히로로선 관심이 안 가려야 안 갈 수가 없었다. 일국의 국왕이 야심한 시각에 송환을 하루 앞둔 자신을 찾아왔단 사실부터 일단 의심스럽기 짝이 없었다.

만약 한국 정부가 그를 죽일 생각이었다면, 그동안 기회가 수천, 아니 수만 번은 있었다. 한데 그들은 그를 죽이지 않았다. 또 한국 정부가 이미 외교적으로 송환 협상이 끝난 상황에서 굳이 그를 죽이는 무리수를 감행할 것 같진 않았다.

그렇다면 이준성이 그를 찾아온 데에 다른 의도가 있단 의미였다. 한데 의심을 더욱 부채질하는 일이 조금 전에 일어났다. 이준성이 갑자기 지난 일을 덮어 두자며 나온 것이다.

이준성은 그의 기대대로 그를 찾아온 진짜 용건을 털어놓았다.

"당신은 날 어떻게 생각할지 모르지만, 난 당신을 상당히 인정하는 편이오. 만일 당신이 태어난 데가 규슈가 아니라 긴키나 주코쿠였다면, 천하를 잡는 건 바로 당신이었을 것이오."

이준성은 카네가 그의 말을 시마즈 요시히로에게 통역하

길 기다리는 동안, 품에서 왜국 전역을 표시한 지도를 꺼냈다.

"전에 나는 당신 가문이 규슈를 거의 통일할 뻔했단 정보를 접한 적 있소. 물론 도요토미 히데요시가 20만 대군을 동원해 규슈로 넘어오는 바람에 통일에는 끝내 실패했지만 말이오."

카네의 통역을 듣는 동안, 시마즈 요시히로의 시선이 이준성이 꺼내 놓은 지도 쪽으로 자연스레 옮겨 갔다. 한데 지도에서 뭘 봤는지 시마즈 요시히로의 눈이 찢어질 것처럼 커졌다.

이준성이 꺼내 놓은 지도에서는 왜국이 동서로 갈라져 있었다. 한데 그가 놀란 이유는 그 때문이 아니었다. 그가 진짜 놀란 이유는 왜국 동쪽은 도쿠가와 이에야스가, 서쪽은 시마즈 요시히로가 각각 차지한 상태로 나와 있었기 때문이었다.

시마즈 요시히로가 고개를 치켜들며 이준성을 쏘아보았다. 이 지도가 뭘 의미하는 건지 빨리 알려 달라는 몸짓이었다.

이준성은 미소를 지으며 설명했다.

"당신이 예상한 대로요. 나와 당신이 손을 잡으면 당신은 규슈, 시코쿠, 주코쿠 전부와 긴키의 절반을 차지할 수 있소."

시마즈 요시히로는 눈을 반쯤 감은 상태로 생각에 잠겼다. 마치 열반에 든 고승처럼 고요한 신색이었다. 그러나 그의 머릿속은 달랐다. 지금 그의 머릿속은 이준성이 내민 제안을 받아들였을 때 생길 이해득실을 계산하느라 정신이 없었다.

시마즈 요시히로는 야망이 큰 사내였다. 그러나 그가 처한 현실은 그렇게 녹록하지 않았다. 그는 시마즈 가문의 차남이었다. 만약 장남이 그저 그런 인물이라면, 차남인 그가 시마즈 가문을 온전히 손에 넣었을 것이다. 그러나 장남인 시마즈 요시히사 역시 꽤 비범한 인물인지라, 그는 자기가 당주로 있는 시마즈 가문마저 제대로 장악해 두지 못한 상태였다.

원래 시마즈 가문의 당주는 장남인 시마즈 요시히사였다. 한데 시마즈 요시히사가 도요토미군에게 패한 후에 자의 반, 타의 반으로 은퇴하는 바람에 차남인 그가 당주를 맡았다.

그러나 그는 지위만 당주일 뿐이었다. 시마즈 가문 가신 대부분이 은퇴한 장남 시마즈 요시히사를 따르는 바람에 시마즈 가문에서 그에게 진정으로 충성을 바치는 가신은 얼마 없었다.

한데 조금 전 이준성은 자신과 손을 잡으면 왜국의 절반을 차지할 수 있게 도와주겠다는 엄청난 제안을 해 왔다.

이준성은 시마즈 요시히로가 그가 한 제안을 받아들일 것이라 예상했다. 시마즈 요시히로처럼 야망이 큰 자는 이런 기회를 놓칠 리 없었다. 손을 잡아야 하는 상대가 이준성이란 점이 마음에 걸리겠지만, 결국엔 승낙할 거라 보았다. 이런 자들은 양심보다 야망의 크기가 훨씬 크기 때문이었다.

시마즈 요시히로는 10분쯤 지난 후에 눈을 뜨며 뭔가를 말했다.

카네가 즉시 그가 한 말을 이준성에게 통역했다.

"손을 어떻게 잡자는 건지 물었습니다."

이준성은 기다렸다는 듯 거침없이 대답했다.

"나에겐 임진, 정유 두 전쟁에서 노획한 조총 4,000여 정이 있소. 또, 조총을 쏘는 데 필요한 화약은 물론이거니와 그동안 노획해 보관하던 갑옷과 무기의 양 역시 적지 않소. 당신이 나와 손을 잡는다면 그것을 무상으로 넘길 용의가 있소."

통역을 들은 시마즈 요시히로가 목소리를 잔뜩 낮춰 물었다.

카네가 즉시 그의 말을 통역했다.

"거래 조건을 물어보는 중입니다."

"솔직히 말하리다. 난 왜국이 어떤 한 세력에 의해 통일되는 것을 원하지 않소. 시마즈든 도쿠가와든 어떤 한 세력이 왜국을 통일하면 우린 항상 바늘방석에 앉아 있을 수밖에 없소. 그리고 이건 좀 더 구체적인 조건인데, 규슈 북부 해안가에 후쿠오카란 지역이 있을 것이오. 만약 당신이 거사에 성공해 대업을 이룬다면, 당신이 그 후쿠오카에 있는 항구의 일부 지역을 우리 한국에 영구히 할양해 주었으면 좋겠소."

이준성은 후쿠오카에 대사관과 상관을 설치할 거란 사실을 덧붙였다. 수용 가능한 조건이라 생각한 시마즈 요시히로가 이내 수긍하는 기색을 보였다. 그와 시마즈 요시히로는 새벽이 올 때까지 협력하는 문제를 상의한 후에 헤어졌다.

다음 날, 시마즈 요시히로는 시마즈 가문이 파견한 협상단과 왜국으로 돌아갔다. 물론 보는 눈이 있어 시마즈 가문이 가져온 몸값을 받긴 했지만, 나중에 다시 돌려줄 생각이었다.

포로 송환을 마무리 지은 이준성은 바로 다음 행동에 나섰다. 그는 우선 창고에 있던 조총과 화약, 갑옷, 무기, 몸값을 선단에 실어 류큐로 보냈다. 그리고 사쓰마로 돌아간 시마즈 요시히로는 그로부터 한 달 후에 믿을 수 있는 가신을 류큐로 보내 한국이 보내 준 물자와 몸값을 사쓰마로 옮겼다.

이준성은 은호원 왜국지부를 통해 계속해서 시마즈 요시히로와 연락을 주고받았는데, 시마즈 요시히로가 첫 번째 취한 행동은 이준성조차 전혀 예상하지 못한 일이었다. 바로 자신의 친형인 시마즈 요시히사에게 자객을 보내 암살해 버린 것이었다.

◆　◆　◆

시마즈 요시히사를 따르던 가신들은 당연히 이런 사태에 크게 반발해 곧장 반란을 일으켰다. 그러나 그들은 무기와 갑옷, 그리고 4,000정이 넘는 조총으로 완전무장한 시마즈 요시히로의 친위대를 이기지 못했다. 반란은 결국 닷새 만에 진압되었다. 마침내 시마즈 요시히로가 허울뿐인 당주가 아니라 시마즈 가문의 진짜 당주로 등극하는 순간이었다.

시마즈 요시히로는 과연 걸물이었다. 반란이 생기면 원래 이를 수습하는 데 상당한 시일이 걸리는 법이었다. 분노, 원한, 좌절, 배신감과 같은 감정들은 쉽게 사그라지지 않기 때문이었다. 더구나 타인보다 가까운 사람에게 당한 상처는 훨씬 오래, 더 깊게 남는 법이라 수습하기 아주 까다로웠다.

한데 시마즈 요시히로는 불과 열흘 만에 반란의 여파를 완벽히 수습한 다음, 규슈 남부에 있는 다른 영주의 영지를 급습해 손에 넣었다. 또 그로부터 한 달 만에 규슈 중부를, 두 달 만에 규슈 북부를 완벽히 손에 넣어 마침내 가문의 숙원이라 할 수 있는 규슈 통일에 성공하는 대업을 이뤘다.

시마즈 가문은 몇십 년 동안, 규슈 통일에 매진해 왔다. 그러나 성공하기 바로 직전, 도요토미 히데요시가 자그마치 20만 대군을 앞세워 규슈 정벌에 나서는 바람에 분루를 삼켜야 했다.

한데 시마즈 요시히로는 그들이 수십 년 동안 해내지 못한 일을 불과 석 달이란 짧은 시간 만에 해낸 셈이었다. 이젠 불만을 품었던 가신조차 그의 능력만큼은 인정하기 시작했다.

사실, 상황은 그때보다 지금이 훨씬 유리하긴 했다. 시마즈 가문이 규슈 통일에 한창 매진할 때는 규슈에 오토모,

류조지 등 전력이 훌륭한 가문이 여럿 있어 제압이 쉽지 않았다.

그러나 도요토미 히데요시가 규슈를 정벌한 후로 상황이 달라졌다. 오토모, 류조지 등 규슈를 대표하던 세력은 역사의 뒤안길로 사라지거나 힘이 예전만 못해졌다. 물론 시마즈 가문 역시 사쓰마로 쫓겨나며 비슷한 상황이었지만, 그래도 그들보단 나았다.

규슈를 정벌한 도요토미 히데요시는 그를 따르는 심복에게 그곳의 영지를 나눠 주는 작업을 서둘렀다. 한데 그 와중에 가장 득을 본 사람이 바로 가토 기요마사와 고니시 유키나가였다. 도요토미 히데요시는 사쓰마로 쫓아낸 시마즈 가문을 견제하는 한편, 임진왜란에 투입할 병력을 효율적으로 징발하기 위해 측근 중의 측근인 가토 기요마사와 고니시 유키나가 두 사람에게 규슈에 있는 영지를 대거 하사했다.

가토 기요마사와 고니시 유키나가 두 사람은 도요토미 히데요시의 기대대로 영지에서 뽑아낼 수 있는 최대한의 병력을 뽑아내 조선을 침략하는 데 앞장섰다. 한데 문제는 그 두 사람이 이준성에게 철저하게 유린당해 전멸에 가까운 타격을 입었단 점이었다. 함경도에서 이준성에게 붙잡힌 가토 기요마사는 목이 잘려 죽었다. 고니시 유키나가의 사정은 그보단 나았지만, 어쨌든 병력을 다 잃은 것은 마찬가지였다.

이는 다시 말해 규슈에는 이제 시마즈 요시히로를 견제할 수 있는 세력이 없다는 뜻이었다. 시마즈 요시히로가 질풍과 같은 속도로 규슈를 통일하는 동안, 다른 지역에서는 눈치를 보느라 선수를 치는 영주가 나오지 않았다. 도요토미 히데요시와 그를 따르던 측근 대부분이 이준성 손에 죽은 후, 왜국은 말 그대로 무주공산과 다름없는 상태로 변했다.

물론 주인이 없는 산에 주인 노릇을 하려는 영주는 몇 명 있었다. 세력이 가장 큰 도쿠가와 이에야스를 필두로 주코쿠의 제왕이라 할 수 있는 모리 데루모토, 에치고의 실력자인 우에스기 카게카츠, 도호쿠에서 호시탐탐 기회를 엿보는 젊은 영주 다테 마사무네 등이 바로 그런 영주들이었다.

그러나 그들이 눈치를 살피며 우물쭈물하는 동안, 규슈에 있던 시마즈 요시히로가 선수를 쳐서 규슈 전체를 통일했다.

다급해진 그들은 이합집산을 반복한 끝에 세 세력으로 나뉘었다. 먼저 도쿠가와 이에야스는 재빨리 다테 마사무네 집안과 혼사를 추진해 도호쿠를 아군으로 만드는 데 성공했다. 다테 마사무네는 야망이 큰 사내였다. 그러나 영지가 있는 도호쿠는 척박하기 짝이 없어 현실이 야망을 받쳐 주지 못했다. 그는 결국 도쿠가와 이에야스의 제안을 수락했다.

두 번째 세력은 마에다 도시이에와 우에스기 카게카츠의 동맹이었다. 그 둘은 도쿠가와 이에야스를 좋아하지 않은 데다 영지의 위치까지 가까웠기 때문에 자연스레 한배를 탔다. 그러다 동맹을 맺은 지 며칠 지나지 않았을 무렵, 마에다 도시이에가 지병으로 급사하는 바람에 결속이 크게 흔들리기 시작했다. 그리고 마지막 세 번째 세력은 주코쿠에 있는 모리 데루모토였다. 모리 데루모토는 시코쿠에 공을 들여 그쪽에 있는 여러 영주와 사돈 관계를 맺는 중이었다.

은호원장 강태봉으로부터 왜국의 동향을 전해 받은 이준성은 급히 화약과 무기 2차분을 시마즈 요시히로에게 건넸다. 다른 영주들이 이합집산을 반복하는 이때야말로 시마즈 요시히로에겐 다시없을 기회임을 직감한 것이다.

시마즈 요시히로는 역시 똑똑했다. 그는 시간을 끌면 결국 도쿠가와 이에야스가 혼슈와 시코쿠를 통일할 거란 사실을 깨달았다. 그리고 통일한 후엔 도요토미 히데요시가 그런 것처럼 수십만 대군을 앞세워 쳐들어올 거라는 사실을 눈치챘다.

시마즈 요시히로는 이준성이 준 화약과 무기로 군대를 무장시킨 다음, 곧장 시모노세키 해협을 건너 주코쿠를 침공했다. 그리고는 3개월에 걸친 치열한 사투 끝에 마침내 모리 데루모토와 범모리 가문 전체를 그의 발밑에 무릎 꿇리는 데 성공했다. 그 와중에 모리 데루모토가 공을 들이던 시코쿠 지역까지 통째로 차지한 것은 일종의 덤이라 할 수 있었다.

모리 데루모토의 범모리 가문은 3대에 걸친 명문가였다. 그러나 임진왜란, 정유재란에서 엄청나게 큰 피해를 본 데다 병사들을 무장시킬 갑옷과 무기, 조총 등이 턱없이 부족해

결국 완전무장한 상태로 처들어온 시마즈군에게 대패했다.

물론 도쿠가와 이에야스 역시 이를 멀뚱히 지켜만 보진 않았다. 다테 마사무네와 협력한 그는 에치고를 공격해 끝내 우에스기 가문을 멸문시키는 데 성공했다. 여기엔 우에스기 가문과 동맹을 맺은 마에다 가문의 변심이 가장 큰 원인으로 작용했다. 마에다 도시이에의 뒤를 이어 당주에 취임한 마에다 도시나가가 도쿠가와 이에야스의 끈질긴 협박과 회유에 넘어가 우에스기 가문과 점차 거리를 뒀기 때문이었다.

그리하여 왜국의 운명은 서쪽을 차지한 시마즈 요시히로와 동쪽을 차지한 도쿠가와 이에야스 두 명의 손에 달리게 된 셈이었다.

한편, 그사이 시마즈 요시히로는 곧장 긴키로 진격해 오사카 지역을 차지한 다음, 천황이 있는 교토로 북상했다. 물론 도쿠가와 이에야스 역시 가만있지 않고 같이 교토로 진격했다. 교토를 먼저 차지하는 쪽이 우위를 차지할 수 있었기 때문이었다.

결국, 시마즈 요시히로가 이끄는 서군과 도쿠가와 이에야스가 이끄는 동군은 교토 인근에서 정면으로 대치했다. 그러나 운명을 판가름하는 대전쟁으로 바로 이어지지는 않았다.

시마즈 요시히로와 도쿠가와 이에야스의 생각이 서로 다르기 때문이었다. 이준성의 조언대로 이쯤에서 휴전하기를 원한 시마즈 요시히로는 단단한 성에 틀어박혀 지키는 쪽을 택했다. 반면, 도쿠가와 이에야스는 왜국 반쪽으론 성이 차지 않는 탓에 끊임없이 도발을 감행했다. 결국, 도쿠가와 이에야스가 이끄는 동군 연합군이 먼저 시마즈 요시히로가 이끄는 서군을 선공했다. 그러나 동군은 서군의 방어를 뚫지 못해 결국 수많은 사상자를 낸 상태에서 후방으로 철수했다. 그로부터 한 달 후, 시마즈 요시히로와 도쿠가와 이에야스 두 사람은 교토 황궁에서 만나 휴전협정을 맺었다. 휴전이 언제 끝날지는 알 수 없었다. 그러나 어쨌든 전운이 걷힌 왜국은 동쪽과 서쪽으로 나뉘어 안정기에 들어섰다.

이준성은 그사이 그가 받기로 한 전리품을 챙겼다. 그는 우선 후쿠오카에 있는 항구를 일부 할양받은 다음, 그곳에 대사관과 상관을 설치했다. 그리곤 대사관에 상주할 전권대사로 고니시 유키나가를 임명했다. 고니시 유키나가는 대사관에 머무르며 대사와 상관장 업무를 같이 볼 예정이었다.

전권대사로 대사관에 부임한 고니시 유키나가가 가장 먼저 처리한 업무는 규슈에 남아 있는 항왜의 가족을 한국으로 이주시키는 일이었다. 규슈에 영지가 있던 고니시 유키나가는 물론이거니와 하구로, 마사카츠, 카네, 슈메 등 이준성 막하에 있는 항왜 대부분의 가족은 규슈에 거주 중이었다.

그동안 규슈에 사는 항왜의 가족은 배신자의 가족이란 이유로 다른 왜인에게 손가락질을 받으며 살아야 했다. 심지어 폭행을 당하거나 폭도가 집에 불을 지르는 경우마저 있었다.

고니시 유키나가는 시마즈 가문의 양해를 구해 항왜의 가족을 한국으로 이주시키는 작업부터 서둘러 처리했다. 그리고 그 작업이 다 끝난 다음엔 한국이 생산한 화약과 강철을 왜국에 가져다 판 다음, 그 대금으로 은과 유황을 사들였다.

고니시 유키나가는 정식으로 교역이 이루어진 첫 달에만 은 10톤, 유황 50톤을 수입하는 데 성공했다. 이준성은 고니시 유키나가가 사들인 은과 유황을 명나라에 가져가 팔았다.

명나라 절강에는 한국무역공사 절강지점이 있어 은과 유황을 파는 게 그리 어렵지 않았다. 물론 명나라 조정의 허락을 받은 정식 교역이 아니었기 때문에 신중하게 거래했다.

은과 유황을 판 다음에는 그 대금으로 쌀, 금, 비단 등을 사들였다. 왜국, 명나라, 한국 삼국을 잇는 일종의 삼각무역이 첫 시동을 건 셈이었다. 왜국이 안정기에 접어들었을 무렵, 이준성은 소 요시토시를 대마도 집무실로 불러들였다.

소 요시토시는 그동안 대마도 도지사를 맡아 대마도에 한국의 행정 및 정치 체계를 도입하는 데 전력을 다했다. 소 요시토시는 일단 대마도에 존재하는 모든 부동산을 국고로 환수한 다음, 대마도 주민에게 그들이 필요한 땅을 임대 형식으로 나누어 주었다. 원래 대마도의 모든 땅은 소 씨 가문의 소유이기 때문에 대마도 주민들이야 싫어할 이유가 없었다.

땅 문제를 처리한 다음에는 관청, 세무서, 학교, 군사기지 등을 세웠다. 그리고 인재를 뽑아 한국어와 한글을 가르쳤다.

소 요시토시가 공손히 인사한 후에 고개를 들었다.

"찾으셨단 말을 들었사옵니다."

"난 이제 본토로 돌아가야 하오. 원래는 더 일찍 돌아갔어야 했는데, 왜국 일이 마음에 걸려 귀국 일정을 늦췄소. 하지만 이젠 얼추 끝난 것 같아 본국으로 돌아갈 생각인데, 그냥 떠나기가 불안해 몇 가지 당부를 하기 위해 그댈 불렀소."

"말씀하시옵소서."

"우선 나는 대마도에 사는 왜인들을 노예로 만들려는 것이 아니오. 그들에게 말과 글을 가르치는 이유는 앞으로 대마도에 오는 본토 사람들과 잘 소통하라는 뜻에서 하는 거지, 말과 문화, 전통을 말살해 이곳을 식민지로 만들려는 것이 아니오. 도지사는 내 말이 무슨 뜻인지 이해할 수 있겠소?"

"이해했사옵니다."

"좋소. 두 번째로 할 당부는 후쿠오카에서 있는 장인 고니시 유키나가와 상의해 시마즈 요시히로와 왜국의 동태를 잘 감시하란 것이오. 시마즈 요시히로가 지금은 우리와 협력 관계를 맺은 상태이나 사람 마음은 측량하기 어렵단 옛말처럼 언제, 어떻게 변할지 알 수 없는 일이오. 만약 시마즈 요시히로가 배신할 기미가 보이거든, 이곳에 있는 지휘관과 상의해 후쿠오카에 있는 대사관과 상관 인력부터 빼내시오."

"명심하겠사옵니다."

"마지막으로 그대에게 이곳에 은호원 대마도지부와 감사원 대마도지부를 설치했다는 사실을 알려 주기 위해 불렀소. 그 두 지부는 앞으로 이곳에서 나의 눈과 귀 역할을 대신할 거요. 그러니 지금부터는 다른 마음을 품지 않는 게 좋을 것이오. 나를 따른 세월이 적지 않아 내가 어떤 사람인지 그대역시 잘 알 거요. 난 적은 용서하는 사람이지만 배신자는 절대 용서하지 않소. 내가 한 당부를 절대 잊지 마시오."

소 요시토시는 몸을 떨며 급히 머리를 숙였다.

"여, 여부가 있겠사옵니까?"

이준성은 겁을 먹은 소 요시토시를 좋은 말로 달래 돌려보낸 다음, 남은 잡무를 처리했다. 그리고는 정확히 사흘 후에 대마도 아소만을 떠나 부산포로 출발했다. 1,597년 가을에 떠났단 점을 생각하면 거의 2년 반 만에 돌아가는 셈이었다.

2년 반 만에 보는 부산포는 많이 달라져 있었다. 2년 반 전에 봤을 땐 전쟁의 참상이 남아 있는 상태였다. 그는 시체 썩는 냄새와 그 시체 위로 바글거리던 구더기를 잊지 못했다.

어떤 병사는 신원을 확인할 목적으로 바닥에 엎어져 있던 시체를 무심코 뒤집었다가 신물을 토할 때까지 구토를 멈추지 못했다. 시체의 입속에서 쥐가 튀어나왔기 때문이었다.

한데 문제는 바닥에 널려 있는 시체가 아니었다. 진짜 문제는 불에 타 망가진 가옥과 전답이었다. 시체야 치우면 그만이었다. 그러나 불에 탄 가옥과 전답은 복구가 쉽지 않았다. 백성들이 살아가는 삶의 터전이 전쟁으로 모두 망가졌다.

그러나 2년 반 만에 다시 찾은 부산은 전쟁 이전처럼 활기가 넘쳤다. 또한 평화로웠다. 시체가 널려 있던 거리는 광이 날 만큼 번쩍였고, 타다 남은 가옥 잔해가 흩어져 있던 자리에는 기와를 얹은 새 가옥이 계단처럼 솟아 있었다. 시커멓던 전답은 눈을 시리게 하는 녹색 빛으로 다시 뒤덮여 있었다.

그가 대마도에 머무른 2년 동안 정부와 관청, 백성, 군대가 한마음이 되어 부산을 다시 전쟁 이전의 모습으로 되돌려 놓은 것이었다. 실로 대단한 저력이었다. 그는 사실 대마도에 머무르던 2년 동안, 류성룡 등과 연락을 주고받으며 그가 떠나기 전에 지시한 사업의 진척 상황을 보고받았다. 또 부산처럼 복구가 필요한 지역의 복구 현황을 정기적으로 보고받기도 했다.

물론 도성과 대마도가 멀리 떨어져 있는 탓에 보고하는 데 시간이 걸리긴 했지만 어쨌든 적으면 닷새마다, 길면 열흘마다

100장이 넘는 보고서를 받았다. 그러나 백문이 불여일견이란 말이 괜히 있는 게 아니었다. 직접 보면 보고서에 적힌 활자로 표현하지 못하는 것까지 전부 느낄 수 있었다.

경상도 도지사, 부산시장, 가야사단장, 남해함대 사령관 등의 열렬한 환대를 받으며 하선한 그는 관계자의 노고를 위로한 다음, 행궁으로 이동해 그동안 쌓인 여독을 풀었다.

여독을 푼 다음엔 바로 부산진성 근처에 있는 현충원을 찾았다. 현충원에는 정유재란과 왜국 원정에서 순국한 전사자의 유해 수천 구가 묻혀 있었다. 이준성은 현충원 앞에 10미터 높이로 만들어진 무명용사의 탑에서 헌화와 분향과 묵념을 마친 다음, 현충원 꼭대기에 있는 특별 구역을 찾았다. 그곳에는 아시온군 전 사령관 강문우와 천궁포병여단 전 여단장 김국신과 같은 고위 장교의 유해가 묻혀 있었다.

그는 강문우의 무덤에 술잔을 올린 다음, 일어나서 옷매무새를 가다듬었다. 그리고는 정중하게 절을 두 번 올렸다. 그를 수행하기 위해 따라왔던 수십 명이 깜짝 놀라 입을 쩍 벌렸다. 왕이 왕족이 아닌 다른 누군가의 무덤을 향해 절을 하는 건 쉽게 보기 힘든 광경이었다. 특히 아직 유교적인 사상이 강하게 남아 있는 한국에선 더 쉽지 않은 일이었다.

그러나 이준성은 다른 사람의 시선을 신경 쓰지 않았다. 그저 최선을 다해 예를 표할 뿐이었다. 왕이 절을 하는데 멀뚱히 서 있을 순 없는 노릇이라 수행원들도 같이 절을 올렸다.

이준성이 의도하진 않았지만 어쨌든 이번 행동으로 인해 병사들 사이에서는 한 가지 소문이 빠르게 퍼져 나갔다. 바로 살아 있을 때는 그들이 왕을 향해 절을 해야 하지만 나라를 위해 싸우다가 죽었을 땐 왕이 그들을 향해 절을 한단 소문이었다. 물론 죽은 다음에 왕에게 받는 절이 무슨 소용이냐며 냉소적인 시각으로 바라보는 사람 역시 적지 않았다.

그러나 어쨌든 왕이 전사자 예우에 신경을 쓴단 사실은 목숨을 담보로 싸워야 하는 병사들에게 적지 않은 위안거리였다.

절을 마친 이준성은 일어나서 강문우의 묘비를 착잡한 눈빛으로 잠시 바라보다가 날이 저물 때쯤 행궁으로 복귀했다.

행궁에 도착해선 바로 비서실장 강주봉을 집무실로 불렀다.

"지금 당장 도성으로 어명을 보내야겠다."

"곧 준비해 올리겠사옵니다."

강주봉은 즉시 연설비서관에게 어명을 받아 적을 준비를 하게 했다. 준비를 마친 강주봉이 조심스러운 목소리로 물었다.

"수신인은 누구로 하시겠사옵니까?"

이준성은 행궁에 있는 창문으로 정원을 내다보며 대답했다.

"국무총리 류성룡, 국방부장관 권율, 경제부장관 이항복이다."

"어떤 어명이옵니까?"

"전사자의 유족에게 주는 순국연금제도와 부상자와 부상자 가족에게 주는 상의연금제도를 다음 달 1일부로 시행하라는 어명이다. 비용은 원정에서 노획한 금은으로 충당하겠다."

연설비서관은 즉시 이준성이 내린 어명을 비단을 덧댄 교지에 일필휘지로 적어 내려간 다음, 조심스레 말아 대나무 통에 넣었다. 다 넣은 다음엔 통 뚜껑에 촛농을 떨어트려 봉한 상태에서 촛농이 굳기 전에 어명을 뜻하는 인장을 찍었다.

작업을 마친 연설비서관은 교지가 든 통을 강주봉에게 두 손으로 바쳤다. 통을 받아 이상이 없나 살펴본 강주봉은 전령을 불러 중앙정부에 조속히 전달하라는 엄명을 내렸다.

연설비서관을 돌려보낸 강주봉이 조심스러운 목소리로 물었다.

"도성으로 곧장 가시는 게 아니었사옵니까?"

도성으로 바로 갈 거였다면 따로 전령을 보낼 필요가 없었다. 더욱이 달이 바뀌려면 아직 20일이나 남아 있었다. 20일이면 도성에 돌아가 직접 명령을 내릴 수 있는 시간이었다.

이준성은 강주봉의 양어깨에 손을 올리며 대답했다.

"도성에 있는 가족이 그립겠지만, 몇 달만 더 참아 다오.

당분간은 남쪽에 신경 쓸 겨를이 없을 듯해 내려온 김에 몇 달 더 삼남 지역을 둘러보고 나서 도성으로 돌아갈 생각이다."

강주봉은 고개를 내저으며 머리를 조아렸다.

"소신의 질문은 그런 뜻이 아니었사옵니다."

"그럼?"

"둘째 왕자님께서 세상에 나오신 지 벌써 2년 가까이 지났사옵니다. 인제 그만 도성으로 돌아가 수빈마마와 둘째 왕자님을 만나 보시는 게 어떻겠사옵니까? 많이 기다릴 것이옵니다."

수빈은 그가 대마도에 있을 때 첫아들을 낳았다. 그에게는 둘째 아들이었다. 그 소식을 접한 이준성은 전령을 통해 차남의 이름을 이성으로 지어 보냈다. 장남은 그의 이름 중에 첫 번째 글자인 준을 따 이준이라 지었기 때문에 둘째인 차남은 두 번째 글자인 성을 따 이성이라 지은 것이다.

또한 상선, 제조상궁, 왕실부장관 최배천 등에게 그가 돌아갈 때까지 산모와 아기가 부족함 없이 지낼 수 있게 잘 살펴보란 명령을 내렸다. 그러나 수빈과 성이가 가장 원하는 것은 그게 아니었다. 수빈 모자가 진정으로 원하는 것은 그가 하루속히 도성으로 돌아와 아내와 아들을 안아 주는 것이다.

이준성은 한숨을 깊이 내쉬며 고개를 살짝 내저었다.

"수빈과 성이 역시 이런 내 행동을 이해해 주리라 믿는다.

그게 왕가에 시집온, 그리고 왕가에서 태어난 자의 숙명이니
까."

이준성은 다음 날 부산을 떠나 울산으로 이동했다. 울산에
는 국방부 방사청에서 운영하는 화학 공장이 있었다. 화학 공
장에선 암모니아 제조기를 이용해 화약과 비료, 농약 등을 생
산해 내고 있었다. 화학 공장을 둘러본 다음엔 포항으로 이동
해 그곳에 있는 같은 방사청 소속의 포항 조선소를 점검하였
다.

현재 포항 조선소에서는 한국 해군의 차기 전함으로 손꼽
히는 해궁을 건조 중이었다. 해궁은 기존에 있는 전함 중 배
수량이 가장 큰 해신을 바탕으로 설계한 신형 전함이었다. 해
궁에는 그동안 범선을 실제로 운영해 보며 얻은 경험과 노하
우 등이 녹아 있었다. 또 이준성이 유진을 통해 찾아낸 신기
술 몇 가지를 추가하여 속도와 배수량, 방호 능력, 선상 생활
의 편의성 등에서 괄목할 만한 성장을 이뤄 냈다.

이준성은 포항 조선소 간부, 기술자, 인부에게 금일봉을
넉넉히 하사해 그들의 노고를 위로한 다음, 안동으로 이동했
다.

안동에는 방사청에서 운영하는 무기 공장, 방직 공장 등이
위치해 있었다. 현재 무기 공장에선 뇌우 1호와 진천 1호, 각
궁 등을 생산했다. 또한 주로 여인이 근무하는 방직 공장에서
는 군인이 사용하는 정복, 제복, 전투복, 훈련복 등 30가지가

넘는 군 관련 의복과 장신구 등을 생산해 군대에 납품하고 있었다.

방직 공장에서 근무하는 근로자 대부분은 전쟁 통에 남편과 아버지, 자식을 잃어 살길이 막막해진 여성이었다. 이준성은 그런 여성의 자립을 지원함과 동시에 품질 좋은 의복과 장신구를 생산할 목적으로 방직 공장을 전국 곳곳에 세웠다.

경상도를 다 둘러본 이준성은 진주를 통해 전라도로 넘어갔다. 그러나 행보는 경상도에 있을 때와 비슷했다. 그는 전라도 곳곳에 세워둔 조선소, 화학 공장, 방직 공장, 무기 공장, 제지 공장 등을 둘러보며 이동했다. 경상도에 있을 때와 다른 점이 있다면 교육부가 세운 학교를 둘러보았단 점이었다.

그는 정유재란이 일어나기 전에 교육부장관 정탁을 불러 전국에 초등학교, 중학교, 고등학교, 그리고 대학교를 세워 백성이 무료로 공부할 수 있는 환경을 만들란 어명을 내렸다.

제도를 시행한 시간이 짧았던 탓에 진척 상황은 20퍼센트에 불과했다. 그러나 광주와 전주에선 초등학교, 중학교, 고등학교, 대학교로 이어지는 체계를 완성해 학생들을 가르치는 중이었다.

이준성은 광주에 있는 광주대학교를 둘러본 후에 충청도로 넘어가 그곳에 있는 시설과 학교를 점검했다. 그리고는 마지막으로 경기도 남부 지역을 시찰한 후에 도성으로 향했다. 1,600년 봄에 시작한 시찰이 그해 가을에 끝난 셈이었다.

도성 남대문 앞에는 그를 보기 위해 모여든 문관, 무관, 백성으로 발 디딜 틈이 없었다. 심지어 지붕과 나무에까지 구경하기 위해 나온 사람들로 바글거렸다. 그는 허례허식을 끔찍이 싫어하지만 가끔은 그런 게 필요할 때가 있었다. 특히 지금처럼 백성이 인도에 쭉 늘어서 있을 때가 그러했다.

민중은 이율배반적이었다. 그들은 친근하게 다가오는 통치자를 좋아한다. 하지만 너무 친근하게 다가가면 위엄이 없다며 싫어한다. 그래서 통치자는 위엄을 세우면서 친근하게 다가가야 한다. 그래야 신망과 존경을 같이 얻을 수 있다.

이준성은 남대문 앞에서 그동안 입었던 여행복을 벗은 다음, 궁에서 미리 보내온 화려한 제복으로 갈아입었다. 제복은 장교용 정복과 비슷한 형태였다. 하지만 곳곳에 금실을 꼬아 만든 휘장을 달아 화려함과 위엄을 동시에 갖추었다. 그는 상하의로 나뉜 제복과 군모, 가죽 장화를 착용한 다음, 화려한 갑옷을 입힌 흑왕에 올라 남대문 안으로 당당히 입성했다. 그를 호위하는 흑룡대대 역시 깔끔한 정복을 착용한 상태에서 열을 맞춰 행진했기 때문에 온몸에 소름이 좌르르 돋을 만큼 장대한 위엄이 곳곳에서 뿜어져 나왔다.

그를 본 문무백관이 즉시 엎드려 절을 올렸다.

"무사 귀환을 감축드리옵니다!"

문무백관 다음에는 백성들이 엎드려 똑같은 소리를 복창했다. 남대문에 집결한 문무백관과 백성의 수가 수만 명에 달했으므로 그들이 외치는 소리로 인해 고막이 찢어질 듯했다.

한 손을 들어 가볍게 답례한 이준성은 인도에 늘어선 백성의 존경과 경외의 시선을 한 몸에 받으며 경복궁으로 이동했다. 도성에 사는 전 백성이 그를 보기 위해 나온 듯했다. 가는 길마다 인산인해를 이룬 백성이 앞다투어 절을 올렸다.

백성에게 있어 그는 신화와 같은 존재였다. 그는 한국을 침략한 왜적을 두 차례에 걸쳐 성공적으로 막아 냈으며, 직접 왜국 친정에 나서며 침략을 주도한 도요토미 히데요시를 태워 죽였다. 한국 백성에게 그보다 더 통쾌한 일은 있을 수 없었다.

백성의 열렬한 환대를 받으며 광화문 앞에 도착한 이준성은 흑왕 위에서 내려와 궁으로 들어갔다. 이준성이 왜국 원정을 떠나 있는 동안, 국무총리 류성룡의 주도하에 건설부와 왕실부가 경복궁을 거의 다 복원하는 데 성공했다. 이젠 왕실과 조정이 기거하며 업무를 보는 데 지장이 전혀 없었다.

홍례문을 지나 근정문 앞에 이르렀을 때였다. 마침내 뼈에 사무치게 그리웠던 사람들의 얼굴이 보였다. 우선 맨 앞에 서 있는 중전과 원자의 모습이 눈에 들어왔다. 그다음에는 2살쯤으로 보이는 사내아이의 손을 잡은 자세로 서 있는 수빈의 얼굴이 보였다. 중전과 수빈 뒤에는 수백 명에 달하는 남녀 궁인이 오와 열을 맞춰 공손히 시립해 있었다.

그는 앞으로 달려가 중전과 수빈을 격하게 끌어안았다. 거의 3년 만에 해후한 세 남녀는 서로를 부둥켜안은 상태로 떨어질 줄 몰랐다. 이를 지켜보던 궁인들이 소리 죽여 흐느끼는 바람에 근정전 전체가 갑자기 슬픔에 잠겼다. 다만, 아버지란 존재를 듣기만 했을 뿐 직접 대면한 적은 없던 원자와 성이만이 어리둥절한 표정으로 서 있을 따름이었다.

독재자

3장. 예상치 못한 손님

이준성은 중전, 수빈 등과 강녕전으로 자리를 옮겨 남은 회포를 풀었다. 그가 3년 동안 돌아오지 못한 이유를 열심히 설명했을 때 아내들은 걱정과 달리 이해해 주는 모습을 보였다. 중전이 불만을 약간 표현하기는 했지만 어쨌든 그가 3년 동안 외유한 일을 대체로 이해해 주는 분위기로 흘러갔다.

다만, 아버지란 사람을 제대로 본 적 없는 원자와 성이는 겁을 약간 집어먹은 표정으로 엄마 뒤에 숨어 그를 훔쳐보았다. 물론 원자는 1년 가까이 같이 산 적 있지만, 아주 어렸을 때라 그를 처음 보는 사람처럼 대하긴 마찬가지였다.

4살과 2살밖에 되지 않는 어린아이의 눈에는 그가 괴물처

럼 보이는 모양이었다. 사실, 그럴 수밖에 없었다. 190센티
미터의 신장에 100킬로그램이 넘는 체중을 지닌 데다 두 눈
까지 호랑이처럼 부리부리한 탓에 그는 아이들에게 호감을
주는 인상이 아니었다. 더욱이 얼굴과 팔뚝 여기저기에 자잘
한 흉터가 가득해 호감보단 비호감에 가까운 인상이라 할 수
있었다.

이준성은 아이들과 친해지기 위해 서두르지 않았다. 지금
급하게 다가가면 아이들이 그를 전보다 더 무서워할 수 있었
다. 그는 앞으로 시간을 갖고 천천히 다가가기로 마음먹었
다.

돌아온 첫날은 중전이 머무르는 교태전에서, 둘째 날은 수
빈이 머무르는 경은전에서 뜨거운 밤을 보낸 이준성은 셋째
날부턴 온 가족이 함께 경복궁 후원으로 자주 소풍을 떠났
다.

창덕궁 후원보다는 못하지만, 경복궁 후원 역시 북악산 바
로 밑에 자리해 풍경이 수려했다. 자주 소풍을 떠난 덕에 보
름쯤 지났을 땐 아이들이 점점 그를 아버지로 인식했다. 급
기야 두 달쯤 지나 1,600년 겨울에 접어들었을 무렵에는 아
이들이 먼저 달려와 그의 품에 곧잘 안기기까지 하였다.

아들들과 친해지는 데 성공한 이준성은 본격적으로 그동
안 류성룡 등에게 떠맡겨 놓은 정사를 다시 돌보기 시작했
다.

이준성은 거의 매일 국무회의를 소집해 총리와 장관에게 일거리를 잔뜩 안겨 주었다. 이제 좋은 날은 다 지나간 셈이었다.

"삼남 지방을 돌아보면서 느낀 건데, 도로의 여건이 여전히 내 기대에 미치지 못했소. 현재 물류 대부분을 해상 운송으로 충당하긴 하지만, 그것만으론 부족하오. 건설부는 도로 공사 인원을 확충해 도로를 정비하는 데 전력을 다하시오. 도로를 제대로 만들어 둬야 내수 경제를 활성화할 수 있소."

병으로 사직한 이봉수 대신에 건설부장관을 맡은 이달이 나와 송구한 표정으로 머리를 조아렸다. 손곡 이달은 서자 출신이지만 이준성이 몇 년 전에 신분제를 철폐했으므로 그를 장관에 앉히는 데 감히 불만을 표시하는 자는 없었다.

그러나 이달의 수난은 거기서 끝나지 않았다.

이준성은 이달에게 또 다른 어명을 내렸다.

"건설부장관은 주택공사 사장에게 신규 주택 건설에 박차를 가하란 명령을 내리시오. 앞으로 5년 안에 국민의 3할 이상은 비가 새지 않는 집에서 살 수 있게 만들어야 할 것이오."

이달은 조아린 머리를 더 조아렸다.

"주택공사 사장에게 전하의 심려가 크시단 말을 전하겠사옵니다."

이준성의 다음 과녁은 행정부장관 정문부였다.

"행정부는 경찰청과 소방청의 설립 준비를 어느 정도나 마쳤소?"

정문부가 즉시 앞으로 나와 대답했다.

"경찰청은 본청과 지방청 18곳의 설립을 완료했사오며, 현재는 경찰청에서 일할 경찰을 모집해 훈련시키는 중이옵니다. 그리고 소방청은 도성에 본청을 만드는 중이옵니다."

"좀 더 서두르시오."

"알겠사옵니다."

이준성은 조회 마지막에 새 국무위원 두 명을 다른 위원에게 소개했다. 한 명은 보건부장관에 임명받은 허준이었고, 다른 한 명은 문화부장관에 임명받은 허균이었다. 특히 허균은 31살이란 젊은 나이에 장관에 올라 주목을 받았다.

이준성은 임명장을 준 다음, 그들이 해야 할 일을 알려 주었다.

"보건부는 질병을 연구하는 질병 연구소와 의료 기술을 연구하는 의료 기술 연구소, 실력 있는 의사와 간호사를 양성할 의과대학을 빨리 세우도록 하시오. 그리고 그 후에는 전국 주요 도시에 병원을 세워 국민의 보건 향상에 힘쓰도록 하시오."

"예, 전하."

이준성은 이번엔 허균을 바라보며 명령했다.

"문화부는 우선 한반도와 만주 지역에 살았던 우리 민족이 세운 역대 왕조의 정통역사서부터 편찬하도록 하시오. 그리고 한글로 만든 서적에 사용할 금속 활자를 빨리 개발하여 법전, 교과서와 같은 필수 서적을 양산하도록 하시오."

"알겠사옵니다."

그날 조회는 거기서 끝났지만, 이준성은 조회가 끝난 직후에 허준을 사정전으로 따로 불러 그가 작성한 의서 30권을 전달했다. 그 의서들은 이준성이 대마도에 있을 때 작성한 것들이었다. 의서엔 질병부터 시작해 약과 치료법 등을 개괄적으로 서술한 내용이 적혀 있었다. 물론 모두 유진의 데이터베이스에 있는 내용을 17세기 의원의 수준에 맞게 편집한 책이었다.

이준성은 몇 년 동안 이런 식으로 대한민국이 가진 능력을 끌어올리는 데 집중했다. 마침내 그로부터 2년이 지난 1,603년 봄엔 그가 원하는 1차 목표를 거의 다 이룰 수 있었다.

우선 중앙과 지방의 행정 체계를 완성했다. 먼저 중앙에는 국무총리실을 중심으로 은호원, 감사원의 2원과 국방부, 경제부, 재정부, 교육부, 외교부, 법무부, 행정부, 건설부, 왕실부, 보건부, 문화부, 자원부, 농업부로 이뤄진 13부를 설치했다. 1실, 2원, 13부로 이뤄진 중앙정부가 탄생한 것이다.

또 국왕 직속 기관으론 비서실과 경호실을 두었는데, 비서실장은 강주봉, 경호실장은 마사카츠가 각각 맡았다. 마사카츠가 그동안 보여 준 활약과 충성심에 따른 인선이었다. 마사카츠는 몇 년 전에 규슈에 있던 일가 전부가 한국으로 이주해 현재 도성에서 같이 사는 중이었으므로 충성심이 전보다 높아져 그가 죽으라면 죽을 수 있을 정도였다.

또 지방은 지방대로 도청, 시청, 군청, 동사무소 체계를 갖췄다. 그 외에 교육부는 초등학교, 중학교, 고등학교, 대학교로 이어지는 교육체계를 완성했으며, 재정부는 주요 도시에 세무서와 곡창을 세워 세금과 통화 관련 시스템을 완성했다. 마지막으로 주요 도시에 사법부, 경찰청, 소방청을 설립해 국민이 질 좋은 국가서비스를 받을 수 있도록 조치했다.

물론 아직 미진한 부분 역시 많았다. 가장 대표적인 게 도로였다. 한국은 산이 많아 도로를 뚫기가 어려웠다. 그리고 두 번째는 주택 보급률이었다. 여전히 많은 숫자의 백성이 다 허물어져 가는 판잣집이나 움막, 초가 등에서 생활하는 중이었다.

이준성은 건설부장관 이달을 불러 닦달했다.

"사업의 진척이 더딘 이유가 대체 무엇이오?"

이달은 변명거리를 미리 생각해 놓은 듯 주저 없이 대답했다.

"한국엔 하천과 산이 많아 도로를 놓기가 쉽지 않사옵니다. 그리고 주택은 목재가 부족하여 어려움을 겪는 중이옵니다."

이준성은 미간을 살짝 찌푸리며 물었다.

"산밖에 없는 나라에 목재가 부족하단 거요?"

"쓸 만한 목재를 만들려면 나무를 최소 30년 이상은 키워야 하옵니다. 한데 지금은 전함을 건조하는 조선소에서 쓸 만한 목재를 다 가져가는 상태이다 보니 주택 건설에 투입할 여력이 없사옵니다. 또 백성까지 난방과 취사에 목재를 이용하므로 이미 도시 교외 쪽에는 민둥산이 천지인 상태이옵니다."

"알겠소. 방법을 생각해 볼 테니 장관은 돌아가 업무를 보시오."

"예, 전하."

이달이 살았단 표정으로 돌아간 후에 집무실로 쓰는 사정전에 홀로 남은 그는 유진을 불러 해결책을 같이 찾아보았다.

"지형 때문에 도로를 놓기 힘든 곳엔 어떻게 하는 게 좋을까?"

유진은 뭘 그런 것까지 묻느냐는 음색으로 대답했다.

-하천에는 다리를 세우고 산에는 터널을 뚫으면 되죠.

이준성은 이마를 짚으며 소리를 질렀다.

"야, 지금 그걸 누가 몰라서 묻냐?"

유진은 퉁명스러운 어조로 대꾸했다.

-그럼 어떤 답을 원하시는 건데요?

"구체적으로 어떻게 해야 하는지 알려 줘야지."

-음, 글쎄요.

이준성은 유진의 대답을 들으며 약간 소름이 끼쳤다. 유진의 대화 방식은 사람과 거의 비슷했다. 유진을 이루는 기본 시스템이 생체 진화형이긴 하지만 이 정도로 진화하리라곤 생각하지 못했다. 아마 시스템 개발자들 역시 몰랐을 것이다.

유진은 그로부터 2, 3분이 지난 후에 대답했다.

-기술자와 인부를 모아 강철과 콘크리트로 길이가 짧은 소형 교량부터 만들게 하십시오. 경험이 좀 더 쌓이면 머지 않아 한강처럼 넓은 강 위에 교량을 만들 수 있을 것입니다.

"콘크리트?"

-그렇습니다. 한반도는 천연자원이 부족한 지역이지만, 유독 두 가지 천연자원만은 다른 지역보다 훨씬 풍부한 편에 속합니다. 바로 석재와 석회석이죠. 그중 석회석을 약간 가공하면 시멘트를 쉽게 제조할 수 있습니다. 그리고 그 시멘트에 자갈과 같은 골재를 섞으면 그게 바로 콘크리트입니다.

유진은 인드라망 모니터에 콘크리트 만드는 방법을 출력했다. 그리고 그 후엔 콘크리트와 강철을 이용해 만드는 교량의 설계도를 만들어 출력했다. 설계도는 10미터 길이의 짧은 교량부터, 한강대교처럼 수백 미터에 달하는 교량까지 다양했다. 이준성은 고개를 끄덕이며 종이에 적어 나갔다.

교량 문제를 해결한 이준성이 다시 물었다.

"그럼 터널은?"

-터널 역시 방금 말한 콘크리트와 강철로 만들 수 있습니

다. 물론 그 전에 반드시 해결해야 하는 일이 하나 있지만요.

"그게 뭐지?"

-다이너마이트를 개발해야 합니다. 터널을 만들려면 암반이 가득한 산속에 갱도를 뚫어야 하는데 인력으론 못 합니다.

"다이너마이트? 노벨이 만든 화약을 말하는 거야?"

-그렇습니다.

"차라리 RDX 쪽이 훨씬 안전하지 않아?"

-RDX보다는 다이너마이트를 제조하기가 훨씬 쉬울 겁니다.

이준성은 미간을 살짝 찌푸리며 물었다.

"지금 우리가 가진 기술력으로 다이너마이트를 만들 수 있을까?"

-충분히 가능합니다.

유진은 현재 한국군이 사용하는 무연화약을 규조토, 탄산나트륨과 섞어 다이너마이트를 만드는 과정을 자세히 설명했다.

다이너마이트의 가장 큰 장점은 역시 안전하다는 점이었다. 나이트로글리세린은 작은 충격에도 쉽게 폭발하지만, 그 나이트로글리세린을 규조토에 흡수시켜 제조하는 다이너마이트는 뇌관을 제거할 경우 불에 태워도 쉽게 터지지 않았다.

이준성은 유진에게 마지막으로 물었다.

"주택 문제는 어떻게 하는 게 좋을까? 건설부장관의 말에 따르면 목재가 부족해 주택을 짓는 데 어려움이 있다고 하던데."

-세 가지 방법이 있습니다.

"뭔데?"

-첫 번째는 석탄을 채굴해 민간에 공급하는 겁니다. 그러면 난방과 취사에 사용하는 목재의 양이 훨씬 줄어들 테니 주택 건설에 필요한 목재를 확보할 수 있습니다. 두 번째는 만주의 자원을 확보하는 겁니다. 만주에는 엄청나게 광활한 원시림이 몇 군데 존재합니다. 한국이 그 원시림을 사용할 수 있다면, 목재 부족을 겪는 일은 당분간 없을 것입니다.

"그럼 세 번째는?"

-주택을 목재 대신에 벽돌로 짓는 겁니다. 물론 벽돌만 사용하면 무너지기 쉬우니 시멘트를 외벽에 발라 주어야 합니다.

이준성은 유진이 제시한 해결책으로 도로와 주택 건설 문제를 해결했다. 곧 방사청 산하에 있는 무기 연구소가 다이너마이트 연구에 들어갔다. 그리고 건설부 도로공사는 석회석으로 만든 시멘트를 콘크리트로 제조하는 연구를 시작했다.

모든 준비가 끝난 다음에는 본격적으로 교량과 터널 등을 건설했다. 주택 역시 마찬가지였다. 목재 대신 구워 만든 벽돌로 외벽을 세운 다음, 시멘트를 발라 주택을 완성했다.

국내 문제를 처리하느라 정신없던 1,603년 여름, 예상치 못한 손님이 찾아왔다. 바로 시마즈 요시히로가 보낸 사신이었다.

◆ ◈ ◆

물론 국가 간에 이뤄지는 외교는 정상적인 절차를 밟아 진행돼야 했다. 그래야 뒤통수를 맞는 일이 없으며 사신을 파견하는 국가와 영접하는 국가 모두 체면을 살릴 수가 있었다.

시마즈 요시히로 역시 별반 다르지 않았다. 그는 먼저 후쿠오카 대사관에 근무하는 고니시 유키나가를 찾아가 한국에 사신을 파견하는 문제를 상의했다. 고니시 유키나가는 그날 바로 시마즈 요시히로의 이러한 뜻을 본국에 통보했다.

통보를 받은 이준성은 별 고민 없이 시마즈 요시히로의 사신 파견을 허락했다. 어차피 도성에 왜인이 상주하는 대사관을 만들 생각이기 때문에 한 번쯤은 만나 볼 의향이 있었다.

현재 한국 도성에는 류큐국과 대만 타이호국의 관원이 상주하는 대사관이 한 군데씩 있었다. 여전히 쇼네이왕이 통치 중인 류큐국은 한국 정부와의 거래가 늘어난 덕에 예전의 성세를 되찾아 가는 중이었다. 한데 진짜 놀라운 변화는 대만에서 일어났다. 타이중 항구에 상주하는 한국군으로부터 무기를 공급받은 타이호족은 3년 만에 대만에 있는 수십 개 부족을 정복해 타이호란 이름의 통일 국가를 건국했다.

타이호국의 초대 국왕으로 등극한 타이가왕은 한국 정부가 파견한 문관과 무관의 도움을 받아 타이호국에 한국의 정부 조직과 비슷한 체계를 지닌 통일 정부 조직을 도입했다.

수백 년 동안 중국, 동남아 등 여러 지역에서 넘어온 부족이 전쟁과 화친을 반복하며 살아왔단 점을 생각하면 기적이 따로 없었다. 인종과 언어, 출신이 같다면 중앙 집권화를 이루기가 쉽다. 그러나 반대로 인종과 언어와 출신이 다를 땐 거의 불가능에 가까웠다. 다른 부족을 노예로 만들지 않는 한, 서로 섞일 수가 없기 때문이다. 한데 타이가왕은 강력한 무력과 인간적인 매력을 앞세워 그 불가능한 일을 해냈다.

2년 전엔 한국 정부와 좀 더 밀도 있는 교류를 원한 타이가왕의 의도에 따라 도성에 타이호국의 첫 대사관이 들어섰다.

현재 양국은 상대국에 설치한 대사관을 통해 활발히 교류하는 중이었다. 한국은 타이호국이 국토를 방어하는 데 필요한 각종 무기와 전함 등을 거의 무상으로 대여해 주었다. 또 농업 기술과 제련, 제철 기술, 선박 건조 기술 등을 전수해 주었다. 심지어 마땅한 문자가 없어 지식 전수와 의사소통에 어려움을 겪는 타이호국 정부를 위해 한글까지 수출했다.

반대로 타이호국은 한국이 전수한 농업 기술로 생산한 농작물을 한국에 되팔아 막대한 이익을 거두는 중이었다. 대만은 한국처럼 천연자원이 빈약한 곳이었다. 그러나 그 대신에 농작물이 잘 자라는 천혜의 옥토와 따뜻한 기후를 지녀 현지 기후에 맞는 농사법으로 비료와 농약을 써서 농사를 지으면 단위 면적당 수확량이 한국보다 훨씬 나은 상태였다.

만약 한국 정부와 이번에 오기로 한 시마즈 가문 사신단의 협상이 이준성의 계획대로 진행된다면, 류큐국과 타이호국에 이어 왜국이 세 번째로 도성에 대사관을 세우는 셈이었다.

그가 시마즈 요시히로가 보낸 사신을 예상치 못한 손님이라 생각한 이유는 사신의 정체에 있었다. 사신은 이름이 시마즈 다다쓰네였는데, 바로 시마즈 요시히로의 유일한 아들이었다. 즉, 차기 당주를 사신으로 이 먼 타국에 보낸 것이다.

이준성은 외교부장관 이덕형이 올린 서류를 보며 피식 웃었다. 시마즈 가문이 보낸 사신명단이 서류에 빼곡히 적혀 있었다. 심지어 그들이 가져올 선물과 무기 목록까지 있었다. 한국을 도발하지 않겠단 의도가 서류 곳곳에 묻어났다.

이준성은 고개를 들어 이덕형을 바라보았다.

"그들이 사신단을 대체 몇 명이나 보낸 거요?"

"300여 명이옵니다."

"대단한 위용이군."

"시마즈 다다쓰네를 보필하기 위해 시마즈 요시히로가 직접 선발한 가신 30여 명이 같이 온다는 정보를 들었사옵니다."

이준성은 서류를 내려놓으며 물었다.

"시마즈 요시히로가 아들을 사신으로 보낸 이유가 뭘 거 같소?"

이덕형은 생각해 둔 게 있는 듯 주저 없이 대답했다.

"신은 거기에 세 가지 이유가 있을 것으로 보옵니다."

"경청하겠소."

"첫 번째는 시마즈 요시히로가 주상전하를 그만큼 신뢰하기 때문일 것이옵니다. 장차 자기 유산을 상속받을 유일한 후계자가 무사히 돌아오지 못할 가능성이 조금만 있어도 그는 절대 아들을 이 먼 한국까지 보내지 않았을 것이옵니다."

"두 번째 이유는 무엇이오?"

"뭔가 꿍꿍이속이 있기 때문일 것이옵니다."

"꿍꿍이속?"

"그렇사옵니다."

"자세히 말해 보시오."

"시마즈 요시히로는 우리와 시마즈 가문의 협력 관계에 어떤 큰 변화가 생길 수 있는 계획을 준비 중일 가능성이 크옵니다. 한데 만약 시마즈 요시히로가 우리에게 통보하지 않은 상태로 그 계획을 추진한다면, 이 관계는 기반부터 흔들릴 수밖에 없사옵니다. 해서 시마즈 요시히로는 계획을 추진하기에 앞서 자신은 주상전하께 숨기는 게 없단 점을 강조할 목적으로 자기 아들을 사신단 대표로 보냈을 것이옵니다."

이준성은 고개를 끄덕이며 물었다.

"일리가 있군. 그럼 마지막 세 번째는 무엇이오?"

이덕형은 의미심장한 표정으로 대답했다.

"가족과 관련 있는 일일 수 있사옵니다."

"가족? 누구?"

"지금은 그저 추측일 따름이옵니다."

이덕형이 대답을 꺼린 탓에 이준성은 더 자세히 캐묻지 못했다.

며칠 후, 시마즈 다다쓰네가 이끄는 시마즈 가문 사신단이 도성에 입성했다. 한강을 건넌 사신단이 남대문을 통해 도성에 입성할 때 수천 명이 넘는 백성이 나와 행렬을 구경했다.

이준성은 은호원을 통해 분노한 군중이 사신단을 공격할 가능성이 있단 의견을 듣고선 하구로가 이끄는 비룡여단을 보내 현장을 통제했다. 전란이 끝난 지 5년 가까이 흐르긴 했지만, 가족을 잃은 백성은 그 원한을 쉽게 잊지 못했던 것이다.

그러나 사신단을 향해 욕을 하거나 침을 뱉는 백성은 없었다. 백성들 또한 이준성이 시마즈 가문과 밀접한 관계를 맺고 있다는 사실을 알기 때문에 싸늘한 눈초리로 바라만 볼 뿐, 욕을 하거나 폭력을 행사해 소란을 일으키지는 않았다.

이준성은 도성에 입성한 사신단에게 1년 전에 완공한 영빈관을 숙소로 내주었다. 영빈관은 외국에서 온 주요 인사를 접대하기 위해 세운 건물이라, 동시에 수백 명을 수용할 수 있었다. 영빈관에서 한나절을 쉬며 여독을 푼 사신단은 다음 날 오전 근정전을 찾아 정식으로 이준성을 알현했다.

시마즈 다다쓰네는 이제 막 30대에 접어든 젊은 사내였다. 아버지 시마즈 요시히로처럼 사람을 찍어 누르는 위엄은 없었지만, 호부 밑에 견자 없다는 옛말처럼 표정과 걸음걸이에서 일국의 뒤를 이을 후계자다운 당당한 기풍을 풍겼다.

시마즈 다다쓰네가 옥좌 앞으로 성큼성큼 걸어와 인사했다.

"시마즈 다다쓰네입니다. 한국의 국왕 전하를 알현하여 영광입니다. 이건 아버님께서 우정의 증표로 드리는 선물입니다."

시마즈 다다쓰네는 발음이 제법 괜찮은 우리말로 본인을 소개한 다음, 가져온 선물을 옥좌 앞에 늘어놓았다. 시마즈 가문이 가져온 선물은 명장이 만든 부채와 왜도를 시작으로 차를 끓여 마시는 다기, 황금과 보석으로 치장한 마구, 화산 섬인 사쿠라지마를 그린 풍경화 등 100여 종에 달했다.

이번 사신 접대를 총지휘하는 외교부장관 이덕형이 앞으로 나가 정중히 사례한 다음, 그 답례로 고려청자, 조선백자, 화개장, 자개장, 안동 칠기 등 한국의 특산품을 전달했다.

선물 교환과 통성명이 모두 끝난 후엔 옥좌 앞에 자리를 잡았다. 이준성이 앉은 옥좌를 기준으로 왼쪽엔 한국 정부에서 나온 관료들이, 오른쪽엔 왜국 사신단이 각기 자리를 잡았다.

사신단 환영회는 저녁 늦게까지 이어졌다. 처음에는 가벼운 차였지만 나중에는 술이 들어와 분위기가 점점 무르익었다.

한국 정부에서 나온 관료들과 시마즈 가문 가신들은 쓰는 말이 달라 의사소통에 어려움을 겪었지만, 양측 모두 상대방의 말을 할 줄 아는 통역관을 대동한 터라, 소 닭 보듯 하진 않았다. 특히 권율, 권응수처럼 임진왜란과 정유재란에서 시마즈 가문과 싸운 경험이 있는 장군들은 시마즈 가문의 용맹함을 좋아해 먼저 다가가 말을 거는 열의를 보였다.

첫째 날과 둘째 날이 서로를 알아가는 단계였다면, 셋째 날에는 양측 최고위층이 회동해 사신단이 방문한 목적을 들었다.

이준성은 넷째 날에 시마즈 다다쓰네를 경복궁 융무당으로 불렀다. 통역관만 대동했기 때문에 아주 은밀한 만남이었다.

융무당에 자리한 시마즈 다다쓰네가 후원 한가운데 있는 커다란 분수를 신기한 눈으로 쳐다보았다. 지름이 5미터에 달하는 원형 분수 안에 느티나무를 정교하게 조각한 석상이 우뚝 솟아 있었다. 그리고 우산을 펼친 것처럼 사방으로 가지를 뻗은 느티나무 석상에선 끊임없이 맑은 물이 흘러나와 고적한 주변 풍경을 한층 더 생동감 있게 꾸며 주었다.

시마즈 다다쓰네가 통역관을 시켜 먼저 말을 걸었다.

"저 물건의 이름을 알 수 있겠습니까?"

"분수라는 걸세. 원리만 알면 만들기 쉬운 편이지."

이준성은 시마즈 다다쓰네에게 분수 만드는 방법을 가르쳐 주었다. 강과 호수에 구멍을 뚫어 관을 삽입한 다음, 그관을 빼서 설치할 곳까지 연결하면 그게 바로 분수였다. 연결한 관에서 물만 새지 않는다면 수압이 알아서 물을 흘려보냈다.

이준성은 내친김에 시마즈 다다쓰네를 융무당 옆에 있는 금속관 앞으로 데려갔다. 금속관은 지상 30센티미터 위로 툭튀어나와 있었는데, 지금은 관 끝이 뚜껑으로 막혀 있었다.

"목조건물은 화재에 아주 취약하지. 우리가 있는 이 경복궁만 해도 벌써 두 번이나 큰 화재를 겪었다네. 물론 그중 한번은 임진년에 자네들 왜인의 공격 때문에 생긴 화재였지."

가시 있는 농담을 들은 시마즈 다다쓰네가 얼굴을 약간 붉혔다.

이준성은 껄껄 웃으며 시마즈 다다쓰네의 어깨를 툭 건드렸다.

"하하, 자네를 책망하기 위해 한 말이 아니니 그렇게 무서운 표정 짓지 말게. 목조건물은 그만큼 불에 타기 쉽단 설명을 하기 위해 예를 든 걸세. 어쨌든 왜국 역시 목재를 이용해 건물을 짓기 때문에 화재에 약하단 말을 들었는데, 맞는가?"

시마즈 다다쓰네가 순순히 인정했다.

"그렇습니다."

"방금 보여 준 분수는 그저 미관을 꾸미기 위해 만든 장식품 따위에 불과하지. 그러나 그 분수를 만드는 데 사용한 기술은 그렇지가 않아. 자, 지금부터 내 행동을 잘 보도록 하게."

이준성은 뚜껑을 벗긴 금속관에 가죽으로 만든 소방호스를 연결한 다음, 금속관 위에 있는 나사를 돌려 물을 틀었다. 곧 **빵빵**해진 소방호스 끝에서 세찬 물줄기가 쏟아져 나왔다.

소방호스를 움직여 불을 끄는 시범을 몇 차례 선보인 이준성은 금속관의 나사를 반대로 돌려 물을 잠갔다. 수압이 아주 강하지 않은 탓에 물이 수십 미터까지 날아가지는 못했지만 급할 때는 아주 요긴하게 쓰일 것 같은 진화장치였다.

"분수에 쓰인 기술을 이용하면 지금처럼 화재를 진압하는 데 요긴하게 사용할 수 있네. 그리고 여기서 한 단계 더 나아가면 상수도까지 만들 수 있지. 상상해 보게. 수도꼭지를 틀면 집마다 물이 펑펑 나오는 것이네. 환상적이지 않은가?"

"정말 그렇습니다."

이준성은 감탄한 시마즈 다다쓰네를 정자로 데려가 물었다.

"그래, 그 댁 아버님께서 왜국을 통일하길 원하신다고?"

시마즈 다다쓰네는 올 게 왔다는 표정으로 허리를 곧추세웠다.

◆ ◆ ◆

시마즈 다다쓰네는 긴장한 표정을 애써 감추며 답했다.

"그렇습니다. 아버님께선 왜국을 통일하길 간절히 원하십니다."

이준성은 화가 난 듯 미간에 힘을 주며 물었다.

"이고 알고 있겠지만, 내가 몇 년 전에 그 댁 아버님에게 조총과 화약을 주며 내건 조건이 하나 있네. 바로 왜국을 반만 차지하는 조건이었지. 자넨 내가 그런 조건을 내건 이유를 아는가?"

시마즈 다다쓰네는 아버지 시마즈 요시히로의 명령으로 3년 동안 한국말을 배웠다. 그러나 열심히 배우진 않았는지 긴 문장의 경우엔 통역관의 통역을 먼저 들어야 알아들었다.

시마즈 다다쓰네가 다시 이준성을 쳐다보며 대답했다.

"들은 적이 있습니다. 전하께선 일본이 어떤 한 가문에 의해 통일 국가를 이루면 한국의 안보를 위협할지 모른단 우려를 하신 것으로 압니다. 분로쿠와 게이초의 역처럼 말입니다."

한국이 왜국의 침략을 임진왜란과 정유재란이라 부르듯

왜국에선 천황의 연호를 따 분로쿠와 게이초의 역이라 불렀다.

이준성은 고개를 천천히 끄덕였다.

"한데 그걸 아는 사람이 통일을 운운한단 말인가?"

시마즈 다다쓰네 역시 전혀 물러서지 않았다. 그가 쏟아내는 말을 동석한 시마즈 가문 통역관이 속사포를 쏘듯 통역했다.

"내친김에 솔직히 말씀드리겠습니다. 우리 가문이 만약 일본을 통일해 막부를 세운다면, 제가 낳은 자식이 쇼군에 취임할 것입니다. 그러나 사람 일은 모른단 말처럼 국가 사이에 벌어지는 일 역시 알 수 없긴 마찬가지가 아니겠습니까? 최악의 경우에는 후대 쇼군 중 한 명이 불경한 마음을 품어 한국을 공격할지 모릅니다. 그러나 안전장치를 하나 도입하면 후대 쇼군은 절대 한국에 칼을 겨누지 못할 겁니다."

이준성은 호기심이 동한 표정으로 물었다.

"그 안전장치란 게 무엇인가?"

이번엔 시마즈 다다쓰네가 질문에 직접 대답했다.

"양국이 혼인을 맺는 겁니다. 즉, 국혼을 하는 겁니다."

"지금 혼인이라 했는가?"

"그렇습니다. 여기 아버님이 직접 작성한 서찰이 있습니다. 서찰을 읽어 보시면 아버님의 의도를 이해하실 수 있으실 겁니다."

시마즈 다다쓰네는 품속에서 촛농으로 봉한 서찰을 꺼내 두 손으로 이준성에게 바쳤다. 이준성은 서찰을 받아 읽었다. 한문으로 작성한 서찰이었지만 읽는 데 불편함은 없었다.

서찰을 다 읽은 이준성은 그가 이해한 게 맞는지 헷갈렸으므로 초조한 표정으로 지켜보는 시마즈 다다쓰네에게 물었다.

"지금 그대의 여동생을 나에게 시집보내겠다는 건가?"

"그렇습니다. 저에겐 아이히메란 이름을 가진 여동생이 하나 있습니다. 팔불출 같아 말씀을 올리기가 조심스럽사오나, 일본에선 재색을 갖춘 훌륭한 처자로 소문이 자자합니다. 아버님께선 전하와 아이히메가 혼인한다면 양국의 관계가 지금보다 더 끈끈해질 뿐 아니라, 앞으로 양국이 서로를 침략하지 않는 좋은 안전장치가 될 것이라 확신하십니다."

이준성은 피식 웃었다.

"양국이 국혼을 하면 한국은 아내의 처가를 공격할 수 없을 테고 왜국은 남편의 시집을 공격할 수 없을 거라는 말인가?"

"바로 그렇습니다."

이준성은 고개를 살짝 저으며 물었다.

"한데 도쿠가와 가문을 넘어설 자신은 있는가?"

시마즈 다다쓰네가 자신감 넘치는 목소리로 대답했다.

"전하께서 도와주신다면 1년 안으로 제압할 자신이 있습니다."

"제압한 후엔? 가마쿠라, 무로마치처럼 막부를 세울 생각인가?"

"그렇습니다."

이준성은 다시 고개를 저었다.

"그렇다면 수지가 안 맞는 장사로군."

시마즈 다다쓰네가 당황한 표정으로 물었다.

"그게 무슨 뜻입니까?"

"말 그대로 수지가 안 맞는다는 말이네. 자네가 자네 조국의 역사를 얼마나 아는진 모르지만, 가마쿠라 막부는 150년, 무로마치 막부는 그거보다 좀 더 길어서 250년을 갔지. 그럼 시마즈 가문이 세운 막부는 얼마나 갈 것 같은가? 자네는 아마 이 세상이 멸망하기 전까지 남아 있기를 원하겠지만, 내가 보기에는 길어야 300년일세. 반면, 내가 세운 이 한국은 최소 1,000년은 갈 수 있지. 그럼 생각해 보게나. 우리는 300년쯤 후에 왜국을 장악한 새로운 세력과 다시 협상해야 하는데, 이게 어떻게 수지가 맞는 거래일 수 있겠는가?"

시마즈 다다쓰네는 그리 아둔하지 않았다. 시마즈 요시히로는 유일하게 남은 아들이라 그를 후계자로 정한 것이 아니었다. 실력과 재능을 모두 갖췄기에 후계자로 정한 것이다.

시마즈 다다쓰네가 통역을 듣기 무섭게 바로 되물었다.

"막부 체제로는 300년밖에 못 간다는 말씀이십니까?"

"그렇다네."

"그럼 어떻게 해야 합니까?"

"간단하네. 자네 아버님이 국왕에 등극하면 되네."

시마즈 다다쓰네가 약간 떨리는 목소리로 물었다.

"와, 왕이란 말입니까?"

"그렇네. 지금과 같은 봉건제도 하에서는 정권이 연속성을 가지기 힘드네. 막부의 힘이 약해지거나 영주들이 연합하여 막부에 대항한다면, 막부는 기반부터 흔들릴 수밖에 없지. 가마쿠라, 무로마치 두 막부 모두 그런 식으로 무너졌네."

시마즈 다다쓰네는 머릿속이 복잡한지 한참이 지나서야 물었다.

"그 문제는 돌아가는 대로 아버님께 말씀드려 보겠습니다. 한데 좀 전에 말씀드린 양국의 국혼은 어떻게 생각하십니까?"

"신하들과 검토해 보지."

대답한 이준성은 시마즈 다다쓰네를 영빈관으로 돌려보낸 다음, 근정전에 대신을 소집해 시마즈 가문의 제안을 검토했다.

국무총리 류성룡이 가장 먼저 의견을 개진했다.

"신 류성룡 아뢰옵니다. 시마즈 요시히로가 이처럼 치밀하게 왜국을 통일할 계획을 세워 두었다면 우리가 하는 조언을 듣지 않을 공산이 아주 높사옵니다. 그렇다면 차라리 시마즈 요시히로의 제안대로 양국이 국혼을 하여 안전장치를 마련해 두는 것이 지금으로서는 최선의 결정이라 생각되옵니다."

다른 사람의 의견 또한 그와 별반 다르지 않아 국무회의에선 시마즈 요시히로의 제안을 긍정적으로 검토하기 시작했다.

한데 정작 그가 의견을 구해야 하는 사람은 국무위원이 아니라 중전과 수빈, 그의 두 아내였다. 물론 왕의 권한을 이용하면 강제로 추진할 수 있었다. 그러나 그는 두 아내가 세 번째 부인과 사이좋게 지내길 원했으므로 설득 먼저 하였다.

이준성은 중전과 수빈을 찾아가 돌아가는 상황을 설명했다.

"내가 여색을 밝혀서 새 부인을 들이려는 게 아니란 점을 부인들께서 이해해 주면 고맙겠소. 나 역시 복잡한 심경이오."

중전은 짧은 한숨을 내쉬며 대꾸했다.

"나라에 도움이 된다면 당연히 해야지요. 전하께서는 신첩과 수빈이 아녀자의 소견에 빠져 이를 반대할 거라 지레짐작하신 모양인데, 아녀자 역시 사내만큼이나 큰 그림을 볼 줄 안답니다. 나라와 왕실에 도움이 된다면 부인 한 명이 아니라 열 명을 들여도 신첩과 수빈은 개의치 않을 것입니다."

대답을 마친 중전이 옆에 앉아 있는 수빈을 바라보며 물었다.

"동생 생각은 어때?"

"소첩 역시 중전마마와 같은 생각이옵니다."

감격한 이준성은 중전과 수빈의 손을 잡고 고개를 끄덕였다.

"고맙소. 덕분에 마음의 짐을 많이 덜었소."

그때, 중전이 갑자기 목소리를 한 톤 높였다.

"단, 그전에 한 가지만 약속해 주세요."

"무엇을?"

"그녀를 꿔다 놓은 보릿자루로 만들지 않겠단 약속이요."

"꿔다 놓은 보릿자루?"

"그래요. 비록 정략결혼이긴 하지만 그 아이히메란 여인은 남편 한 명만 믿고 바다 건너 이 먼 데까지 시집오는 것입니다. 그런데 그 남편에게 사랑받지 못한다면 세상천지에 그보다 더 안타깝고 비참한 일이 어디 있겠습니까? 그녀가 오면 신첩과 수빈처럼 아껴주신다고 지금 여기서 약속을 해 주세요. 신첩과 수빈이 전하께 바라는 건 그것 하나뿐입니다."

이준성은 고개를 끄덕였다.

"약속하겠소."

"좋아요. 그럼 전하는 이제 일하러 가세요. 지금부턴 여자들만 모여서 남편 흉을 보며 속에 쌓인 울분을 풀 거니까요."

싱긋 웃은 중전이 일어나서 이준성을 교태전 밖으로 밀어냈다.

교태전에서 쫓겨나온 이준성은 하늘을 보며 중얼거렸다.

"이게 여복인지, 여난(女難)인지 헷갈리는군."

어쨌든 시마즈 요시히로의 제안을 받아들이기로 한 이준성은 시마즈 다다쓰네에게 편지를 주어 왜국으로 돌려보냈다. 그로부터 반년 동안, 양국 사신이 대마도에서 만나 국혼의 세부 사항을 결정한 다음, 길일을 잡아 혼인 날짜를 잡았다.

시마즈 요시히로는 가장 사랑하는 딸인 아이히메를 위해 상당한 양의 혼수를 장만했다. 또 딸의 타지생활을 도와줄 호위무사와 시녀, 하인 등 100명이 넘는 인원을 같이 보냈다.

1,604년 봄, 오빠 시마즈 다다쓰네의 호위를 받으며 부산포에 도착한 아이히메는 부산포 행궁에 머물며 여독을 푼 다음, 다시 배에 올라 남해, 서해를 거쳐 제물포로 이동했다.

제물포에선 외교부장관 이덕형과 신부를 도성까지 호위하기로 한 경호실 인력이 미리 도착해 그들을 기다리는 중이었다.

그동안 증축과 보수가 꾸준히 이루어진 제물포는 한국이 보유한 가장 큰 선박 다섯 척이 동시에 입항해 화물을 하역할 수 있는 설비를 갖추고 있었다. 한국무역공사 무장상선에 승선해 제물포에 입항한 시마즈 가문 측 혼례사절단은 항구의 엄청난 규모에 벌어진 입을 다물지 못했다. 그러나 놀라기엔 아직 일렀다. 그들은 이덕형의 권유로 제물포 행궁에서 이틀을 쉰 다음, 왕궁이 있는 도성을 향해 육로로 출발했다.

시마즈 다다쓰네와 같은 사내들은 말을, 아이히메와 같은 여인들은 마차에 이용해 도성으로 떠났다. 한데 제물포에서 도성까지 거의 일직선에 가까운 포장도로가 깔려 있었다. 심지어 도로가 상당히 넓어 말 네 마리가 끄는 대형 마차 네 대가 어깨를 나란히 한 상태에서 달릴 수 있을 정도였다.

사절단은 지평선 끝까지 거의 일자로 뚫려 있는 도로를 보며 감탄을 금치 못했다. 한국의 발전 속도가 엄청나단 소문을 듣긴 했지만 직접 본 한국은 들은 소문을 훨씬 뛰어넘었던 것이다.

한편, 한국 측 통역관 자격으로 시마즈 가문 혼례사절단의 통역을 책임지던 카네는 아이히메가 탄 마차 조수석에 앉아 왜국 말로 도로 옆으로 지나가는 풍경과 명승지를 설명했다.

비록 대나무로 만든 굵은 주렴이 마차 앞에 내려와 있어 얼굴은 보지 못했지만, 목소리를 통해 마차 안에 아이히메와 시녀 두 명이 있단 사실은 어렵지 않게 알아낼 수 있었다. 카네와 대화하는 사람은 시녀 두 명 중 나이가 좀 더 있어 보이는 중년 여자였다. 아마 아이히메의 유모인 듯했다.

반쯤 왔을 때 마차 안에서 누가 자리를 옮기는지 잠시 부스럭거리는 소리가 들렸다. 그리고는 처음 듣는 여자의 목소리가 들렸다. 옥구슬이 쟁반 위를 구르는 것처럼 청아한 목소리였다. 그러나 단순히 청아하기만 한 건 아니었다. 음색에 범접하기 힘든 위엄이 가득해 몸이 저절로 움츠러들었다.

한데 카네를 흠칫하게 만든 건 오히려 그다음이었다.

여인은 발음이 아주 분명한 한국말로 그에게 질문했다.

"그대는 한국 사람들이 항왜라 부르는 부류인가?"

깜짝 놀라 마차 내부를 훔쳐보던 카네는 면사로 얼굴을 가린 여인이 바로 뒤에 앉아 있는 모습을 보곤 얼른 고개를 돌렸다.

"그, 그렇습니다."

얼떨결에 질문에 대답하기는 했지만, 심장은 여전히 두방망이질 쳤다. 방금 그에게 말을 건 여자는 아이히메가 분명했다. 한데 놀랍게도 아이히메가 한국말을 할 줄 아는 것이다.

독재자

4장. 무사의 딸

4장. 무사의 딸

카네는 도성으로 가는 동안 심심할 때마다 한국인 마부와
한국말로 농담 따먹던 일을 떠올리고는 몸을 부르르 떨었다.
그나마 아이히메가 농담 대상이 아니어서 천만다행이었다.

그때, 아이히메가 다시 말을 걸어왔다.

"한국에는 항왜가 많이 산다던데, 사실인가?"

"잘은 모르지만 아마 4, 5만은 충분히 넘을 것입니다."

"그렇게나 많은가?"

"예. 주상전하께서 항왜의 가족까지 전부 이주시켜 주셨으
니까요."

카네의 말처럼 이준성은 시마즈 요시히로의 양해를 구해

규슈에 살던 항왜의 가족 수만 명을 한국으로 이주시켰다. 덕분에 항왜는 한국을 돕는 자신들의 행동 때문에 가족이 죽 거나 다칠지 모른다는 불안에서 해방되는 기쁨을 맛보았다. 카네 또한 현재 노모를 모셔 와 같이 사는 중이었다.

아이히메가 지평선 끝까지 뚫려 있는 도로를 바라보며 물었다.

"이 길은 어떻게 만들었는지 아는가?"

"이건 건설부 도로공사란 관청에서 전하의 어명을 받아 만 든 경인 고속도로입니다. 아마 한국에서 처음 만든 고속도로 일 겁니다. 관계자가 아니어서 어떻게 만들었는지까지는 잘 모르지만, 지반을 단단히 굳힌 땅에 철근을 깐 뒤 그 위에 시 멘트란 재료를 부어 만들었단 소문을 들은 적이 있습니다."

물론 경인 고속도로 역시 완벽한 일직선은 아니었다. 터 널을 뚫기가 거의 불가능한 장소가 많아 몇 킬로미터마다 크 게 휘어지는 구간이 한 번씩 나타났다. 그러나 그 외에는 거 의 일직선에 가까웠다. 여기에는 다이너마이트를 이용한 굴 착 공사와 하천 위에 건설한 교량이 지대한 도움을 주었다.

그러나 가장 큰 도움을 준 건 역시 모든 토지를 정부가 소 유하는 제도라 할 수 있었다. 기술이 훨씬 발전한 20세기와 21세기에 짓는 고속도로가 꾸불꾸불한 이유는 토지보상 액 수를 줄이기 위해서였다. 고속도로가 지나는 위치에 사유 지가 있으면 정부는 반드시 그 부지를 먼저 사들여야 했다.

심지어 어쩔 땐 토지 소유자가 팔길 거부하는 때도 있었다.

법을 이용하면 강제집행이 가능하기는 하지만 어쨌든 토지보상, 자연환경, 사적지, 유적지, 사유지 등 고려할 문제가 워낙 많아 고속도로를 꾸불꾸불하게 건설할 수밖에 없었다.

그러나 현재 한국에서는 그런 문제를 신경 쓸 필요가 없었으므로 이처럼 일직선에 가까운 고속도로를 건설할 수 있었다.

아이히메는 도성으로 가는 동안, 카네에게 계속 질문을 던졌다. 주로 한국과 왕실, 이준성에 관한 질문이었는데, 그중엔 중전과 수빈처럼 그가 대답하기 어려운 주제가 끼어 있었다.

카네는 대답하기 곤란한 질문을 받을 때마다 마차를 모는 한국무역공사 소속 한국인 마부의 눈치를 살피며 두루뭉술하게 넘어갔다. 다행히 질문의 주제는 곧 이준성 쪽으로 넘어갔다. 이준성은 그녀가 살을 섞으며 평생을 같이 살아야 할 남편이었으므로 궁금한 게 당연하다는 생각이 들었다.

한데 질문 내용은 카네의 예상을 한참 빗나가있었다.

"전하께서는 소문처럼 정말 강하신가?"

"예?"

"일본에선 한국의 국왕을 시노카미라 부르네. 그게 무슨 뜻인지 자넨 잘 알겠지. 내 말은 정말 그렇게 강한지 묻는 것이네."

"단순히 강하다는 측면만 본다면, 오히려 항간에 떠도는 소문이 한참 부족할 정도지요. 하지만 속마음은 아주 따뜻한 분이십니다. 직접 만나 보시면 무섭기만 한 분은 아니라는 사실을 깨달으실 겁니다. 제 목숨을 걸고 보장할 수 있습니다."

카네는 아이히메의 처지를 동정했기 때문에 그녀의 질문에 성의껏 대답해 주었다. 물론 아이히메가 왜국에 남았다한들 달라지는 것은 없었을지 몰랐다. 그녀는 언젠간 정략결혼의 희생물로 전락할 운명을 가지고 태어났기 때문이었다.

그러나 왜국에 있는 어떤 영주의 가문에 시집가는 일과 수천 리나 떨어져 있는 한국으로 시집가는 일은 차원이 다른 문제였다. 특히 그게 정실도 아니고 세 번째 부인일 경우에는 더 그러했다.

아이히메는 도로 옆에 서 있는 커다란 표지판을 보며 물었다.

"저 표지판은 뭔가?"

"도성까지 10킬로미터가 남았단 의미입니다."

"10킬로미터?"

"한국에서는 독특한 도량형을 씁니다. 무게는 킬로그램, 길이는 킬로미터, 부피는 리터 단위를 쓰죠. 10킬로미터가 남았다는 말은 도성까지 20여 리쯤 남았다는 의미와 같습니다."

20여 리쯤 남았다는 소리를 들은 아이히메의 말수가 급격히 줄어들었다. 그럴 수밖에 없었다. 한 시간쯤 더 가면 마침내 신랑이 기다리는 도성에 도착한단 의미이기 때문이었다.

그날 저녁, 도성에 무사히 도착한 시마즈 가문 혼례사절단은 숙소로 정해진 영빈관으로 곧장 이동해 짐을 풀었다. 그러나 국혼이 바로 열리지는 않았다. 그 전에 준비할 게 많기 때문이었다. 아이히메는 영빈관에서 며칠 머무르는 동안, 중전이 보낸 궁녀를 통해 엄격한 궁중 예절을 배웠다. 그리고 경복궁 근정전 앞뜰에서 치러질 예정인 국혼의 복잡한 절차를 배웠다. 마침내 모든 준비가 끝났을 무렵, 이준성과 아이히메의 국혼이 근정전 앞뜰에서 성대하게 치러졌다.

국혼이 끝날 때까지 아이히메가 얼굴에 쓴 면사를 벗지 않았기 때문에 이준성은 신부의 얼굴을 제대로 보지 못했다. 다만, 면사 틈으로 비치는 갸름한 턱 선과 눈처럼 뽀얀 살결을 통해 미인 쪽에 더 가까울 거란 예감이 들기는 하였다.

그날 저녁, 국혼을 마친 아이히메는 그녀가 앞으로 거주할 처소로 정해진 선혜궁에 도착해 초야 준비를 시작했다. 법적으론 이미 부부일지 모르지만, 초야까지 다 치러야 진짜 부부로 거듭날 수 있었다. 목욕재계를 마친 아이히메는 비단으로 만든 속저고리와 속치마로 갈아입었다. 그리고는 한국 풍습대로 주안상을 차려 놓은 상태에서 신랑을 기다렸다.

한편, 신부가 애타게 찾는 그 신랑은 지금 개인 운동실에서 운동에 열중하는 중이었다. 지금처럼 운동으로 긴장을 약간 푼 상태에서 첫날밤을 치르는 게 더 낫단 사실을 경험을 통해 배웠기 때문이었다. 그는 5킬로그램이 나가는 작은 아령부터 시작해 마지막에는 30킬로그램이 나가는 무거운 아령으로 팔 근육을 단련했다. 곳곳에 거울이 달려 있어 운동하면서 근육의 크기와 균형을 세밀하게 조정할 수 있었다.

팔 근육을 단련한 후에는 본격적으로 중량을 치기 시작했다. 스쿼트, 데드리프트, 벤치 프레스를 30분쯤 했을 때는 이미 온몸이 땀으로 흠뻑 젖어 있었다. 이준성은 운동실에 있는 10여 종류의 기구를 돌아가며 전부 사용했다. 기구마다 단련할 수 있는 부위가 달라 허리, 하체, 유연성, 균형감각, 지구력 등을 돌아가며 단련했다. 그는 마지막으로 운동실 주위를 천천히 뛰며 근육에 걸린 부하를 풀어 주었다.

2시간 동안 육체를 단련한 그는 옷을 다 벗은 상태에서 거울 앞에 섰다. 터질 것 같은 근육 사이로 굵은 땀방울이 비처럼 쏟아져 내렸다. 그러나 땀방울이 몸에 생긴 상처까지 가려 주지는 못했다. 왜국을 친정했을 때 입은 상처까지 다 더하면 몸에 흔적을 남긴 상처만 20여 개에 달할 지경이었다.

"아직 살아 있는 게 용하군."

"정말 그렇군요."

이준성은 갑자기 들려온 젊은 여자 목소리에 깜짝 놀라

뒤를 돌아보았다. 뒤에는 검은색 경장을 차려입은 아이히메가 서 있었는데, 얼굴에는 여전히 짙은 면사를 착용한 상태였다.

이준성은 미간을 찌푸리며 활짝 열려 있는 운동실 정문 쪽을 보았다. 문을 지키던 마사카츠가 자기가 어떻게 할 수 있는 일이 아니었다는 표정을 지으며 얼른 문을 다시 닫았다.

아이히메가 문 쪽을 힐끗 바라보며 말했다.

"경호실장을 탓하지 마세요. 제가 알리지 말아 달라 부탁했어요."

이준성은 어깨를 으쓱했다.

"그를 탓할 생각은 없소. 그보단 내가 옷을 입을 수 있게 잠시 돌아서 주는 게 어떻소? 아직 초야를 치르기 전인데 나만 먼저 다 보여 준 것 같아 왠지 손해를 보는 느낌이 드는군."

아이히메가 고개를 저었다.

"그럴 필요 없어요."

이준성은 자기 몸을 내려다보며 물었다.

"내 몸이 마음에 드는 모양이오?"

"예상보다 훨씬 대단하다는 생각은 했어요."

"어느 쪽이 말이오?"

아이히메의 시선이 우람한 가슴 근육과 빨래판처럼 단단한 복근을 지나 그 밑에 자리한 남성 쪽으로 천천히 내려갔다.

"전부 다라고 해 두죠."

이준성은 웃으면서 대꾸했다.

"부인 마음에 든다니 다행이오."

그때, 아이히메가 고개를 들어 이준성의 얼굴을 바라보았다.

"전 여자지만 받은 건 반드시 돌려줘야 하는 성격을 가졌어요."

말을 마친 아이히메가 갑자기 상의를 훌러덩 벗었다. 상의 안에 속옷을 입지 않은 듯 아름다운 가슴 한 쌍이 모습을 드러냈다. 한데 아이히메는 그걸로는 부족하단 생각이 들었는지 하의까지 마저 벗었다. 하의 역시 안에 속옷을 받쳐 입지 않았다. 다만, 얼굴을 가린 면사는 끝까지 벗지 않았다. 아이히메는 얼굴에 쓴 면사를 제외한 모든 옷을 순식간에 벗은 다음, 당당한 태도로 이준성의 얼굴을 응시했다.

아이히메의 하얀 살결과 탄력 있는 몸매가 무척 유혹적이었기 때문에 강한 자극을 받은 남성이 곧 자기 할 일을 하였다.

이준성은 어깨를 으쓱했다.

"나를 변태라 욕하지 마시오. 아름다운 여성의 알몸을 본 사내라면 누구나 다 이런 반응을 보일 수밖에 없을 테니까."

아이히메 역시 개의치 않는 듯했다.

"상관없어요. 물론 조금 전보다 약간 두려워지기는 했지만요."

이준성은 면사를 쓴 아이히메의 얼굴을 지긋이 바라보았다.

"한데 그 면사는 끝까지 벗지 않을 생각이오?"

"내 얼굴을 보고 싶어요?"

"신부의 얼굴을 보고 싶지 않은 신랑이 어디 있겠소?"

"그럼 절 만족시켜 주세요."

이준성은 미간을 살짝 찌푸렸다.

"여기서 말이오?"

"살을 섞자는 말이 아니에요."

"그럼?"

"전 무가에서 태어나 자랐어요."

"알고 있소."

"한데 전 자라면서 내 또래 여자아이들과는 약간 다르단 사실을 깨달았어요. 소꿉놀이가 아니라 칼싸움을 더 좋아했거든요. 그래서 전 남장을 한 상태에서 매일 같이 사내아이들 속에 섞여 가문에 상주하는 무예 선생에게 무예를 배웠어요. 그리고 실력이 점점 붙는 걸 느낀 후에는 마음속으로 강한 사내가 아니면 절대 시집가지 않겠단 맹세를 했어요."

이준성은 흥미가 동한 표정으로 물었다.

"부인이 생각하는 강한 사내의 조건이 무엇이오?"

아이히메는 운동실 벽에 걸려 있는 진검을 떼어 내 손에 쥐었다.

"저를 꺾을 수 있는 사내예요."

이준성은 한숨을 내쉬었다.

"지금 대련을 하자는 거요? 발가벗은 상태에서?"

"대련이 아니라 결투죠. 발가벗은 상태에서 하는."

"흐음, 얼굴을 보려면 부인의 도전을 받아들이는 수밖에 없겠군."

이준성은 다른 진검을 가져와 그녀 앞에 섰다.

"부인이 먼저 공격하시오."

"그럴 필요 없어요."

"나는 그래야겠소. 이건 내가 부인에게 주는 결혼 선물이니까."

"그럼 고맙게 받도록 하죠."

대꾸한 아이히메가 진검으로 이준성의 어깨를 재빨리 베어 왔다. 자기보다 강한 사내가 아니면 절대 결혼하지 않겠다는 그녀의 맹세가 농담이 아니란 것은 그 즉시 알 수 있었다. 속도와 힘이 예상을 뛰어넘었고, 웬만한 사내보다 더 뛰어났던 것이다.

이준성은 급히 옆으로 몸을 날려 그녀의 공격을 피했다. 그러나 아이히메의 공격은 이제 시작일 뿐이었다. 폭풍처럼 강력한, 그리고 송곳니처럼 날카로운 공격이 계속해서 쏟아졌다.

이준성은 더는 피하기가 힘들어 진검으로 막아 갔다.

◆ ◈ ◆

카앙!

진검과 진검이 부딪치며 날카로운 쇳소리가 울려 퍼졌다.

운동실 안에서 들려온 갑작스러운 쇳소리에 화들짝 놀라 급히 문을 열어 본 마사카츠가 그 자리에 석상처럼 얼어붙었다.

초야를 앞둔 신혼부부가 발가벗은 망측한 모습으로 진검을 주고받는 중이었다. 놀라지 않는 게 더 이상할 지경이었다.

그때, 이준성이 버럭 소리를 질렀다.

"내 마누라 엉덩이는 그만 쳐다보고 얼른 문이나 닫게!"

마사카츠가 당황해 소리쳤다.

"저, 정말 괜찮겠사옵니까?"

"내 실력을 못 믿는 건가?"

"아, 아니옵니다. 닫겠사옵니다."

마사카츠와 농담을 주고받을 만큼 여유를 부리는 모습에 화가 난 것일까?

아이히메는 이전보다 더 매섭게 몰아쳐 왔다.

캉캉캉캉캉!

진검과 진검이 연달아 부딪치며 불똥이 사방으로 튀었다.

힘으론 남편을 절대 이길 수 없단 사실을 깨달은 아이히메가 좌우로 재빨리 움직이며 빠른 속도를 이용해 승부를 보려 한 것이었다.

그러나 아이히메는 곧 속도 역시 남편이 더 뛰어나단 사실을 절감했다. 지금까진 남편이 사정을 봐주었을 따름이었다.

애초에 이준성의 실력이 아이히메보다 훨씬 뛰어나지 않았으면 그는 이 대결을 절대 받아들이지 않았을 것이다. 그의 실력이 훨씬 뛰어났기 때문에 진검을 든 신부를 상대하는 동안 본인과 신부 모두 피를 보지 않을 수 있었던 것이지, 만약 실력이 비슷했다면 둘 중 한 명은 크게 다쳤을 터였다.

"얍!"

그녀의 공격을 가볍게 막아 내는 이준성을 보며 약이 오른 아이히메가 갑자기 앙칼진 기합을 지르며 기습을 감행했다.

쉭!

아이히메가 찌른 진검이 막기 까다로운 오른쪽 무릎으로 후벼 파듯 날아왔다. 오른손에 진검을 쥔 이준성으로서는 왼쪽보다 오른쪽에서 해 오는 그녀의 공격을 막기 쉽지 않았다.

더군다나 두 사람의 신장 차이가 컸기 때문에 그녀는 상체를 낮출 필요 없이 팔만 밑으로 내려 그의 오른쪽 무릎을 쉽게 찌를 수 있었다. 그러나 그녀의 공격을 막아야 하는 처지인 그는 상체와 팔을 동시에 밑으로 내려야 했다.

그 차이가 0.1초에 불과할 정도로 짧긴 하지만, 만만치 않은 그녀와의 대결에선 생과 사를 가를 정도로 긴 시간이었다.

그러나 이준성은 아직 제 실력을 다 내보인 상태가 아니었다. 아이히메를 이대로 놔두면 그녀가 더 흥분해 자신의 목숨은 물론이거니와 그녀 자신의 목숨까지 돌보지 않을 수 있다고 판단한 그는 이쯤에서 결판을 짓기로 마음을 독하게 먹었다.

이준성은 숨겨 두었던 에너지를 모두 끌어내 손에 쥔 진검을 밑으로 찔러 갔다. 아이히메의 진검이 그의 무릎에 닿기 바로 직전, 그의 진검이 폭포수처럼 밑으로 쏟아져 내렸다.

카앙!

맑은 쇳소리가 울리는 순간, 이준성의 진검이 아이히메의 진검을 힘으로 찍어 눌렀다. 지금까진 검끼리 부딪칠 때마다 팔에 준 힘을 살짝 뺐다. 그러나 이번엔 힘을 빼지 않았다. 이준성은 펜싱의 방어 기술을 이용해 그녀의 진검을 똬리 틀 듯 휘감은 다음, 손목에 힘을 주어 위로 쳐올렸다.

"아앗!"

비명을 터트린 아이히메가 손목을 붙잡으며 뒤로 물러섰다.

한편, 그녀의 손을 떠난 진검은 천장에 닿을 것처럼 높이 치솟았다가 밑으로 다시 뚝 떨어졌다. 이준성은 떨어지는 진검에 그녀가 맞을 수 있단 생각에 얼른 그녀 앞을 막아섰다.

"조심하시오."

다행히 진검은 두 사람 옆으로 떨어졌다. 그제야 안심한 이준성은 고개를 돌려 다친 손목이 괜찮은지 물어보려 하였다.

한데 그 순간 전혀 예상하지 못한 일이 일어났다. 아이히메의 삼단 같은 머리가 벌거벗은 상체 위에서 춤을 추듯 흩날리는 중이었다. 그러나 당황한 건 그 때문이 아니었다. 그녀의 손에 서늘한 빛을 뿌리는 은장도가 들려 있기 때문이었다.

그녀가 긴 머리카락을 틀어 올리는 데 사용한 화려한 비녀 안에는 원래 빈 곳이 있어 은장도를 숨길 수가 있었다. 그녀가 머리카락을 고정하던 비녀를 뽑아 그 안에 든 은장도를 밖으로 꺼내는 순간, 머리카락이 같이 흘러내린 것이다.

아이히메는 손에 쥔 은장도를 잠시 내려다보았다. 이준성은 그녀의 호승심이 이 정도로 강할 줄 예상하지 못했기 때문에 적잖이 당황했다. 이럴 줄 알았다면 제안을 거절했을 것이다.

이준성은 급히 손을 들어 아이히메를 말렸다.

"이쯤에서 그만두는 게 어떻소? 이러다간 정말 다칠지 모르오."

그때였다.

아이히메가 고개를 들어 그를 바라보았다.

"아버님께는 제가 병이 걸려 죽은 것으로 해 주실 수 있나요?"

이준성은 황당한 표정으로 물었다.

"갑자기 그게 무슨 말 같지 않은 소리요?"

"전 이제……."

말을 하다 말고 입술을 깨문 아이히메가 갑자기 손에 쥔 은장도로 자기 목을 찔러 갔다. 깜짝 놀란 이준성은 엉겁결에 손을 뻗어 그녀의 팔을 붙잡았다. 그리고는 힘을 주어 그녀의 손에 쥐어진 은장도를 빼앗아 멀찍이 던져 버렸다. 웬만한 일에는 놀라지 않는 그였지만 지금은 간담이 다 서늘했다.

이준성은 아이히메의 양어깨를 틀어쥐며 소리쳐 물었다.

"대체 이게 무슨 바보 같은 짓이오? 내게 진 게 그렇게 분했소?"

아이히메가 고개를 세차게 저으며 소리쳤다.

"전 당신의 아내가 될 자격이 없는 여자예요! 몹쓸 여자라고요!"

"진정하시오. 그리고 알아들을 수 있게 차근차근 말해 보시오."

흥분이 가라앉은 그녀가 속사정을 천천히 털어놓기 시작했다.

"전 어떤 사내와 혼인하기로 약조가 되어 있었어요."

"그게 대체 누구요?"

"그는 몇 년 전에 죽었어요⋯⋯."

이준성은 그제야 감이 좀 잡혔다.

"혹시 그가 조선에 쳐들어왔다가 죽은 사람 중 하나요?"

그녀가 고개를 힘없이 떨어트렸다.

"맞아요. 그의 이름은 시마즈 도요히사예요."

"음, 역시 그랬었군."

시마즈 도요히사는 시마즈 요시히로의 동생인 시마즈 이에히사의 아들이었다. 즉, 아이히메와는 사촌이었다. 일본은 21세기에 들어와서도 사촌 사이에 결혼할 수 있었다. 심지어 외사촌과 결혼한 총리마저 있었다. 당연히 16세기엔 그런 경우가 훨씬 빈번해 생각만큼 그리 이상한 일이 아니었다.

아이히메가 털어놓은 사정에 따르면 그녀의 아버지 시마즈 요시히로는 시마즈 가문 내부에 자신의 세력을 더 강화할 목적으로 자기 딸을 자기 친조카인 시마즈 도요히사와 혼인시키려 했다. 그러나 전대 당주인 시마즈 요시히사가 이를 강력히 반대해 혼사는 결국 무위로 돌아갔다. 시마즈 요시히사가 시마즈 요시히로의 속셈을 알아챘기 때문이었다.

한데 임진왜란에 참전한 시마즈 도요히사가 아버지를 구하기 위해 장렬하게 전사했단 말을 들은 아이히메는 마음속으로 이준성을 점점 증오하기 시작했다. 비록 시마즈 도요히사와 혼인하진 못했지만, 한때 정을 준 사내였기 때문이었다. 더구나 아버지마저 이준성에게 포로로 잡힌 터라, 그 중오심은 한여름에 서리가 내릴 정도로 지독해져 갔다.

아이히메는 그때부터 한국말을 배우며 복수의 칼날을 갈았다. 한국말을 미리 배워 둬야 이준성에게 접근할 기회가 있을 것 같기 때문이었다. 오빠인 시마즈 다다쓰네보다 그녀의 한국말이 훨씬 더 유창했던 것은 바로 그런 연유에 기인했던 것이다.

한데 아버지가 사쓰마로 돌아오기 직전에 이준성을 만나 양측이 협력 관계를 맺었단 소문이 돌았다. 아이히메는 즉시 사쓰마에 돌아온 아버지를 찾아 그게 사실인지 캐물었다.

그녀는 아버지의 입을 통해 직접 그 소문이 맞단 사실을 알아냈다. 충격을 받은 아이히메는 몸져누워 시름시름 앓았다. 한데 더 놀라운 것은 그로부터 1년쯤 지났을 때 들려온 소문이었다. 왜국을 통일할 계획을 세운 아버지가 한국의 지원을 받기 위해 그녀를 한국의 왕에게 시집보낼 거란 소문이었다. 더욱이 그게 세 번째 부인, 즉 첩이란 소문마저 돌았다.

절망한 그녀는 목을 매 스스로 목숨을 끊으려 했다. 한데 목숨을 끊으려는 순간, 기발한 생각 하나가 갑자기 떠올랐다. 아버지가 시키는 대로 한국 왕실로 시집가면 이준성을 죽일 수 기회가 지금보단 훨씬 많이 있을 거란 생각이었다.

절망 속에서 희망을 찾은 그녀는 그만두었던 한국어 공부를 계속하는 한편, 왕에게 접근할 기회를 얻기 위해 다시금 외모를 가꾸기 시작했다. 시름시름 앓던 딸이 갑자기 생기를 되찾은 모습을 보고 오해한 아버지는 혼사를 더욱 서둘렀다. 딸이 한국 왕에게 시집가기를 고대하는 줄 착각한 것이다.

마침내 국혼 날짜가 정해져 오빠 시마즈 다다쓰네가 이끄는 혼례사절단과 함께 긴 여정에 오른 그녀는 부산포, 남해, 서해, 제물포를 거쳐 도성으로 여행하는 내내, 발전한 문물과 사람들의 행복한 표정을 보며 놀라움을 금치 못했다.

왜국에선 한국을 못사는 나라로 여겼다. 심지어 끼니를 때우기조차 어려워 부모가 자식을 잡아먹는단 소문마저 돌았다. 한데 직접 본 한국은 달랐다. 어딜 보더라도 그녀의 고향인 사쓰마보다 훨씬 나았다. 심지어 얼마 전까지 왜국의 영토였던 대마도조차 그 발전 속도에 눈이 돌아갈 지경이었다.

가장 큰 충격은 역시 항구인 제물포에서부터 도성까지 뚫려 있는 경인 고속도로였다. 전에는 세상에 이렇게 커다란 규모의 항구와 거의 지평선 끝까지 잘 포장된 도로가 있을 거란 생각을 하지 못했다. 통역관으로 따라온 카네란 사내에게서 한국의 변화 과정과 왕실, 그리고 이준성에 관한 여러 답변을 들으며, 그녀는 어쩌면 자신의 생각이 틀렸을지도 모른다는 생각을 처음으로 가졌다.

왜국에선 이준성을 악마의 화신으로 여겼다. 이준성이 백성의 고혈을 빨아 자기 배를 채우는 데만 신경 쓸 뿐 아니라, 매일 주지육림에 빠져 산다는 소문이 파다하게 퍼져 있었다.

심지어 사람의 염통과 간을 특히 즐겨 먹어 매일 100명이 넘는 사람이 제물로 바쳐진단 소문마저 있을 정도였다.

그녀는 이준성을 죽이는 건 죽은 약혼자의 복수를 함과 동시에 고통에 몸부림치는 한국의 백성을 돕는 일이라 생각했다. 한데 점점 그런 생각에 금이 가기 시작하는 것을 느꼈다.

그녀가 고민에 빠져 있는 동안, 국혼은 예정대로 진행되었다. 그리고 마침내 원수와 초야를 치러야 하는 시기가 다가왔다. 곧 있으면 원수와 살을 섞어야 한단 사실에서 오는 역겨움과 사내와 처음으로 동침한단 사실에서 오는 압박감이 그녀에게 돌발행동을 하도록 만들었다. 그녀는 유모가 챙겨 온 그녀의 짐에서 무예를 수련할 때 입던 경장을 몰래 빼내 걸친 다음, 이준성이 있는 운동실로 몰래 접근했다.

한데 그때 이준성은 옷을 벗은 상태로 거울 앞에 서 있었다. 처음에는 당황해 고개를 돌렸지만 이내 힐끔힐끔 이준성의 나신을 훔쳐보았다. 그리고는 곧 이준성의 완벽한 육체에 매료되어 가는 자신을 발견했다. 그러나 몇 년 동안 품어 온 증오심은 쉽게 사그라지지 않았다. 그녀는 이준성을 도발해 혼을 쏙 빼놓은 다음, 그와 대결하는 데까지 성공했다.

그러나 이준성은 생각보다 훨씬 매력적인 사람이었다. 그리고 그녀가 예상했던 것보다 훨씬 강한 사람이었다. 심지어 그는 본인보다 그녀가 다치는 것을 더 걱정하기까지 했다.

결국, 패해 검을 놓친 그녀는 복수가 실패한 데서 오는 극도의 허탈감과 그 원수에게 점점 빠져들어 가는 미묘한 감정 사이에서 갈등하다가 마침내 최후의 비책을 쓰기로 하였다.

그녀는 재빨리 비녀 안에 숨겨 둔 은장도를 꺼내 손에 쥐었다. 처음에는 이준성이 다른 데 신경을 쓰는 동안, 은장도로 그의 심장을 찌를 작정이었다. 그러나 결국 갈등하다가 기회를 놓친 그녀는 그 앞에서 자결하기로 생각을 바꿨다.

그러나 그 역시 이준성에게 막혔다. 지금은 그의 품에 안긴 상태로 울면서 그동안의 일을 낱낱이 고백하는 중이었다. 그의 품에 안기는 순간, 증오심이 사라졌다. 그 대신, 그에게 사랑받고 싶다는 여자로서의 본능이 샘물처럼 솟아 나왔다.

그녀가 섬섬옥수로 이준성의 뺨을 쓰다듬었다.

"이런 제가 싫지 않다면 여기서 절 안아 주세요."

그는 면사 속으로 손가락을 집어넣어 그녀의 눈물을 닦았다.

"땀 냄새가 날 거요."

"전 달콤한 말보다 땀 냄새를 더 좋아하는 이상한 여자예요."

이준성은 그녀의 면사를 반쯤 걷어 올렸다.

곧 갸름한 턱 위에 앵두처럼 작고 붉은 입술이 나타났다. 그는 입술을 가져가 그녀의 작은 입술을 세차게 빨아들였다.

땀 냄새 가득한 운동실에서 치른 이색적인 초야는 두 남녀 모두에게 깊은 인상을 주었다. 그러나 초야는 거기서 끝나지 않았다. 몸이 달아오른 그들은 운동실에서 욕실로, 그리고 욕실에서 선혜궁으로 자리를 옮겨 가며 계속해서 사랑을 나눴다.

결국, 아이히메가 사랑을 나누는 도중에 먼저 나가떨어지며 잠이 드는 바람에 인상적인 초야가 마침내 막을 내렸다.

이준성은 다음날 할 일이 남아 있었으므로 창호지 사이로 햇빛이 스며들 때쯤 슬며시 일어나 옆을 돌아보았다. 아이히메는 아름다운 가슴 한 쌍이 훤히 드러나 있단 사실을 인지하지 못할 만큼 깊은 잠에 들어 있었다. 왠지 미안한 기분이 든 그는 이불을 끌어당겨 그녀의 나신을 덮어 주었다.

그는 빛과 어둠이 만들어 낸 명암의 조화 속에서 말갛게 빛나는 그녀의 얼굴을 잠시 내려다보았다. 빨간 입술과 버선코처럼 오뚝한 코, 긴 속눈썹 위로 그림처럼 우아하게 뻗어 있는 가는 눈썹이 작은 얼굴 속에서 완벽한 조화를 이루었다.

시마즈 다다쓰네는 자기 여동생을 가리켜 재색을 겸비한 훌륭한 처자라 했었다. 그때는 그저 시마즈 다다쓰네가 그의 구미를 당기기 위해 한 말인 줄 알았다. 그러나 그의 말은 사실이었다. 그녀는 정말 아름다운 얼굴과 환상적인 몸매를 지닌 여인이었다. 다만, 시마즈 다다쓰네가 말한 재색 중의 재는 학문적 성취가 아니었다. 그가 말한 재는 그녀의 무예가 웬만한 사내 못지않게 뛰어나다는 의미였다.

이준성은 아이히메가 깨지 않도록 조심해서 이불 밖으로 나온 다음, 서둘러 의관을 갖추었다. 아내의 배웅을 받으며 출근하는 것이 결혼한 남자들의 로망이기는 하지만 그녀가 깨길 기다리려면 앞으로 한나절은 더 있어야 할 듯했다.

선혜궁을 나온 이준성은 사정전으로 이동해 업무를 보았다. 오늘은 시마즈 다다쓰네를 만나 도성에 시마즈 가문의 대사관을 설치하는 문제와 시마즈 가문의 왜국 통일을 지원하는 문제를 상의할 예정이었다. 류성룡, 이덕형, 이항복, 권율 등 이번 일과 관련한 인사들은 이미 도착해 있는 상태였다.

이준성이 중간에 개입하는 바람에 역사에 변화가 많이 생겼다. 한데 그중 가장 확실하게 바뀐 것은 바로 인간의 수명이었다. 원래 역사대로라면 권율은 이미 이 세상 사람이 아니었다. 정유재란이 끝난 다음 해인 1,599년에 노환을 이유로 사임한 그는 고향으로 돌아갔다가 같은 해에 급사했다.

그러나 권율은 1,604년인 지금도 여전히 살아 있었다. 오히려 같은 나이대의 다른 장관보다 훨씬 정정할 정도였다. 수명이 역사보다 길어진 데는 여러 가지 이유가 있을 수 있었다.

물론 가장 큰 이유는 스트레스를 덜 받았기 때문이었다. 실제 역사에서 권율은 임진왜란 중반부터 정유재란이 끝나는 마지막 그날까지 엄청난 스트레스에 시달리며 살아야 했다.

위에선 선조가 사사건건 간섭해 그의 신경을 건드렸고, 주력을 맡아 줘야 하는 명나라군이 전투를 회피하는 바람에 권율의 속을 새카맣게 태웠다. 권율이 도원수에 오르기 전과 후의 평가가 180도 바뀌는 것은 국토 수복을 원하는 조선과 외교적으로 이를 해결하려는 명나라 사이에서 발생한 정치적 문제가 계속해서 그의 발목을 잡았기 때문이었다.

그러나 이준성이 등장한 후에는 정치적인 문제로 고심할 필요가 없었다. 정치적인 문제는 이준성이 도맡았기 때문에 그는 전란 내내 그가 잘하는 일만 하면 그만이었다. 그 이유 외에 다른 이유를 굳이 찾아보라면 이준성의 권유를 받아 시작한 운동과 식습관, 생활습관 개선을 들 수 있었다.

사정전에 도착한 이준성은 대신들과 잠시 상의한 후에 시마즈 다다쓰네를 불러 대사관 설치와 시마즈군 지원 방안을 논의했다. 사실, 세부 사항은 이덕형과 시마즈 가문 외교를 맡은 중신 사이에서 결정이 난 터라 회의라 할 만한 게 없었다.

시마즈 다다쓰네가 영빈관으로 돌아가기 전에 은밀히 물었다.

"아이히메는 마음에 드셨습니까?"

이준성은 딱히 뭐라 할 말이 없어 가볍게 대꾸했다.

"마음에 들었소."

전에 만난 시마즈 다다쓰네는 동업자의 아들일 뿐이었다. 그러나 지금은 부인의 손위처남이라, 함부로 대할 수 없었다.

시마즈 다다쓰네가 목소리를 낮춰 속삭였다.

"아이히메는 평소에 곱상한 외모와 어울리지 않는 행동을 자주 하는 편이라, 아버님의 걱정이 크셨습니다. 더 자세히 말씀드리자면 바느질보단 칼질을 더 좋아하는 쪽에 가깝지요. 친정에서 하는 것처럼 자기 마음대로 굴면 따끔하게 혼을 내십시오. 초반에 잡지 않으면 골치가 아프실 겁니다."

이준성은 피식 웃었다.

"꽤 빨리도 알려 주는군."

시마즈 다다쓰네가 의아한 표정으로 물었다.

"간밤에 무슨 일이 있었습니까?"

"별일 없었소. 가서 장인어른께 어여쁜 따님을 주어 고맙단 말이나 전해 주시오. 아울러 잘 살겠단 말도 같이 전해 주고."

"아버님께 전해 드리겠습니다."

이틀을 더 영빈관에서 머문 시마즈 다다쓰네는 떠나기 전에 아이히메를 만나 몇 가지를 당부한 후에 왜국으로 돌아갔다.

한편, 그사이 이준성은 아이히메에게 무빈(武嬪)이란 직첩을 내렸다. 후궁에게 무(武)란 명칭을 쓴 전례가 있는지는 모르겠지만, 그녀에게 아주 잘 어울리는 호칭이란 생각이 들었다.

오빠가 이끌던 혼례사절단이 돌아간 후에 무빈은 중전, 수빈 등을 먼저 찾아가 차를 마시며 수다를 떨었다. 그리고 틈나는 대로 경복궁 후원을 같이 산책하며 그녀들과 가까워지기 위해 노력했다. 대궐 생활이 편하려면 남편과 사이가 좋아지는 것보다는 내명부의 윗사람과 좋은 관계를 유지하는 게 훨씬 유리하단 유모의 현실적인 조언 덕이었다.

그렇다고 이준성과의 사이가 나쁜 것은 아니었다. 중전, 수빈이 양해해 준 덕에 이틀에 한 번은 선혜궁을 찾아 무빈과 잠자리를 가졌다. 무빈 역시 대놓고 티를 내지는 않았지만, 남편이 오는 날에는 살짝 기대하는 모습을 보였다. 일찌감치 목욕재계한 다음, 치장에 정성을 쏟는 게 그 증거였다.

그러나 무빈 때문에 중전, 수빈의 처소에 들르는 날이 크게 줄어들진 않았다. 이준성의 체력이 아직 쓸 만한 덕분에 부인 세 명을 전부 만족시키는 것이 그리 어렵지는 않았다.

무빈은 무빈대로 궁궐에 점점 적응해 나가는 모습을 보였다. 비록 오빠가 이끌던 혼례사절단이 본국으로 돌아가 허전함을 느끼긴 했지만, 그녀를 보필하기 위해 남은 시마즈 가문 인원이 100여 명은 넘었기에 외로움을 타는 일이 많지는 않았다. 그리고 이준성의 배려로 선혜궁 옆에 무예를 수련할 수 있는 훈련장이 생긴 다음부턴 궁궐 생활에 더 만족해했다.

사절단이 돌아간 지 두 달쯤 지났을 때, 시마즈 요시히로가 직접 뽑은 대사와 대사관 직원 10여 명이 한국에 도착해 종로 대사관로에 시마즈 가문 대사관을 정식으로 개관했다.

이준성은 그 답례로 시마즈 가문에 지원을 약속한 무기와 화약을 보내 주었다. 무기는 대부분 뇌우 1호였는데, 1차분과 2차분을 합쳐 무려 5,000정에 달하는 양이었다. 그리고 뇌우 1호에 쓰는 뇌관 30만 개를 같이 보내 주었다. 아마 뇌우 1호 5,000정과 뇌관 30만 개라면 도쿠가와 이에야스와의 대결에서 어렵지 않게 승리를 쟁취할 수 있을 것이었다. 물론 무상은 아니었다. 시마즈 요시히로는 뇌우 1호와 뇌관, 화약의 대금을 20년에 걸쳐 갚겠단 계약서를 작성했다.

한데 뇌우 1호는 한국군이 사용하던 제식 소총이었다. 만약 뇌우 1호 5,000정이 한꺼번에 빠져나가면 전력에 차질을 빚을 수밖에 없었다. 그러나 이준성은 전혀 걱정하지 않았다.

믿는 구석이 따로 있기 때문이었다. 이준성은 1,604년 겨울에 경기 북부를 시찰한단 명목을 내세워 파주로 행차했다.

파주엔 현재 방위사업청이 비밀리에 운영하는 공장이 세 군데 있었다. 사실 서류상으로만 비밀이지, 거의 드러내 놓고 운영하는 공장이나 마찬가지였다. 공장의 규모가 워낙 커 감출 방법이 없기 때문이었다. 그러나 보안은 철저해 공장에 들어가려면 보안 검색을 최소 세 번 이상 받아야 했다.

이준성은 첫 번째 공장을 찾아 그곳에서 기다리던 방위사업청장 변이중, 무기 연구소장 이장손, 방위사업청 무기생산국장 조인호 등 무기개발 핵심 관계자를 먼저 만났다.

이준성은 바쁘게 돌아가는 조립 공정을 보며 감회에 차 말했다.

"개발해서 양산하는 데까지 딱 5년이 걸린 셈이군."

변이중과 이장손, 조인호가 즉시 머리를 조아렸다.

"송구하옵니다."

"아니, 그대들을 책망하려는 말이 아니었으니 그러지들 마시오. 난 오히려 지금보다 최소 2, 3년은 더 걸릴 줄 알았거든."

변이중이 막 조립을 마친 소총 한 자루를 그에게 가져왔다.

"방금 조립 공정을 마친 신제품이옵니다."

이준성은 변이중이 건넨 소총을 받아 자세히 살펴봤다. 소총은 옻칠한 목재에 강철로 만든 커버를 씌워 아주 아름다웠다. 거의 클래식 소총의 완성판 같은 느낌마저 들 정도였다.

이준성은 우선 소총의 볼트가 제대로 움직이는지 확인했다. 그는 소총의 우측 옆으로 내려와 있는 볼트를 위로 올린 다음, 뒤로 당겨 약실을 개방했다. 그리곤 다시 볼트를 앞으로 당겨 약실을 폐쇄한 다음, 오른쪽으로 젖혀 밑으로 내렸다.

철컥!

다행히 볼트는 경쾌한 금속성을 내며 제대로 움직였다. 이준성은 볼트를 몇 차례 움직여 본 다음, 약실 앞에 있는 조준기를 시험해 보았다. 5센티미터 크기의 조준기는 평소에 총신 안에 밀어 넣은 상태로 운반하다가 실전에 돌입했을 때 바로 위쪽으로 당겨 펼 수 있는 형태로 만들어져 있었다.

그다음에는 소총을 그 자리에서 분해해 안에 들어 있는 부품을 하나하나 점검해 보았다. 방아쇠, 볼트, 공이 등을 살펴본 다음에는 마지막으로 총신을 공장 안에 있는 등잔 불빛에 비춰보았다. 강선, 즉 홈이 나선형 모양으로 파여 있었다.

소총을 다시 조립한 이준성은 볼트를 움직여 약실을 열었다가 닫은 다음, 마지막에 방아쇠를 당겨 조립 후에 제대로 작동하는지 살폈다. 다행히 모든 과정이 부드럽게 이어졌다.

이준성은 소총을 변이중에게 다시 건넸다.

"아주 잘 만들었군. 1년 전에 보았던 시제품보다 동작이 훨씬 부드럽소. 특히, 볼트와 방아쇠의 움직임이 아주 훌륭했소."

변이중 등은 즉시 머리를 조아렸다.

"성은이 망극하옵니다."

그때, 조인호가 은과 금으로 치장한 소총을 두 손으로 받쳤다.

"전하께 바치기 위해 특별히 제작한 어총이옵니다."

이준성은 어총을 받아 살펴보며 껄껄 웃었다.

"하하, 조 국장이 아부를 제대로 하는군."

"화, 황송하옵니다."

"고맙네. 잘 쓰도록 하지."

이준성은 조립 공정을 마저 살펴본 후에 소총의 이름을 지었다.

"이번에 만든 소총의 이름은 뇌섬으로 짓겠소."

변이중 등은 즉시 고개를 숙이며 대답했다.

"분부 받잡겠사옵니다."

뇌섬은 볼트 액션 단발식 소총으로 그 기본은 독일 마우저 사가 개발한 '게베어 1871'이었다. 게베어 1871은 성능이 우수할 뿐 아니라 튼튼하기까지 하여 이준성의 관심을 끌었다.

이준성은 5년 전에 게베어 1871의 단점을 몇 가지 수정해 만든 설계도를 변이중, 이장손, 조인호 세 사람에게 주었다.

세 사람은 몇 차례의 시행착오를 거친 후에 본격적으로 부품을 생산하기 시작했다. 한데 총신 내부의 강선을 파는 데 반드시 있어야 하는 강력한 드릴을 만드는 데 예상보다 많은 시간이 걸려 개발 기간이 늘어났다. 모든 부품을 완성한 다음에는 1년 동안 수정, 보완을 거쳐 시제품을 제작했다.

이준성은 시제품의 성능이 만족스러웠으므로 즉시 양산을 주문했다. 변이중, 이장손, 조인호 세 사람은 곧 인적이 드문 파주에 비밀 공장을 세워 양산 체계를 갖추는 데 성공했다.

이리하여 한국군은 강선총이란 새 무기를 손에 넣을 수 있었다.

독재자

5장. 북벌을 위한 준비

　이준성은 두 번째 공장으로 이동했다. 두 번째 공장에선 뇌섬만큼, 아니 뇌섬보다 더 중요한 무기를 생산하는 중이었다.

　바로 뇌섬에 들어가는 30구경 탄환이었다.

　여기서 30구경이란 야드 단위로 0.3인치에 해당했다. 그리고 이 수치를 좀 더 익숙한 미터계로 치환하면 7.62mm였다.

　또한 이번에 제작하는 30구경 탄환은 탄두 끝부터 공이가 치는 부위인 림까지의 길이가 51mm이기 때문에 정확한 규격은 7.62mm×51mm인데, 이는 정확히 나토 표준에 해당했다.

물론 이준성은 딱 떨어지는 단위로 탄환의 구경을 설계할 여력이 있었다. 7mm라거나 10mm처럼 말이다. 그러나 7.62mm×51mm 나토 표준 탄환은 1차 세계대전, 2차 세계대전은 물론이거니와 20세기 중후반, 심지어 21세기 중반에까지 쓰이는 대표적인 규격이었다. 20세기 중후반에는 5.56mm×45mm 나토 표준 탄환이 대세를 이루긴 하지만 여전히 저격 등에서는 이 7.62mm×51mm 규격이 주로 쓰였다.

이처럼 7.62mm×51mm에는 100년이 넘는 시간 동안 병사들이 애용하게 만든 무언가가 있었다. 어떤 이는 저지력, 발사 속도, 제작의 편의성 등을 그 이유로 들었다. 그리고 냉소적인 사람들은 미국과 영국과 같은 강대국이 사용했기 때문에 전 세계 표준으로 자리 잡았을 거라 말하곤 하였다.

그러나 어쨌든 그에겐 탄환의 구경을 바꿔 가며 실전에서 그 효용성을 실험할 만큼 남은 시간이 많지 않았기 때문에 가장 대중적인 7.62mm×51mm 규격을 새 탄환에 도입했다.

이준성은 공장 기술자들이 새 탄환을 제작하는 모습을 잠시 지켜보았다. 그들은 강철로 만든 압착기를 이용해 달군 구리를 눌러 얇게 편 다음, 롤러로 둥글게 말아 외피를 만들었다. 완성한 외피는 바로 땜질하여 탄피 형태로 제작했다.

물론 기계가 탄피를 제작하는 게 아니므로 완성한 탄피는 즉시 그 자리에서 지름을 측정하는 도구를 이용해 완성한 탄피의 구경이 7.62mm가 맞는지를 확인하는 작업을 거쳤다. 만약 구경이 1mm라도 맞지 않으면, 그 탄피는 다시 용광로 속으로 던져져 세상에 나갈 기회를 다시금 기다려야 했다.

　탄피를 만드는 첫 번째 조립대와 약간 떨어져 있는 두 번째 조립대 위에서는 얼굴과 목, 팔처럼 밖으로 드러난 부위에 쇠와 가죽을 덧대 만든 방호 장비를 착용한 기술자 수십 명이 림이라 불리는 탄피 아랫부분을 제작하는 중이었다.

　공이가 때리는 부위인 림은 정확히 만들지 않으면 불발이 날 위험이 아주 커서 제작할 때 많은 주의를 필요로 했다.

　그 탓에 림 제작은 미세한 부품을 잘 다루는 정밀한 손기술이 필요한 데다 안에 들어가는 뇌홍이 아주 불안정한 물질이어서 보통 가장 경험 많은 숙련자가 도맡아 제작하는 편이었다.

　기술자들이 강철에 가죽을 덧대 만든 방호 장비를 착용한 이유 또한 제작 중에 뇌홍이 폭발할 위험이 있기 때문이었다.

　림은 쉽게 말해 퍼커션 캡 머스킷에 쓰던 퍼커션 캡을 탄피 바닥에 설치한 것이라 할 수 있었다. 격발 시 퍼커션 캡 머스킷의 공이가 니들에 씌운 뇌관을 쳐서 화약을 점화시키듯, 림 역시 안쪽에 뇌관이 들어 있어 공이가 밑부분을 치면 뇌관이 폭발해 탄피에 든 화약을 점화시키는 방식이었다.

공이가 림을 치는 부위에 따라 격발 방식에 차이가 있었고, 이준성은 그중 가장 안전한 그리고 불발 확률이 적은 센터파이어 방식을 이용했다. 공이가 림 중앙을 때려 격발하는 방식을 의미하는 센터파이어는 21세기 탄피에까지 사용될 만큼 성능과 안정성을 보장받은 방식이었다.

이준성은 마지막 세 번째 조립대로 걸어갔다. 세 번째 조립대에선 탄환이 그 목적을 실행하는 데 있어 가장 중요한 부품이라 할 수 있는 탄두를 만드는 중이었다. 공이가 림을 때리면 뇌관이 폭발해 그 안에 든 화약을 태웠다. 그다음엔 화약이 타며 생긴 가스가 탄피 끝에 있는 탄두를 총구 밖으로 밀어냈다. 탄환 자체가 날아가는 게 아니었다.

이준성은 조립 공정을 다 살펴본 다음, 변이중 등에게 명령했다.

"새로 만든 탄환은 뇌전이라 이름 짓겠소."

"알겠사옵니다."

이준성은 다음 날 오전에 마지막 세 번째 공장을 둘러보았다. 마지막 세 번째 공장에선 무기 세 종류를 동시에 생산 중이었다. 첫 번째는 탄환이 다섯 발 들어가는 리볼버였다.

리볼버란 명칭에서 알 수 있듯 이 총은 탄창을 회전시켜 쏘는 총이었다. 먼저 살펴본 뇌섬처럼 총에는 원래 약실을 하나만 만드는 게 보통이었다. 한데 리볼버는 그런 약실을 내부에 여러 개 만든 다음, 그 약실을 회전시켜 발사했다.

리볼버 방식이 꼭 권총에만 쓰이는 건 아니었다. 그러나 대부분이 권총에서 쓰이는 터라, 리볼버라 하면 권총부터 떠오르기 마련이었다. 지금 공장에서 만드는 리볼버 역시 권총으로 탄창에 길이를 줄인 뇌전 다섯 발을 장전해 발사했다.

뇌섬의 탄환을 뇌전이라 명명했기 때문에 리볼버에 사용하기 위해 길이가 줄어든 뇌전엔 자연스레 소뇌전이란 이름이 쓰였다.

완제품을 하나 집어 든 이준성은 탄창을 돌려 가며 코킹과 격발을 번갈아 시험해 보았다. 정확히 알아보려면 소뇌전을 장전한 상태에서 하는 게 맞지만 어쨌든 제대로 작동했다.

이준성은 리볼버를 변이중에게 돌려주며 명령했다.

"이 리볼버에는 앞으로 연뢰란 이름을 쓰도록 하시오."

변이중이 연뢰를 두 손으로 받으며 머리를 조아렸다.

"성은이 망극하옵니다."

뇌섬은 제작에 공장 하나를 다 사용하지만 연뢰는 세 번째 공장의 조립대 하나만을 제작에 사용 중이었다. 연뢰는 뇌섬과 비교해 그 수요가 아주 많진 않기 때문이었다.

연뢰 조립대 옆에선 수류탄과 지뢰를 제작하는 중이었다. 이번에 개발, 제작한 수류탄은 막대형 수류탄으로 도화선을 당기는 간단한 동작으로 격발시킬 수 있었다. 또한 지뢰는 충격신관을 달아 전처럼 불로 점화시킬 필요가 없었다. 위를 지나가면 신관이 작동해 폭발하는 식으로 진화했다.

이준성은 수류탄엔 천뢰 5호를, 지뢰엔 지뢰 5호란 이름을 붙였다. 이렇게 하여 총 이틀 동안 공장 세 곳을 돌며 현재 생산 중인 한국군의 주력 화기를 모두 점검할 수 있었다.

이준성은 공장을 나오며 변이중에게 질문했다.

"광천은 아직이오?"

"열심히 연구하는 중이옵니다."

광천은 진천 1호를 대체하기 위한 개발 중인 차세대 야포였다.

이준성은 고개를 끄덕였다.

"이번엔 진천 1호로 충분할 거요. 하지만 3, 4년 후엔 전함에 광천이 꼭 필요하오. 그때까지는 양산 체계를 갖춰 주시오."

"알겠사옵니다."

공장 시찰을 마친 이준성은 파주 행궁에 며칠 더 머무르며 공장에서 생산한 무기를 직접 시험해 보는 시간을 가졌다.

변이중 등에게 시험할 무기를 직접 가져오게 하면 불량이 없는 물건을 가져올 확률이 크기 때문에 이준성은 마사카츠에게 공장에 가서 무작위로 무기를 골라오란 명령을 내렸다.

이준성은 마사카츠가 가져온 무기를 사격 시험장에 가져가 연습 사격을 해 보았다. 가장 먼저 그에게 선택된 것은 바로 뇌섬이었다. 볼트를 당겨 약실을 연 다음 빈 약실에 뇌전한 발을 장전한 그는 볼트를 앞으로 당겨 약실을 폐쇄한 뒤 조준기를 뽑아 70미터 앞에 있는 원형 표적지를 조준했다.

타앙!

생소한 총성이 들리는 순간, 총구가 약간 들렸다. 이준성은 볼트를 당겨 탄피를 뺀 다음, 표적지를 확인했다. 표적지 가운데서 왼쪽으로 약간 치우친 곳에 탄착점이 생겼다. 그는 탄도를 계산해 다시 발사했다. 이번에는 표적지 거의 중앙을 맞혔다. 70미터에선 빗나가는 일이 없다는 뜻이었다.

이준성은 이어서 재장전 속도를 점검해 보았다. 볼트를 당긴 상태에서 약실에 뇌전을 장전해 발사하는 속도는 빠르면 2, 3초, 늦으면 4, 5초였다. 1분에 최소 20발은 쏜단 뜻이었다. 그리고 20발을 연달아 쏘았지만 열 때문에 고장이 나거나 약실이 벌어져 가스가 새어 나오는 등의 불상사는 없었다.

사로 밖으로 나온 이준성은 바닥에 엎드린 자세에서 뇌섬을 사격해 보았다. 볼트 액션답게 오차가 크지 않았다. 아마 레버 액션이라면 지금처럼 좋은 결과가 나오지 않았을 것이다.

이준성은 마사카츠가 무작위로 골라온 뇌섬 다섯 정으로 총 100여 발에 달하는 뇌전을 발사하며 시험을 계속했다.

뇌섬 한 정은 공이 불량으로 처음부터 격발에 실패했다. 그리고 다른 한 정은 총신이 휘어져 있어 날아가는 탄두를 휘게 만드는 재주가 없는 이상, 정조준이 아예 불가능했다.

다섯 자루 중 두 자루에 불량이 생긴 상황이었다. 물론 100자루, 1,000자루로 시험해 보면 결과가 달라질 여지는 충분했다. 그러나 어쨌든 마사카츠가 불량품을 귀신같이 찾아내는 재주를 지닌 게 아니라면, 만족스러운 결과는 아니었다.

시험 발사를 지켜보던 변이중, 이장손, 조인호 세 명의 얼굴이 흙빛으로 물들었다. 불량률이 거의 4할에 가까운 것이다.

이준성은 변이중, 이장손, 조인호 세 사람을 불러 명령했다.

"불량률이야 점점 개선해 나가면 그만이요. 그대들을 탓할 생각 없소. 그러나 불량품이 병사의 손에 들어가게 해선 절대 안 되오. 반드시 지금처럼 시험 발사를 하여 불량품을 완벽히 걸러 내시오. 여기선 실수를 교정할 기회가 많지만, 전장에서는 실수가 곧 병사의 생명과 직결되기 때문이오."

변이중, 이장손, 조인호 세 사람은 즉시 머리를 깊이 조아렸다.

"성은이 망극하옵니다."

이준성은 이어 연뢰와 천뢰, 지뢰를 번갈아 시험해 보았다. 다행히 연뢰, 천뢰, 지뢰는 뇌섬보단 불량률이 적었다.

고정 표적 사격을 마친 다음에는 이동하는 표적을 향해 시험 발사를 하였다. 그리고 일정 마지막에는 근처 산에 경호실 요원을 대거 풀어 사슴, 멧돼지, 노루, 고라니 등을 한쪽으로 몰아넣은 다음, 뇌섬과 연뢰 등을 발사해 사냥했다.

7.62mm를 써서 그런지 저지력은 생각보다 훌륭한 수준이었다. 탄환은 저지력이 중요했다. 저지력이 떨어지면 탄환에 맞은 적이 그대로 달려와 자신의 목숨을 앗아 갈 수 있었다.

파주 행궁에서 3일 동안 머무르며 신무기를 시험한 이준성은 변이중에게 공장을 대전, 대구에 더 만들란 명령을 내렸다.

"신무기를 실전에 투입할 날이 그리 멀지 않았소. 방사청은 그동안 최대한 많은 무기를 생산해 부대에 보급하시오. 실전을 치르기 전에 병사들이 적응할 시간을 줘야 하니까."

"분부대로 하겠사옵니다."

이준성은 파주 공장에 있는 공무원과 직원, 기술자, 인부들에게 금일봉을 넉넉히 지급한 다음, 도성으로 다시 돌아갔다.

도성에 도착한 이준성은 세 부인, 두 아들과 시간을 많이 보냈다. 특히 무빈에게 신경을 많이 썼다. 앞으로 있을 일을 생각하면 지금 잘 대해 주는 게 후환을 적게 만들 수 있었다.

도성에서 사흘을 머무른 이준성은 다시 밖으로 행차했다. 이번에는 강원도 산속이었다. 강원도는 지형상의 이유로 도로 상태가 열악한 곳이 많아 가는 데만 수일이 소요되었다.

마침내 목적지에 도착한 이준성은 얼굴이 새카맣게 탄 젊은 장군의 영접을 받았다. 바로 몇 년 전까지 비룡여단 흑룡대대장으로 근무하며 이준성의 경호를 맡았던 한명련이었다.

한명련은 현재 맹호특수전여단이라 불리는 특수부대 여단장으로 근무하는 중이었다. 뇌섬과 같은 신무기가 적의 수족을 잘라 내는 도끼라면, 한명련이 3년 동안 육성한 이 맹호특수전여단은 적의 눈썹 사이에 구멍을 뚫는 송곳이었다.

이준성은 신무기와 이 맹호특수전여단으로 다음 전쟁을 치를 생각이었다. 물론 그 전쟁 상대는 만주에 있는 노토였다.

◆ ◇ ◆

야인여진 여러 부족 중에서 세력이 가장 큰 노토부락의 족장 노토는 임진왜란 초기에 이준성의 도움을 받아 만주에 침입한 가토 기요마사를 두만강 너머로 몰아내는 데 성공했다.

이준성은 가토 기요마사를 몰아내 주는 대가로 노토에게 노토부락 영토 안에 있는 광산의 개발권과 목재 등을 받았다.

그러나 이준성과 노토의 밀월은 얼마 가지 못해 비극으로 끝났다. 노토는 그야말로 이준성이 가장 곤란한 처지에 빠졌을 때 뒤통수를 후려갈기는 비겁한 행동을 보여 주었다.

이준성의 성장에 위협을 느낀 조선 왕실은 조선에 주둔해 있던 명군의 도움을 받아 원주읍성에 있던 이준성을 급습했다. 명군 총사령관 이여송이 직접 나선 만큼 거의 10만에 달하는 대군이 원주를 향해 시시각각 접근해 오기 시작했다.

한데 문제는 서쪽에서 공격해 오는 조명연합군뿐만이 아니었다. 경상도 해안으로 도망친 왜군이 그 틈을 노려 남쪽에서 그를 공격해 왔다. 이준성은 왜군이 어부지리를 노릴 거란 사실을 처음부터 예상했기 때문에 그리 놀라지 않았다.

그러나 협력 관계라 철석같이 믿었던 노토마저 이준성이 강원도에 집중한 틈을 노려 두만강 국경을 넘어왔던 것이었다. 이를테면 노토에게 허를 제대로 찔린 셈이었다.

결국, 이준성은 서쪽에서 쳐들어오는 조명연합군, 남쪽에서 강원도 해안가로 기습 상륙전을 감행한 왜군, 그리고 북쪽에서 갑자기 쳐내려온 노토까지 세 부대를 상대해야 했다.

절체절명의 위기에 빠진 이준성은 세 부대 중 군세가 가장 큰 조명연합군을 전력으로 공격하여 먼저 분쇄한 상태에서 왜군과 노토군을 이어 상대한단 도박적인 수를 감행했다.

다행히 그 도박은 성공을 거두었다. 조명연합군을 박살 낸 이준성은 왜군의 기습마저 물리치며 정국의 주도권을 완전히 가져왔다. 그러나 함경도 북부를 점령한 노토를 쫓아내기에는 시간이 부족했다. 조명연합군이 패한 사실을 들은 선조가 즉시 국경을 넘어 명나라로 망명하리란 것을 알았기 때문에 노토 때문에 시간을 지체할 여유가 없었다.

그는 결국 두만강 너머로 물러가는 조건으로 막대한 양의 금과 은을 노토에게 바치는 굴욕적인 협상을 맺어야만 했다. 그러나 그때 참았던 것은 잘한 일이었다. 그는 도망치던 선조를 평안도 북쪽에서 간신히 따라잡아 마침내 조선을 멸망시켰다. 만약 노토 때문에 시간을 낭비했다면, 명나라로 망명하는 데 성공한 선조가 이준성을 계속 괴롭혔을 것이다.

그다음은 일사천리였다. 조선이 멸망한 자리에 한국을 세운 그는 정유재란과 왜국 원정을 거쳐 이 자리까지 와있었다.

이준성이 평소에 적과 포로, 부하에게 습관처럼 하는 말이 있었다. 적은 용서할 수 있지만, 배신자는 용서하지 않는단 말이었다. 그는 배신한 노토를 이대로 내버려 둘 생각이 없었다. 지금까진 그저 왜국 때문에 신경 쓸 여력이 없었을 뿐이었다.

노토는 세계정세, 아니 동아시아 정세에 관심이 별로 없는지 불과 한 달 전만 해도 경흥성에 쳐들어와 그 주변에 있는 마을을 약탈했다. 다행히 함경도를 수비하는 백두사단과 국경을 순찰하던 금강사단이 협공하여 물리치기는 했지만, 그들이 약탈한 마을만 세 곳에 민가는 100여 호가 넘었다.

이젠 이 지긋지긋한 인연을 끝낼 때였다.

이준성은 한명련의 안내를 받아 맹호특수전여단, 줄여서 맹호여단이라 불리는 특수부대 캠프를 방문했다. 캠프에서는 현재 300명에 달하는 특수부대원들이 한창 훈련에 임하는 중이었다.

이준성 본인이 한국 최고의 특수부대 출신이기 때문에 특수부대 신설에 관심이 아주 많았다. 그동안은 시간과 재원이 부족해 창설하지 못했던 그는 왜국 일을 마무리 지은 다음에 믿을 수 있는 측근인 한명련에게 특수부대 창설을 맡겼다.

한명련은 즉시 군인, 민간인 가릴 거 없이 한국에 거주하며 나이는 20대 초중반인 모든 남성을 대상으로 모집에 나섰다. 대원으로 뽑히면 일반 병사가 받는 녹봉의 1.5배를 받는단 모집관의 설명에 전국에서 1만 명이 넘는 남성이 모여들었다. 물론 모두가 돈 때문에 지원한 것은 아니었다.

일부는 한국을 지켜야 한단 애국심으로 똘똘 뭉쳐 지원했다. 그리고 천성적으로 남들과는 다른 길을 가야만 직성이 풀리는 자들과 용솟음치는 20대 혈기를 밖으로 쏟아 낼 장소를 찾기 위해 혈안이던 자들 역시 특수부대 모집에 응했다.

한명련은 지원자 1만 명을 대폭 줄이기 위해 지원자들에게 까다로운 시험을 보도록 만들었다. 지원자가 가진 종합적인 능력을 평가하기 위해 이준성이 직접 개발한 시험이었다.

시험은 지원자가 지닌 기본적인 체력과 운동 능력, 순발력, 지구력 등을 알아보는 것을 시작으로 지능, 문제 해결 능력, 상황 대처 능력, 응용 능력, 임기응변 능력을 테스트하는 다양한 시험으로 이어졌다. 그리고 맨 마지막에는 인내력을 테스트했다. 이준성은 특수부대원이 반드시 가져야 할 첫 번째 덕목으로 인내심을 꼽았다. 특수부대원은 고립된 장소에서 지원을 받지 못하는 상태로 며칠, 혹은 몇 주 동안 작전을 수행해야 했다. 한데 그런 때에 쉽게 포기한다면 본인은 물론이거니와 동료의 목숨까지 위험에 처할 수 있었다. 그리고 종국엔 작전 전체가 차질을 빚을 수 있었다.

한명련은 시험을 통해 1만 명을 3,000명으로 줄였다. 군과 사회에서 난다 긴다 하는 사내가 7,000명이나 떨어진 것이다. 이는 이준성이 만든 시험이 그만큼 어려웠단 뜻이었다.

그러나 시험은 거기서 끝나지 않았다. 3,000명 역시 많은 것은 매한가지였다. 한명련은 지원자에서 훈련병으로 신분이 바뀐 그들에게 언제든 중도에 포기하고 밖으로 나갈 수 있다는 사실을 통보했다. 훈련병이 전에 민간인 신분이었다면 그동안 훈련한 개월 수에 맞는 녹봉을 받아 사회로 돌아갈 수 있었다. 또 군인은 불이익 없이 원대 복귀가 가능했다.

한명련은 그로부터 3년 동안, 이준성이 만들어 보낸 훈련 프로그램을 활용해 아직 미성숙한 모습을 보이는 훈련병 한 명, 한 명을 훌륭한 전사로 거듭나게 하는 일에 전력을 쏟았다.

훈련 프로그램은 바다, 육지, 산속, 시가지 등 실전에서 적을 맞닥뜨릴 수 있는 모든 장소에서 이루어졌다. 바다에서는 수영, 잠수 등을, 육지에선 첩보, 위장, 교란, 폭파, 암살 등을, 산속에서는 사냥을 비롯해 먹을 수 있는 것과 먹을 수 없는 것을 구별하는 훈련처럼 생존에 필수적인 훈련을, 시가지에선 흔히 CQB라 불리는 근접 전투 등을 훈련받았다.

물론 군인의 기본이라 할 수 있는 사격부터 무기 훈련, 맨손 격투 훈련 등은 수시로 받았다. 심지어 야전에서 가능한 응급 처치 방법과 독도법, 비표 작성법, 통신 방법까지 배웠다.

그렇게 3년을 훈련하는 동안, 3,000명이던 훈련병은 이제 300명으로 줄어들어 있었다. 말 그대로 열 명 중 아홉 명이 도중에 자의와 타의로 그만둔 것이다. 자의는 당연히 자기 의사로 그만둔 경우였다. 또 타의는 중상을 입었거나, 아니면 몇 달마다 행해지는 시험을 통과하지 못한 경우였다.

이준성은 이제 마무리 훈련을 앞둔 대원 300명을 사열하며 그들의 훈련 상태와 몸 상태를 점검해 보았다. 그는 정신력보다는 기술이, 기술보다는 보급과 장비, 정보가 전투의 승패를 가른다는 사실을 철석같이 믿는 현대적인 군인이었다.

그러나 지금은 정신력을 인정하지 않을 수 없었다. 온몸이 근육으로 뒤덮인 대원들은 눈빛에 살기와 투지가 번득였다.

그들은 이준성이 캠프에 직접 방문했단 사실에서 그들이 실전에 투입될 날이 머지않았다는 사실을 쉽게 유추해 냈다.

투지는 곧 열기로 바뀌었다. 눈앞에 적이 서 있다면 지금 당장 유령처럼 은밀히 접근한 다음, 호랑이가 사냥감을 공격하듯 날카로운 비수를 적의 목에 쑤셔 넣을 것 같았다.

이준성은 훈련병들을 모아 놓은 상태에서 말했다.

"그동안 훈련을 받느라 고생들 많았다. 일장 연설은 나 또한 좋아하지 않기 때문에 긴말 않겠다. 여러분은 아마 마음속으로 교관들은 얼마나 잘났기에 우리에게 이런 지옥 훈련을 시키나 생각했을 것이다. 아니, 여러분이 한 지옥 훈련을 설계한 장본인인 이 이준성은 얼마나 잘났기에 우리에게 이런 훈련을 시키나 생각했을 것이다. 그래서 나는 마무리 훈련을 앞둔 여러분에게 공식적으로 선언하겠다. 만약 이번 마무리 훈련에서 나를 이기는 훈련병이 나온다면, 그 훈련병은 장교로 특채함과 동시에 중대 하나를 맡길 것이다."

이준성의 말이 끝나는 순간, 훈련병들이 웅성거리기 시작했다. 원래 마무리 훈련이 끝나면 성적순에 따라 계급이 정해지기로 되어 있었다. 즉, 성적이 뛰어난 훈련병은 상사로, 성적이 나쁜 훈련병은 하사로 임관하는 식이었다. 한데 이준성이 마무리 훈련에서 자길 이기는 훈련병이 나오면 부사관이 아니라, 바로 장교로 진급시켜 준다는 약속을 하였다.

이준성은 훈련병들을 돌아보며 물었다.

"나에게 묻고 싶은 게 있는가?"

그러나 국왕에게 질문할 만큼 간 큰 훈련병은 없는 듯했다.

이준성이 약간 실망해 연단을 내려가려 할 때였다.

갑자기 머리가 커다란 훈련병 하나가 손을 번쩍 들었다.

"전 훈련병 남이홍이라 하온데 질문을 해도 괜찮겠사옵니까?"

"괜찮다."

"주상전하께서도 훈련병과 같은 규칙을 적용받는 것이옵니까?"

"그렇다. 너희들은 내 말을 믿지 않을지 모르지만, 나 역시 너희들과 똑같은 기준으로 시험을 치러 채점을 받을 것이다."

이번엔 호리호리한 훈련병이 앞으로 나와 머리를 조아렸다.

"소인은 요시다라 하옵니다. 소인 같은 항왜도 성적만 좋으면 주상전하께서 약속하신 포상을 받을 수 있는 것이옵니까?"

이준성은 웃으며 고개를 끄덕였다.

"난 출신 따위를 상관 않는 사람이다. 나를 경호하는 경호실장과 너희들도 잘 아는 비룡여단장 역시 항왜다. 실력과 능력만 출중하다면 출신 따위는 상관없단 뜻이다."

그때, 덩치가 큰 훈련병이 종처럼 웅웅 울리는 목소리로 물었다.

"소생은 화웅보병사단에서 온 유태라 하옵니다. 만약 근접 전투와 같은 과목이 시험에 있어서 주상전하의 옥체에 손을 대야만 하는 때가 온다면, 저흰 어떻게 처신해야 하옵니까?"

화웅보병사단은 절강사단의 후신이었다.

즉, 방금 질문한 유태는 명나라 출신이란 뜻이었다.

이준성은 껄껄 웃으며 대답했다.

"넌 근접 전투에 자신이 있는 모양이지?"

"그렇사옵니다."

"상관없다. 나를 때려도, 아니 나를 기절시켜도 상관없다. 그 일로 너희들에게 불이익이 돌아가는 일은 절대 없을 것이다. 내 말을 믿어라. 나는 그렇게 쪼잔한 성격이 아니다."

유태를 끝으로 더는 질문하는 훈련병이 없었다.

연단을 내려온 이준성이 한명련에게 물었다.

"방금 질문한 세 명은 어떤 자들이오?"

"남이흥은 유명한 무가 출신 자제이옵니다. 그리고 요시다는 아버지가 항왜인데 몇 년 전 규슈에서 항왜의 가족을 이주시킬 때 넘어와 이번 특수부대원 모집에 응한 것으로 알고 있사옵니다. 마지막으로 유태는 요동 출신인데, 힘이 좋아 훈련병 중에 그를 당해 낼 사람이 없단 소문을 들었사옵니다."

"그 세 명이 우두머리에 해당하는 건가?"

"그렇사옵니다. 그 세 명은 가진 재주가 특출할 뿐만 아니라 통솔력까지 상당히 뛰어나 훈련병 대부분이 그 세 명을 따르는 중이옵니다. 남이홍을 따르는 훈련병이 현재 가장 많은 상태고 그다음이 요시다, 유태의 순서이옵니다."

"역시 그랬었군."

고개를 끄덕인 이준성은 숙소로 정한 막사에 들어가 쉬었다. 한데 한명련이 따라 들어와 안절부절못하는 모습을 보였다.

이준성은 차를 한 모금 마신 다음, 미간을 찌푸리며 소리쳤다.

"똥 마려운 강아지처럼 왜 그러는 건가? 할 말이 있으면 하게!"

한명련은 걱정스러운 표정으로 물었다.

"정말 훈련병들과 같이 시험을 보실 생각이옵니까?"

"그럴 건데, 왜?"

"시험 중에 다치시기라도 하면 정말 큰일이 아닙니까?"

"걱정하지 말게. 그런 일은 절대 없을 거야."

그러나 한명련은 나갈 생각이 없었다.

이준성은 미간을 찌푸리며 물었다.

"할 말이 더 있는가?"

"마, 만약에 말이옵니다. 혹시 훈련병에게 지기라도 하시는 날에는 전하의 체통에 손상이 갈 위험이 있지 않겠사옵니까?"

이준성은 피식 웃었다.

"그게 무슨 체통에 손상이 가는 일인가? 오히려 기뻐해야지. 나보다 뛰어난 훈련병이 있다는 말인데. 그리고 노파심에서 하는 말인데, 연단에서 한 말은 다 진짜였네. 나와 훈련병을 차별하는 날에는 자네부터 볼기짝을 맞을 줄 알라고."

화들짝 놀란 한명련이 급히 머리를 조아렸다.

"며, 명심하겠사옵니다."

한명련이 돌아간 후, 이준성은 남은 차를 마시며 중얼거렸다.

"그러나 나를 이기긴 그리 쉽지 않을 거다, 제군들."

다음 날, 엄청난 포상이 걸려 있는 마지막 훈련의 막이 올랐다.

◆ ◈ ◆

훈련의 첫 번째 과정은 행군이었다. 그러나 보병이 하는 행군과는 달랐다. 각 훈련병은 무기, 식량, 군복, 침낭 등 20종류에 달하는 물건을 군장에 싸서 어깨에 걸머졌다. 물론 행군 시작 전에 모두 군장 검사를 철저히 받아야 했다. 덕분에 군장에 가벼운 물건을 넣어 무게를 속이는 이른바 '가라'는 없었다. 즉, 모든 훈련병이 40킬로그램이 넘는 군장을 짊어졌다는 뜻이었다. 물론 이준성 역시 FM대로 하였다.

그가 이런 생고생을 사서 하는 이유는 마음을 다잡기 위해서였다. 국왕에 등극한 후엔 몸을 움직이는 일이 많지 않았다. 필요한 물건이 있으면 사람들이 알아서 가져다주었다. 또한 집과 집무실이 거의 붙어 있는 탓에 걷는 일마저 많지 않았다.

물론 운동이야 기회가 있을 때마다 꾸준히 하는 편이지만, 20대 때처럼 운동실과 사격장에서 하루를 보내지는 않았다. 지금은 처리해야 할 일이 산더미처럼 쌓여 있기 때문이었다.

이준성은 자기가 혹시 편한 환경에 적응해 신체 능력이 퇴보한 것은 아닌지, 그리고 그가 자랑하던 투지, 독기, 인내심을 모두 잃어버린 것은 아닌지에 대한 걱정이 들기 시작했다. 나이가 든 탓에 예전만큼은 아닐 테지만 어쨌든 아주 퇴보하지는 않았단 사실을 증명해 볼 목적으로 이번 훈련에 참여했다.

군장을 짊어진 다음엔 지도, 나침반, 망원경, 시계를 이용해 지도에 있는 동해안 집결 지점으로 걸어가야 했다. 중간에 말과 마차, 수레를 타는 행동은 용납되지 않았다. 교관이 눈을 번득이며 철저히 감시했기 때문에 그런 꼼수를 부리다간 3년 동안 해 온 노력이 물거품으로 돌아갈 위험이 존재했다.

이준성은 몇 년 전 치른 전쟁에서 태엽으로 돌리는 회중시계를 제작해 고급 장교에게 보급한 전례가 있었다. 시계가 있으면 멀리 떨어져 있는 부대들이 정해진 시간에 동시에 행동할 수 있다는 장점이 있었다. 애초에 시계가 발달한 이유 역시 군대에서 장교들이 작전용으로 이용하면서부터였다.

지금은 그때보다 장인들의 실력이 훨씬 좋아져 전보다 작게, 그리고 전보다 정확한 회중시계를 만들어 보급할 수 있었다. 아마 외국에 수출길만 열리면 돈벌이 역할을 톡톡히 할 것이었다.

이번 행군의 목적은 훈련병이 작전 지도를 제대로 읽는 줄 아는가, 체력, 지구력, 인내심이 얼마나 강한가를 알아보는 데 있었다. 이준성은 지도를 읽는 데는 전혀 문제가 없었다. 유진의 도움 없이 지도에 있는 집결 지점을 정확히 찾아낼 자신이 있었다. 그러나 40킬로그램이 넘는 군장을 짊어진 상태에서 200킬로미터에 달하는 험한 지형을 통과하기란 쉬운 일이 아니었다. 관목이 가득한 곳에선 정글도를 이용해 길을 직접 개척해야 했고, 절벽에 도착하면 로프를 이용해 군장을 먼저 내린 뒤 그다음에 사람이 내려가야 했다.

이준성은 시간이 지날수록 군장의 어깨띠가 어깨의 살을 파고드는 고통을 느꼈다. 군장 어깨띠에 솜을 넣은 패드를 달아 두었지만, 군장의 무게가 그런 노력을 무색하게 만들었던 것이다.

자정이 훨씬 지난 시각, 더는 맨눈으로 사물을 보는 게 쉽지 않단 판단에 비트를 파기 시작했다. 유진과 인드라망을 이용하면 어둠 속에서 누구보다 빠르게 움직일 자신이 있었지만, 그렇게 하면 일부러 이번 훈련에 참여한 의미가 없었다.

곡괭이와 야전삽으로 비트를 판 이준성은 바닥에 마른 풀을 깐 다음, 그 위에 우비를 놓아 냉기가 올라오지 않게 했다. 그리고는 안에 들어가 지붕을 은폐한 상태에서 잠을 청했다.

다음 날 새벽에 눈을 뜬 이준성은 주위를 둘러본 다음, 냉기가 스며들어 뻑적지근해진 근육을 조심스레 풀었다. 마지막으로 반합에 식수와 건조한 군량을 넣어 죽으로 만들어먹은 그는 지도와 나침반을 이용해 다시 행군하기 시작했다.

그렇게 이틀을 걸었을 무렵, 마침내 지형이 완만해지기 시작했다. 이는 해안이 가까워졌단 의미였다. 살펴보던 지도를 접은 그는 나침반으로 방향을 계산한 다음, 다시 걸음을 떼었다. 계산이 정확하다면 오늘 저녁엔 도착할 수 있었다.

"저 언덕만 넘으면 바다가 보이겠군."

이준성은 앞에 보이는 완만한 언덕을 향해 열심히 걸어갔다. 물론 전시 행군을 염두에 둔 훈련이기 때문에 주변을 살피며 경계하는 일을 게을리하지 않았다. 지금까진 훈련병과 마주치지 않았다. 300명 전부가 다른 루트를 탄 것이 아니라면 지금까지는 그가 선두 그룹을 형성 중이란 뜻이었다.

푸스스!

그때, 왼쪽에 있는 수풀이 살짝 흔들리는 모습이 보였다. 지금까지 멧돼지, 노루, 산양을 보았기 때문에 처음엔 이번 역시 그런 줄 알았다. 자기 영역을 침범당한 멧돼지가 위협을 가해 오는 거라면 야전삽으로 위협해 쫓을 계획까지 세웠다.

한데 이번에는 뭔가 달랐다. 수풀은 몇 초 간격으로 흔들렸는데 이는 초식 동물의 행동이 아니었다. 먹잇감을 사냥하려는 육식 동물의 움직임이었다. 걸음을 멈춘 이준성은 어깨에 짊어진 어총을 조심스레 끌어내린 다음, 볼트를 위로 올렸다가 뒤로 당겨 약실을 개방했다. 그리고는 허리에 찬 탄띠에서 뇌전 한 발을 꺼내 약실 쪽으로 천천히 밀어 넣었다.

철컥!

볼트를 밀어젖혀 장전을 마치는 순간, 경쾌한 금속성이 들려왔다. 그리고 그와 동시에 누런 가죽 부대 같은 것이 수풀 속에서 2, 3미터 높이로 치솟더니 그대로 그를 덮쳐 왔다.

이준성은 그제야 누런 가죽 부대의 정체가 호랑이라는 사실을 알 수 있었다. 그것도 다 성장한 수컷 호랑이였다. 체중만 400킬로그램이 넘을 듯했다. 쩍 벌린 호랑이 입에서 비릿한 냄새가 훅 풍겨 왔다. 그리고 호랑이가 쏟아 내는 낮은 포효는 머리카락이 쭈뼛 설 정도로 강렬했다. 그 역시 사람인지라, 처음에는 몸이 굳어 팔이 제대로 움직이지 않았다.

차라리 사람이라면 재빠르게 반응할 수 있었다. 그러나 난 생처음 당해 보는 공격 앞에선 그 역시 움츠러들 수밖에 없었 다. 사람이 흉기 앞에서 꼼짝 못 하는 것과 같은 이치였다.

그때, 푸른빛을 머금은 10센티미터 길이의 긴 발톱이 얼굴 과 목을 할퀴듯이 날아들었다. 쓰러지듯 뒤로 몸을 눕힌 이준 성은 양손에 쥔 어총을 살짝 든 다음, 방아쇠를 힘껏 당겼다. 그가 의도한 것은 아니지만 완벽한 지향 사격 자세였다.

타앙!

이젠 어느 정도 익숙해진 뇌섬의 총성이 울리는 순간, 호 랑이 목 옆에서 피가 수증기처럼 퍼져 나가는 모습이 보였 다.

그러나 호랑이가 휘두른 앞발은 여전히 기세를 잃지 않은 상태였다. 이준성은 뇌섬을 부순 호랑이 앞발이 가슴을 스치 며 허리 옆으로 떨어지는 모습을 보았다. 고통이 척추를 지나 정수리까지 순식간에 퍼졌지만 아파할 틈이 없었다.

그를 가슴으로 깔아뭉갠 호랑이가 이빨로 목을 물어뜯으 려 들었다. 구멍이 뚫린 목 옆에서 피가 비처럼 흘러내렸지 만, 호랑이는 아프지 않은 듯했다. 아니, 더 난폭해진 듯했다.

이준성은 고개를 최대한 옆으로 힘껏 틀었다. 역한 피 냄 새가 짙게 풍기는 호랑이의 커다란 송곳니 한 쌍이 그의 머리 가 있던 자리를 힘껏 깨물었다. 아마 제때 피하지 않았으면 그의 머리는 두부가 으깨지듯 산산조각이 났을 터였다.

이준성은 허리를 좌우로 움직여 호랑이 밑에서 빠져나오려 했다. 그러나 400킬로그램이 넘는 호랑이의 체중을 감당하기가 쉽지 않았다. 유도나 주짓수에서는 상대 밑에 깔렸을 때 빠져나가는 방법을 가르쳐 주지만, 그가 상대하는 건 퍼플벨트를 딴 주짓수 선수가 아니라 수컷 호랑이였다.

화가 난 호랑이가 앞발을 들어 이준성의 머리를 후려치려 했다. 이준성은 온 힘을 다해 호랑이 밑에 깔린 오른팔을 빼냈다. 물론 주먹으로 호랑이를 칠 생각은 없었다. 아무리 스트레이트로 무거운 샌드백을 가로로 접을 수 있을 정도의 힘을 가진 그라 할지라도 드러누워 휘두른 펀치는 타격을 주지 못했다.

대신 그는 빼낸 오른팔로 군복 왼쪽 견장에 달아 둔 단도를 뽑아 호랑이의 목 밑에 그대로 찔러 넣었다. 호랑이의 두꺼운 살가죽을 간신히 뚫고 들어간 단도가 중간에 걸렸다. 목뼈인 듯했다. 그는 젖 먹던 힘까지 다 짜내어 단도를 밀었다.

단단한 무언가가 뚝 끊어지는 소리가 나며 호랑이가 동작을 멈추었다. 아마 단도 끝이 호랑이 척수에 박힌 듯했다. 그 때, 호랑이의 커다란 앞발이 이준성의 얼굴 위로 떨어졌다. 피하기엔 이미 너무 늦은 탓에 그는 눈을 질끈 감았다.

철썩!

앞발에 맞은 얼굴이 약간 따갑기는 했지만, 통증은 그게 다였다. 생살이 찢어지거나 뼈가 부러진 데서 오는 통증은 전혀 없었다. 아마 앞발이 떨어지기 직전에 호랑이가 즉사해 힘을 제대로 싣지 못한 모양이었다. 그로선 천만다행이었다.

이준성은 자유로운 오른팔을 이용해 얼굴을 덮은 호랑이 앞발을 옆으로 치웠다. 호랑이가 평소에 뭘 밟으며 돌아다녔는지는 모르겠지만, 한 가지 확실한 건 자기 똥이든 다른 짐승의 똥이든 어떤 짐승의 똥을 밟은 것만은 확실했다.

이준성은 구토를 참으며 호랑이 앞발을 얼굴에서 떼어 낸 다음, 전력을 다해 빠져나왔다. 호랑이는 죽기 전보다 더 무거워진 것 같았다. 그러나 일촉즉발의 상황과 지금처럼 여유가 있는 상황에서 느끼는 무게감은 다를 수밖에 없었다. 다급할 이유가 없는 지금은 힘을 원하는 곳에 쓸 수 있었다.

간신히 빠져나온 이준성은 몸부터 살폈다. 다행히 발톱에 긁힌 얼굴은 약간 쓰라린 게 다였다. 그러나 맨 처음 가슴을 스치며 빠져나간 앞발에 당한 상처는 제법 깊어 군복이 걸레짝처럼 찢어져 있었다. 물론 정말 상처가 깊었다면 그는 이미 갈비뼈가 조각 나 죽어 있을 것이다. 그는 다행히 FM대로 하기 위해 군복 안에 철판을 넣은 방탄복을 착용한 상태로 행군 중이었다. 만약 안에 방탄복이 없었다면, 지금쯤 피를 흘리며 누워 있는 것은 호랑이가 아닌 그였을 터였다.

발톱에 긁힌 상처가 선명한 방탄복 철판을 보며 안도의 숨을 내쉰 그는 시선을 돌려 엎드린 채 나자빠진 호랑이를 보았다.

일어나서 본 호랑이의 덩치는 정말이지 어마어마했다. 이런 괴물과 싸워서 살아남았다는 사실이 믿어지지 않을 지경이었다.

호랑이는 그가 쏜 뇌섬에 목을 제대로 맞았다. 그러나 불행히도 그가 발사한 탄환은 동맥과 정맥, 척수 등 목에 있는 요처를 모두 빗나갔다. 호랑이 목이 두꺼워서 그런 듯했다.

이준성은 잠시 휴식한 다음, 다시 행군하기 시작했다. 한데 불과 1킬로미터를 채 걷지 않아 목적지인 동해안이 보였다. 집결지 역시 지척이어서 300미터 떨어진 곳에 있었다.

이준성은 하늘을 보며 고개를 절레절레 저었다.

"목적지 앞에서 죽이려 하다니 농담치곤 꽤 과한 거 아닙니까?"

집결 지점에 도착한 이준성은 그곳에 있던 한명련, 마사카츠 등을 만났다. 경호원을 대동한 상태에서 훈련할 순 없으므로 목적지에서 기다리란 명령을 수행중이던 한명련과 마사카츠 등은 군복이 너덜너덜한 모습으로 도착한 이준성을 발견하고는 까무러칠 정도로 놀라 급히 달려왔다.

눈이 화등잔처럼 커진 마사카츠가 급히 물었다.

"이, 이게 대체 무슨 일이옵니까? 누, 누가 공격한 것입니까?"

군장을 내려놓은 이준성은 의자에 앉아 찢어진 군복을 벗었다.

"누가 공격하긴 했지."

마사카츠가 눈에 쌍심지를 켜며 물었다.

"대체 그놈이 누굽니까? 간이 배 밖으로 나온 훈련병입니까?"

이준성은 시끄럽다는 듯 손을 저으며 대답했다.

"진정해. 나를 공격한 건 사람이 아니었으니까."

"사람이 아니라면……."

"누런 포대 자루 같은 놈이 갑자기 달려들더군."

"누런 포대 자루가 대체 무엇입니까?"

그러나 이준성은 피식 웃을 뿐, 그의 질문에 대답하지 않았다.

마사카츠가 도와 달라는 듯 한명련을 쳐다보았다.

그 순간, 한명련이 뭔가를 깨달은 듯 놀란 목소리로 물었다.

"그럼 전하를 공격한 것이 호랑이였단 말이옵니까?"

"맞았네. 수컷이더군. 얼마나 큰지 그렇게 거대한 호랑이는 처음 봤어. 내가 온 방향으로 사람과 수레를 하나 보내게. 그놈 가죽을 홀라당 벗겨다가 의자를 만드는 데 써야겠어."

이준성이 집결지에 대기하던 의사와 간호사에게 얼굴과 옆구리에 입은 찰과상을 치료받는 동안, 한명련은 교관 몇 명을 이준성이 온 방향으로 보내 호랑이 사체를 수거해 오게 했다. 집결지에서는 이준성이 호랑이와 싸워 이겼단 소문이 빠르게 퍼져 갔다. 그러나 반응은 극과 극이었다. 이준성을 잘 아는 베테랑 교관들은 그의 말을 철석같이 믿었다. 그러나 이준성을 잘 모르는 자들은 그의 말을 거짓으로 생각했다. 절벽이나 비탈 같은 곳에서 구른 다음, 이를 멋지게 포장할 목적으로 호랑이와 싸웠단 거짓말을 한 거로 믿었다.

그러나 이준성이 한 말이 100퍼센트 완벽한 사실임은 곧이어 드러났다. 잠시 후, 한명련이 보낸 교관들이 정말로 집채처럼 거대한 수컷 호랑이 한 마리를 수레에 실어 가져온 것이다.

이준성은 궁금해하는 사람들에게 호랑이와 싸운 무용담을 털어놓은 다음, 근처 마을에 가서 솜씨 좋은 사냥꾼을 데려오게 했다. 원래 짐승 가죽을 벗기는 데는 사냥꾼만 한 자들이 없었다. 사냥꾼은 잡은 짐승의 가죽을 흠집 없이 벗겨내야 좋은 값을 받기 때문에 기술이 뛰어날 수밖에 없었다.

근처 마을에 있던 사냥꾼 몇 명이 도착해 거대한 호랑이의 사체에서 가죽을 벗겨 낸 다음, 벗긴 가죽을 장대에 걸어 바람에 말릴 때쯤에야 두 번째 훈련병이 집결지에 도착했다. 두 번째 훈련병의 정체는 바로 항왜의 아들 요시다였다.

요시다는 이준성이 한참 전에 도착했을 뿐만 아니라 오면서 중간에 호랑이까지 잡았다는 교관의 설명에 벌어진 입을 다물지 못했다. 그 말은 거짓이 아니었다. 정말로 엄청난 크기를 가진 호랑이 가죽이 해변에 세워진 장대에 걸려 있었다.

그러나 놀라기엔 아직 일렀다.

훈련병들은 비로소 뛰는 놈 위에 나는 놈 있단 속담이 무엇인지를 이준성과 함께 훈련하는 동안 절실히 느낄 수 있었다.

독재자

6장. 실력의 증명

훈련병들은 그들 중 가장 먼저 집결지에 도착한 요시다보다 이준성이 다섯 시간이나 먼저 도착했단 말을 믿으려 들지 않았다. 요시다가 그동안 몇 차례에 걸쳐 치러진 여단 행군 훈련에서 매번 2등과 엄청난 격차를 내며 우승했기 때문이었다.

훈련병들은 급기야 이준성이 중간에 경호실의 도움을 받아 움직인 게 아닌가 하는 의심마저 하였다. 그러나 그게 아니란 사실은 다음 날 아침에 치러진 시험에서 드러났다.

다음 날엔 왕복 10킬로미터 바다 수영이 있었다. 규칙은 간단했다. 해안에서 일제히 출발한 훈련병은 그들 쪽으로 거칠게 밀려오는 파도를 타 넘어 바다로 나간 다음, 기준점으로 정한 구조선 주위를 돌아 다시 해안으로 돌아와야 했다.

"시작하라!"

한명련의 일성과 함께 일제히 바다에 뛰어든 훈련병들은 하얀 거품을 뿜어내며 거칠게 밀려오는 파도를 뚫기 위해 안간힘을 썼다. 원래 호수나 강물과 같은 민물에서 하는 수영과 파도가 치는 바다에서 하는 수영은 질적으로 달랐다.

바다에서는 경험이 없으면 힘만 소진할 뿐, 앞으로 나아가지 못했다. 그러나 이준성은 차원이 달랐다. 그는 거친 파도를 눈 깜짝할 사이에 빠져나와 구조선을 가장 먼저 돌았다. 그리고 구조선을 돈 다음에는 가장 먼저 해안에 도달했다. 말이 왕복 10킬로미터지, 웬만한 수영 선수도 쉽지 않은 거리를 이준성은 2등과의 격차를 3분 이상 내며 골인했다.

말 그대로 압도적인 실력 차였다. 훈련병들은 그제야 이준성이 정말로 엄청난 신체 능력과 운동 능력을 지녔단 사실을 깨달았다. 바다 수영은 경호실과 여단 고위층이 도와줄 수 없는 시험이기 때문에 패배를 깨끗이 인정할 수밖에 없었다.

그다음에 치러진 잠수 훈련, 배 위에서 하는 해상 사격 훈련까지 1등을 독차지한 이준성은 장소를 이동해 해안 근처 사격장에서 치러진 중단거리 사격 훈련과 장거리 저격 훈련에서까지 1등을 차지했다. 닷새 동안 치러진 10여 종류의 온 갖 시험에서 1등과 만점을 독차지한 이준성은 마지막으로 격 투 훈련만을 앞둔 상태였다. 물론 훈련병에겐 열흘간 이어지 는 지독한 생존 훈련 시험이 하나 더 남아 있긴 했지만, 이준 성은 남은 일정이 빡빡해 그전에 환궁할 예정이었다.

격투 훈련의 첫 번째 과정은 검과 칼, 창 등 백병전에 사용 가능한 모든 무기로 겨루는 근접 전투였다. 훈련병 300명은 추첨을 통해 정해진 상대와 겨룬 다음, 거기서 이기면 다음 단계로 진출해 한 명이 남을 때까지 계속해서 대결을 펼쳐 나 갔다.

이준성은 그가 애용하는 목검으로 여섯 번의 대결을 모두 승리한 다음, 결승전에서 목창을 애용하는 남이흥과 맞붙었 다.

남이흥은 명문 무가 출신답게 서 있는 자세가 아주 훌륭했 다. 공격과 방어를 모두 염두에 둔 자세로 상대가 선공하면 방어한 후에 역습이 가능한 자세였다. 또한 대결 중에 상대가 빈틈을 보이면 날카롭게 먼저 찌를 수 있는 자세였다.

이준성은 두 손으로 틀어쥔 목검을 들어 올려 중단을 겨눴 다.

"양보할 필요 없네."

"그럼 명하신 대로 사양 않겠사옵니다."

대꾸한 남이흥은 목창으로 이준성의 어깨를 찔러 왔다. 한데 속도가 섬광처럼 빨라 눈 깜짝할 사이에 목창이 이준성의 어깨에 거의 닿아 있었다. 그러나 남이흥의 상대는 평범한 훈련병이 아니었다. 다른 훈련병에겐 지금과 같은 날카로운 찌르기가 통했을지 모르지만, 이준성에게는 통하지 않았다.

쉬익!

이준성은 목검을 쳐올려 남이흥이 찌른 목창을 옆으로 튕겨 냈다. 공격이 실패한 남이흥은 목창을 회수하는 척하다가 재빨리 이준성의 허벅지를 찔러 왔다. 그러나 마찬가지였다. 이번 역시 이준성이 휘두른 목검에 요격당해 빗나갔다.

약간 당황한 기색을 보인 남이흥은 전력으로 목창을 찔러 갔다. 가슴, 배, 얼굴 할 거 없이 찌를 수 있는 부위는 다 찔러 갔다. 그러나 여전히 철벽과 같은 방어를 뚫지는 못했다.

이를 악문 남이흥은 손등에 힘줄이 불거질 정도로 꽉 틀어쥔 목창을 이준성의 가슴으로 찔러 갔다. 이번에 정말 젖 먹던 힘까지 다 쥐어짠 듯했다. 빠르기가 뇌전을 방불케 했다.

그러나 차분한 표정으로 이를 지켜보던 이준성은 목검을 비스듬히 내리치며 창대 중간을 후려쳤다. 지금 속도면 목창이 이준성을 찌르기 전에 목검이 먼저 목창을 후려칠 듯했다.

한데 그때 예상치 못한 상황이 발생했다. 목창이 갑자기 위로 솟구친 것이다. 창날 대신에 나무로 깎은 날을 달았다곤 하지만 날카로운 날이 이준성의 얼굴 쪽으로 날아들었다.

이준성은 급히 상체를 뒤로 젖혀 목창을 피했다. 쉭 하는 바람 소리를 내며 날아든 목창이 이준성의 턱 앞 몇 센티미터 허공을 친 다음에 돌아갔다. 아마 상대가 이준성이 아닌 다른 사람이었다면 갑자기 궤도를 바꾼 목창에 턱이든 얼굴이든 맞아 박살이 났을 듯했다. 그만큼 남이홍이 이번에 보여 준 귀신같은 창 솜씨는 명불허전이라 부를 만했다.

상체를 다시 세운 이준성은 씩 웃었다.

"제법이구나."

말을 마친 이준성은 대결이 시작한 이후 처음으로 먼저 공격에 나섰다. 자세를 가다듬은 남이홍은 즉시 뒷걸음질로 물러서며 목창을 찔렀다. 창수는 상대와의 거리가 멀수록 유리했다.

그때였다. 삼단뛰기 선수처럼 펄쩍 뛰어 남이홍 앞으로 뛰어든 이준성이 허리를 찔러 오는 목창의 창대를 왼손으로 막았다. 왼손에 막힌 창대가 회초리처럼 휘청거린 후에 밀려났다.

그 순간, 이준성은 남이홍 앞으로 몸을 날려 어깨를 부딪쳐 갔다. 남이홍은 상체를 낮춰 막으려 했지만, 황소처럼 돌진해 오는 이준성의 공격은 상체를 낮춰선 막을 수가 없었다.

쿵!

남이홍은 결국 이준성의 어깨에 부딪혀 보기 좋게 엉덩방아를 찧었다. 주저앉은 남이홍이 다시 일어서기 위해 창을 놓은 두 팔로 막 땅을 짚었을 때, 옆에서 날카로운 바람 소리가 터져 나왔다. 남이흥은 급히 고개를 돌려 옆을 보았다.

목 바로 옆에 이준성이 내려친 목검이 있었다. 만약 이게 실전이었다면, 그는 이미 목이 분리된 채 즉사했을 것이었다.

목검을 회수한 이준성은 방긋 웃으며 앉아 있는 남이흥을 일으켜 세웠다. 그리고는 그의 어깨를 두드리며 칭찬해 주었다.

"창을 쓰는 솜씨가 아주 매섭구나."

남이흥은 부끄러운 듯 낯빛을 붉히며 대답했다.

"조잡한 솜씨를 보여 드려 송구할 따름이옵니다."

이준성은 고개를 저었다.

"아니야. 자넨 할 만큼 했어. 마지막 공격은 깜짝 놀랐을 정도니까. 내가 아는 사람 중에 창을 가장 잘 쓰는 사람은 정충신이지만, 잘만하면 그에 필적할 수 있겠어. 지금처럼 부단히 노력해 조국과 민족을 지키는 훌륭한 군인으로 자라 주게."

남이흥은 즉시 한쪽 무릎을 꿇어 군례를 취했다.

"성은이 망극하옵니다."

이준성은 남이흥을 칭찬한 다음, 주위를 둘러보았다. 그제야 조용히 지켜보던 교관과 훈련병들이 큰 환호성을 질렀다.

특히 훈련병들이 지르는 환호성은 귀청이 떨어질 만큼 대단해 훈련장 전체가 쩌렁쩌렁 울렸다. 남이흥을 3년 동안 옆에서 지켜봐 왔기 때문에 그의 창 솜씨가 얼마나 대단한지는 누구보다 잘 알고 있던 그들이었다. 한데 이준성은 그런 남이흥을 아이처럼 가지고 놀았다. 상대가 적이었다면 분노했을 것이다. 아니면 실망하든지. 하지만 상대는 적이 아니었다.

남이흥의 상대는 그들이 앞으로 목숨 바쳐 충성해야 하는 대상인 한국의 국왕 이준성이었다. 국왕의 무예가 이처럼 훌륭하단 사실을 처음 안 그들은 뱃속 깊은 곳에서부터 뜨거운 감정이 북받쳐 올라 환호성을 지르지 않을 수가 없었다.

다음 날에는 나이프를 이용한 근접 전투 대결이 벌어졌다. 그러나 실제 나이프를 가지고 싸울 수는 없으므로 나무로 만든 나이프에 물감을 칠해 상대방의 옷과 몸에 물감을 더 많이 묻힌 쪽이 이기는 식으로 시험이 치러질 예정이었다.

무난히 결승까지 올라간 이준성은 결승 상대로 요시다를 만났다. 요시다는 몸이 날렵했다. 그리고 처음부터 수비적으로 나오는 바람에 꽤 애를 먹었다. 어제 이준성이 남이흥과 겨루는 모습을 보고 나서 수비적인 전략을 세운 듯했다.

그러나 이준성 역시 덩치에 맞지 않게 재빠른 몸놀림을 자랑했다. 결국, 이준성이 휘두른 나이프에 온몸이 벌게지도록 맞은 요시다가 믿을 수 없다는 표정으로 패배를 자인했다.

이준성은 몸과 옷이 대결을 처음 시작할 때만큼 깨끗했다.

그러나 이준성의 나이프에 묻혀 놓은 붉은색 물감으로 목욕하다시피 한 요시다는 피를 뒤집어쓴 것처럼 처참해 보였다.

이준성이 두 번째 나이프대결마저 압도적으로 승리했을 때, 훈련병 사이에 전혀 생각지 못한 기류가 흐르기 시작했다.

이준성이 강하단 사실을 인정하지 않는 훈련병은 이제 없었다. 그러나 그들은 3년 동안 지옥과 같은 훈련 과정을 통과한 정예 중의 정예였다. 그들은 그 사실을 아주 자랑스럽게 생각했다. 말 그대로 자존심이 하늘을 찌를 지경이었다.

한데 굴러온 돌에 박힌 돌이 뽑히는 수준을 넘어 아예 박살 나 버리기 일보 직전이었다. 만약 다음 날 있을 맨손 격투 훈련에서까지 이준성이 압도적으로 승리한다면 그들이 지금껏 해 온 훈련의 의미가 없어질 것 같단 공포심마저 생겼다.

이준성이 강하다는 사실을 인정하는 문제와 그들이 자존심을 지키는 문제는 전혀 다른 차원의 문제였다. 곧 훈련병 사이에 내일 있을 맨손 격투 훈련에서만큼은 어떻게든 그들이 이겨야 한단 기류가 생성되기 시작했다. 마지막 남은 자존심을 지키려면 이준성이 그들의 코를 납작하게 만들어 놓은 후에 도성으로 돌아가게 두어서는 절대 안 되었다.

다음 날, 마침내 맨손 격투 훈련의 막이 올랐다. 물론 가장 유력한 결승 후보는 이준성과 맨손 격투에 자신 있는 유태 두 명이었다. 두 사람은 맞은편 조에 속해 있어 순조롭게 올라간다면 반드시 결승에서 맞붙을 수밖에 없는 상태였다.

한데 유태가 속한 조에서 이상한 일이 연달아 발생했다. 유태를 상대하기로 되어 있던 훈련병들이 격투 초반에 나가 떨어지거나 아예 다쳤다는 핑계로 시합에 나오지 않았다. 덕분에 유태는 결승까지 체력을 거의 소진하지 않았다.

반면, 이준성을 상대한 훈련병들은 그야말로 죽기 살기로 나왔다. 이준성에게 맞아 완전히 기절하거나 훈련 장소로 사용하던 씨름판 밖으로 밀려 나가 장외처리 당하기 전까지 죽기 살기로 싸워 끝까지 발목을 붙잡고 늘어졌다.

결승을 치르기 전에 잠깐 쉬던 이준성에게 한명련이 찾아왔다.

"훈련병 전체가 힘을 합쳐 전하를 이기려 드는 것 같사옵니다."

수건으로 땀을 닦던 이준성이 피식 웃었다.

"내가 완전 나쁜 놈이 된 것 같군."

"이쯤에서 그만두시는 게 어떻겠사옵니까?"

옆에서 부채로 바람을 부쳐 주던 마사카츠가 얼른 거들었다.

"한 장군의 말이 맞사옵니다. 그들이 이처럼 비열하게 나온다면 굳이 그들을 상대해 줄 필요가 없는 게 아니겠사옵니까?"

이준성은 벗어 두었던 옷을 다시 걸치며 대꾸했다.

"나 하나 나쁜 놈이 되는 것으로 그들의 결속이 단단해진다면 그건 또 그것대로 좋은 게 아닌가? 곧 실전에 들어가야 하는데 사이가 나쁜 것보다야 사이가 좋은 게 낫지 않겠나?"

한명련이 결승 장소로 걸어가는 이준성에게 조심스레 물었다.

"그럼 결승은 어떻게 하실 생각이옵니까?"

"왜?"

"저들이 결승에서 승리하면 자신감을 더 얻지 않겠사옵니까?"

이준성은 껄껄 웃으며 고개를 저었다.

"나를 결승에서 이기면 자신감을 더 얻을 수 있겠지. 하지만 반대로 나에게 또 패하면 분해서 더 분발하려 들지 않겠나?"

"그 말씀은……."

"일부러 져 줄 생각은 추호도 없단 뜻이야. 나 또한 이번 대결에서 이기면 자신감을 가지고 다음 전쟁을 치를 수 있으니까."

"알겠사옵니다."

결승 장소에 도착한 이준성은 앞에 있는 유태를 바라보았다. 유태 키와 몸무게는 그와 거의 비슷했다. 그리고 온몸에 근육을 철갑처럼 두른 것 역시 그와 비슷한 부분이었다.

그러나 유태는 체력이 쌩쌩했지만, 그는 여섯 번의 사투를 거친 후에 올라왔기 때문에 체력에 문제가 생겼단 점만큼은 달랐다.

이준성을 향해 깍듯하게 군례 먼저 올린 유태가 곧 자세를 잡았다. 이준성 역시 자세를 잡은 다음, 유태를 바라보며 손가락 하나를 까딱거렸다. 유태에게 어서 덤비란 뜻이었다.

입을 악다문 유태가 성난 얼굴로 덮쳐 왔다.

이준성은 달려드는 유태가 화난 황소 같다는 생각이 들었다. 그리고 이게 실전이었다면 투우사가 성난 황소를 피하듯 옆으로 몸을 날려 피했을 것이다. 그러나 지금은 그렇게 하지 않았다. 이준성 역시 황소처럼 유태를 향해 돌진했다.

쿠웅!

둔중한 충격음과 함께 이준성과 유태가 정면으로 충돌했다.

◆　◈　◆

마치 황소 두 마리가 충돌한 것 같은 압도적인 박력에 두 사람의 대결을 지켜보던 많은 이들이 벌린 입을 다물지 못했다.

이준성과 유태는 양손을 맞잡은 상태로 서로가 가진 힘을 겨루었다. 한데 힘에선 유태가 앞서는 듯 이준성의 팔이 밀렸다. 급기야 이준성의 상체까지 뒤로 젖혀지기 시작했다.

그 광경을 지켜보던 한명련은 속이 바짝 타들어 갔다. 결승을 시작하기 전에 이준성을 만난 그는 유태에게 져 주는 게 어떻겠냐 제안했지만, 지금은 그런 생각이 들지 않았다.

지금은 그저 그가 존경하는, 그리고 부모와 아내보다 더 믿고 의지하는 이준성이 멋지게 이겨 줬으면 좋겠다는 바람뿐이었다.

그가 생각하는 이준성은 하늘에서 강림한 무신이었다. 모든 사람이 신에게 도전해 승리하는 인간의 모습을 보길 원할 테지만, 그와 같이 이준성을 신처럼 생각하는 사람들의 생각은 달랐다. 한명련은 그가 신으로 생각하는 이준성이 상대가 누구든, 상황이 얼마나 불리하든 상관없이 항상 이겨 주기를 기대했다. 그래야 최악의 상황에 직면했을 때 이준성이 그들을 지켜 준단 믿음으로 끝까지 포기하지 않을 수 있었다.

그때였다. 마치 그의 속마음을 눈치 챈 것처럼 짧은 기합을 내지른 이준성이 상체를 다시 똑바로 세우는 기염을 토했다. 그리고는 팔까지 앞으로 쭉 뻗어 균형을 다시 맞춰 놓았다.

유태의 얼굴이 당황으로 일그러졌다. 그는 이준성이 이번만큼은 그를 이길 수 없을 거라 내다보았다. 한데 어디서 그런 힘이 나왔는지 모르겠지만, 갑자기 엄청난 악력으로 그를 찍어 누르며 한쪽으로 기울어져 있던 균형추를 다시금 원상태로 맞췄다.

유태는 악력으론 이준성을 이기지 못한다는 확신이 드는 순간, 재빨리 손바닥을 떼며 오른발로 이준성의 옆구리를 걷어찼다. 마치 커다란 통나무가 날아드는 것 같았다. 이준성은 재빨리 상체를 숙인 다음, 팔을 허리에 붙여 방어했다.

쿠웅!

둔탁한 소리와 함께 몸이 약간 들렸다. 유태의 다리 힘이 그만큼 좋다는 반증이었다. 그러나 이준성 역시 계속 당하지만은 않았다. 즉시 한쪽 다리를 밀어 넣어 유태가 움직이지 못하게 만든 다음, 손바닥으로 유태의 두툼한 가슴을 밀쳤다.

보통 이런 식으로 공격하면 당한 사람은 돼지가 쓰러지듯 뒤로 벌러덩 나자빠지기 마련이었다. 그러나 덩치에 맞지 않게 유연한 것은 유태 역시 마찬가지였다. 그는 재빨리 몸을 돌려 뒤로 넘어지는 불상사를 피했다. 벌떡 일어난 유태가 두 팔과 두 다리를 모두 사용해 이준성을 맹렬히 공격했다.

솥뚜껑을 연상케 하는 주먹이 허공을 가를 때마다 붕 하는 소리가 들렸다. 그리고 통나무 같은 다리로 해 오는 발차기는 쇳덩이처럼 무거웠다. 더욱이 몸이 어찌나 유연한지 로우킥으로 허벅지나 무릎을 차다가 갑자기 방향을 바꿔 얼굴 쪽을 걷어찼다. 아주 위협적인 로우하이 연계였다.

유태는 심지어 팔로 하는 가드까지 완벽했다. 솥뚜껑만 한 주먹과 맷돌처럼 굵은 팔뚝 두 개를 삼각형으로 만들어 얼굴과 가슴을 완벽히 보호했다. 심지어 턱마저 안으로 바짝 당긴 자세여서 주먹으론 단단한 가드를 부수기가 쉽지 않았다.

이준성은 그제야 자신이 중요한 사실 하나를 새카맣게 잊어

먹고 있었단 사실을 깨달았다. 유태가 천부적인 격투 감각을 지녀 저런 완벽한 가드를 할 줄 아는 게 아니었다. 유태가 사용한 저 가드 방법은 바로 이준성이 2년 전쯤에 유진을 도움을 받아 만든 특공 무술에 들어 있는 가드 방법이었다

이준성은 상관에게 깡이나 근성을 보여 줄 목적으로 만든, 그리고 단체로 시범을 보일 때나 멋있어 보이는 특공 무술이 실전에서 효과가 전혀 없다는 사실을 일찌감치 깨우쳤다.

그가 수십 번의 실전을 치르며 알아낸 사실 중 하나는 유도나 주짓수와 같은 그래플링이 생각보다 훨씬 중요하다는 사실이었다. 주먹이나 발길질은 쉽게 피할 수가 있었다. 그러나 태클은 피하기가 어려웠다. 그리고 태클에 성공하면 십중팔구 이길 수 있었다. 바닥에 누운 자세에서는 팔다리에 힘을 제대로 싣지 못해 효과적인 반격을 하지 못했다.

이준성은 유도, 레슬링, 주짓수와 같은 그래플링을 기반으로 무술을 만든 다음, 그 위에 타격 계통 무술을 몇 종류 섞었다. 가장 기본적인 복싱부터 킥복싱, 태권도와 같은 무술들이었다. 그리고 맨 마지막에는 크라브 마가, 칼리, 시스테마, 케이시 파이팅 메소드 등 여러 가지 상황에 대응할 수 있도록 만들어진 실전 무술을 참조해 특공 무술을 완성했다.

이준성은 흑룡대대 병사들과의 대련을 통해 완성한 무술이 정말로 실전에서 효과가 있는지 알아보는 과정을 거친 다음, 효과가 있는 부분만 따로 추려 다시 2차 완성본을 만들었다.

그리고는 그 2차 완성본을 맹호특수전여단에 보냈다.

맹호특수전여단 교관들은 1년 동안 이준성이 만든 특공 무술을 훈련병에게 가르쳤다. 그리고는 가르치면서 부족한 부분을 보완하거나 바꿀 필요가 있는 부분을 수정해 마침내 최종본이라 할 수 있는 3차 완성본을 만들어 내었다.

한명련은 3차 완성본에 왕실특공 무술이란 거창한 이름을 붙인 다음, 모든 훈련병이 이를 완벽히 숙달하도록 만들었다.

그 사실을 깨달은 이준성은 유태의 다음 행동이 무엇일지를 알 수 있을 것 같았다. 그때, 가드를 푼 유태가 몸을 살짝 틀어 45도 각도로 돌아선 상태에서 상체를 낮춘 다음, 기습 태클을 걸어 왔다.

태클 방향과 속도, 타이밍이 워낙 훌륭했기 때문에 이준성은 미처 피할 새가 없었다. 유태가 다음에 할 행동이 뭔지 알았지만 알면서도 피하기가 어려울 만큼 완벽한 태클이었다.

그러나 태클을 당한 사람이 할 수 있는 최선의 방어 정도는 할 수 있었다. 태클이 꼭 만능은 아니었기 때문이다. 태클이 위협적이란 사실을 알기 때문에 이를 막는 기술 역시 같이 발전했다.

이준성은 양팔로 유태의 상체를 단단히 붙잡아 틈을 주지 않았다. 만약 유태와 이준성의 상체가 떨어져 있으면, 유태는 그 위에 걸터앉은 마운트 자세로 펀치를 날릴 수 있었을 것이다.

틈을 주지 않은 다음에는 다리로 유태의 머리와 한쪽 팔을 휘감아 조르기로 들어갔다. 유도에 있는 세모조르기였다. 세모조르기가 제대로 통하면 방어하는 이의 팔이 오히려 공격자의 목에 있는 경동맥을 강하게 압박해 기절시킬 수 있었다.

그러나 유태는 역시 만만치가 않았다. 유태는 자신의 유연한 신체를 십분 활용해 연체동물처럼 목과 팔을 빼내 탈출했다.

이준성은 그사이 다시 일어서 자세를 잡았다. 유태 역시 다시 자세를 잡았다. 1라운드는 무승부로 끝난 셈이었다. 이준성은 숨이 조금 가쁘다는 느낌을 받았지만, 티를 내지 않았다. 약한 모습을 보이면 상대의 사기만 더 올려 줄 뿐이라고 생각한 것이었다.

이준성은 그래플링으론 유태를 쓰러트릴 수 없단 판단을 내렸다. 몸이 유연해 조금 전처럼 빠져나갈 가능성이 컸다.

그렇다면 스탠딩으로 승부를 봐야 한단 뜻이었다. 그는 마침내 전력을 다하기로 마음먹었다. 물론 그 전력이란 게 꼭 젖 먹던 힘까지 다 쥐어짜 한 방으로 승부를 보겠단 말은 아니었다. 오히려 힘보단 기술에 더 치중하겠단 의미에 가까웠다.

이준성은 왼발을 살짝 들었다. 감각이 좋은 유태가 즉시 반응해 왔다. 유태는 급히 상체를 숙여 이준성의 킥에 대비했다.

그러나 이는 페인트였다.

이준성은 올린 다리로 바닥을 힘껏 차며 오른손 스트레이트를 뻗었다. 펑 하는 소리와 함께 유태의 몸이 크게 휘청거렸다. 가드 위에 맞아 정통으로 들어가지는 않았지만, 펀치에 실려 있는 힘 자체가 워낙 대단해 선 채로 크게 휘청였다.

이준성은 왼 주먹을 밑으로 살짝 내려 어퍼컷 준비 동작을 취했다. 유태는 당연히 가드를 내려 어퍼컷을 막으려 했는데 이 역시 페인트였다. 이준성은 오른손 잽으로 가드가 내려온 유태의 어깨를 두 차례 재빨리 후려갈겼다. 다른 사람에게는 잽이지만 이준성과 같은 덩치를 가진 거한이 날린 잽은 보통 사람이 치는 스트레이트의 위력과 맞먹었다.

이준성의 페인트에 두 번 연속으로 당한 유태의 얼굴이 와락 일그러졌다. 맞은 부위가 벌써 시커멓게 멍이 들었다. 그러나 유태 또한 천부적인 격투 감각을 지닌 사내임엔 분명했다.

유태가 갑자기 왼 주먹을 앞으로 곧게 뻗었다. 이준성은 뒤로 백스텝을 밟으며 가드를 위로 끌어올렸다. 그러나 이는 유태의 페인트였다. 그는 뻗은 왼 주먹을 끌어당김과 동시에 오른발로 이준성의 옆구리에 미들킥을 제대로 꽂아 넣었다.

이준성은 순간 숨이 안 쉬어지는 느낌을 받았다. 그러나 뒤이어 날아드는 폭풍과 같은 펀치에 놀라 급히 가드를 굳혔다.

유태는 그때부터 페인트를 교묘히 섞어 가며 그를 공격했다. 그중 반 정도는 무위로 돌아갔지만, 어쨌든 이준성의 기세를 꺾는 데는 성공해 다시 3, 4분간 치열한 접전이 펼쳐졌다.

이준성은 라운드가 지날수록 체력이 급격히 떨어지는 느낌을 받았다. 이게 규정이 있는 격투 시합이었다면 중간에 쉴 타이밍이 있었겠지만, 이건 스포츠가 아니라 격투 훈련이었다. 중간에 쉬는 시간을 줄 만큼 선수에게 친화적이지 않았다.

이준성은 체력이 더 떨어지기 전에 승부를 봐야겠단 결심을 내렸다. 올라오기 전, 한명련을 만나 했던 말대로 일부러 패할 생각은 없었는지 그는 이번 공격에 사활을 걸었다.

이준성은 오른쪽 어퍼컷으로 유태의 가드 밑을 올려쳤다. 또 페인트일 거라 예상한 유태는 가드를 그대로 유지했다. 그러나 이번엔 페인트가 아니었다. 이준성의 강력한 어퍼컷이 유태의 가드를 박살 내며 들어가 유태의 턱에 적중했다.

그러나 유태는 천생이 강골이었다. 보통 턱에 펀치를 맞으면 뇌가 흔들려 가만있지 못했다. 술 취한 사람처럼 비틀거리거나 몸이 나무처럼 굳어 기절하는 경우가 대부분이었다. 그러나 유태는 게딱지처럼 가드를 굳히며 끝까지 버텼다.

이준성은 유태의 맷집에 감탄했다. 그러나 감탄만 하진

않았다. 이번엔 왼 주먹으로 유태의 복부 옆에 짧은 어퍼컷을 날렸다. 유태는 전에 당한 게 있으므로 상체를 급히 숙였다.

그러나 이번 어퍼컷은 페인트였다. 이준성은 왼쪽 어퍼컷을 거두어들임과 동시에 오른쪽 주먹으로 강력한 훅을 날렸다.

퍽!

훅은 유태가 가드 못하는 귀 뒤쪽을 정확히 타격했다. 맷집 좋은 유태조차 크게 휘청거릴 정도로 충격이 상당해 보였다.

이준성은 쐐기를 박아 넣을 생각으로 왼 주먹을 이용해 다시 훅을 날렸다. 이미 조금 전에 맞은 훅으로 정신이 없던 유태는 본능적으로 가드를 높이 올려 그의 훅을 막으려 들었다.

그때, 이준성은 마침내 기회가 왔음을 직감했다. 유태가 가드를 올리는 바람에 중요한 급소인 복부와 옆구리가 드러났다.

퍽퍽!

이준성은 짧은 어퍼컷으로 유태의 신장이 있는 부분을 후려 쳤다. 신장에 펀치를 제대로 맞으면 몸이 갑자기 굳어 버렸다.

유태 역시 마찬가지였다. 숨을 훅 들이쉰 유태가 뻣뻣하게 굳었다. 그때, 이준성이 오늘 대결에서 가장 고난이도 동작을 선보였다. 이준성은 가장 자신 있는 오른손 스트레이트를 유태의 턱 쪽으로 날렸다. 유태는 정신이 몽롱한 가운데서도 천부적인 감각을 발휘해 급히 얼굴 쪽을 가드했다.

그러나 펀치가 바로 날아들지 않았다. 유태가 약간 의외라는 생각으로 가드에 힘을 풀 때였다. 갑자기 펀치가 날아왔다.

퍽!

턱에 주먹을 맞은 유태는 술에 취한 사람처럼 크게 휘청거리다가 앞으로 고꾸라졌다. 이준성은 쓰러지는 유태를 받아바닥에 눕혀 주었다. 유태는 입에 거품을 문 채 기절해 있었다.

이준성이 마지막에 친 스트레이트는 타이밍을 한번 죽였다가 치는 고난이도 펀치로 이를 막을 수 있는 자는 거의 없었다. 이는 야구에서 타자가 패스트볼을 기다리다가 변화구가 왔을 때 타이밍을 약간 죽여 통타하는 기술과 같았다.

이준성은 의사의 치료를 받는 유태를 잠시 지켜보다가 시합장을 내려와 두 팔을 살펴보았다. 팔 곳곳에 멍이 시커멓게 들어 있었다. 그나마 다행인 것은 주먹에 글러브처럼 두꺼운 붕대를 감아 둔 덕분에 뼈는 다치지 않았단 점일 듯했다.

이준성이 시합장을 떠난 후, 장내는 쥐 죽은 듯 조용해졌다. 훈련병들은 편법까지 써 가며 필사적으로 싸웠다. 그러나 이준성이란 괴물에겐 끝내 통하지 않았다. 오히려 핸디캡을 안은 이준성에게 유태가 보기 좋게 패함으로 인해 그들의 긍지 높은 자존심에 상처가 제대로 나 버린 상황이었다.

그때, 한명련이 시합장 위로 성큼성큼 올라와 고함을 질렀다.

"다들 실망했나? 그래, 당연히 실망했겠지. 하지만 너무 실망하지는 마라. 너희들은 지금 이 세상에서 가장 강한 분과 겨룬 것이다. 아직 미숙한 게 많은 너희들에겐 주상전하는 올려다보기조차 힘든 까마득한 산과 다름없을 것이다. 그러나 너희들은 아직 젊다. 주상전하께서는 수십 번의 혈전을 치른 다음에 이와 같은 힘을 얻으신 것이다. 너희들 또한 나이가 들고 경험이 쌓이고 실력이 원숙한 경지에 오르면 충분히 주상전하와 같은 경지에 도달할 수 있을 것이다."

한명련의 말에 실망해 있던 훈련병들이 하나둘 생기를 찾았다.

한명련의 뜨거운 웅변이 계속 이어졌다.

"사람이 가장 허무할 때가 언제인지 아는가? 더는 올라갈 데가 없을 때다. 너희들은 그동안 자신들이 정상에 섰기 때문에 더는 올라갈 산이 없을 것으로 착각했을 것이다. 그러나 봐라! 너희에게는 아직 올라갈 산이 있지 않느냐! 그것도 바로 눈앞에 그 산이 있지 않더냐! 너희들이 주상전하를 목표로 삼아 정진한다면, 너희들은 세계 최고의 전사로 거듭날 수 있을 것이다! 그리고 죽을힘을 다해 노력한다면 언젠간 주상전하의 경지를 뛰어넘을 수 있을 것이다! 어떤가? 너희들은 실망해 이대로 주저앉고 말 것인가? 아니면 앞을 막아선 한계란 놈을 뛰어넘어 그 위를 노려 볼 텐가? 이제부턴 너희들이 어떻게 마음먹느냐에 모두 달려 있다!"

"와아아!"

한명련의 외침에 훈련병들이 목청이 찢어지라 함성을 질렀다.

아직 애벌레나 다름없던 맹호특수전여단 대원들이 한명련의 연설로 인해 마침내 껍질을 벗고 한 명의 전사로 거듭나는 순간이었다.

◆ ◇ ◆

이준성은 등 뒤에서 들려오는 환호성을 들으며 피식 웃었다.

"한명련도 이젠 제법 장군 티가 나는군."

그가 한명련을 처음 본 건 도성에서 막 탈출하던 시점이었다.

당시 이준성은 조선군의 핵심이라 할 수 있는 권율의 마음을 자기 쪽으로 돌리기 위해 갖은 애를 쓰던 중이었다. 한데 그중 하나가 바로 권율의 가족을 도성에서 먼저 빼내 오는 일이었다. 가족이 도성에 남아 있으면 권율의 마음을 돌리기가 어려웠다. 도성에 남아 있는 가족을 걱정한 권율이 왕실의 버림을 받은 상황에서도 끝까지 버틸 위험이 있었다.

이준성은 그런 이유로 도성에 잠입해 권율의 가족을 먼저 밖으로 빼낸 다음에 권율을 설득한다는 위험천만한 계획을 세웠다. 한데 일의 성사는 성문이 닫힌 야간에 도성을 어떻게 빠져나가느냐에 달려 있었다. 물론 방법이 없진 않았다.

그 문제를 해결할 방법이 없었다면 애초에 그런 계획을 세우지 않았다. 당시 영남 지방에서 젊은 의병장으로 활약했던 한명련은 공적을 많이 세웠지만, 그의 출신 성분이 미천하단 이유로 합당한 대우를 받지 못해 불만이 가득한 상태였다.

이러한 사실을 포착하는 데 성공한 은호원은 즉시 한명련에게 접근해 그를 은밀히 포섭하는 데 성공했다. 더욱이 한명련이 사소문 중 하나인 창의문을 맡은 수문대장이었기 때문에 그를 포섭한 행동은 정말 시의적절한 묘책에 해당했다.

한명련이 당시 같이 창의문을 수비하던 부하들마저 포섭해 준 덕에 이준성 일행은 창의문을 이용해 도성을 탈출할 수 있었다. 물론 한명련 역시 날이 밝으면 조선을 배신했다는 사실이 밝혀질 수밖에 없었으므로 바로 그를 따라나섰다.

그 이후, 한명련은 이준성의 최측근이라 할 수 있는 비룡여단 흑룡대대장을 맡아 임진왜란과 정유재란, 왜국 원정 등에서 엄청난 활약을 연거푸 펼쳤다. 그리고 지금은 그동안의 공을 인정받아 준장으로 진급한 직후에 이준성이 심혈을 기울여 창설한 맹호특수전여단의 여단장으로 부임했다.

이준성은 한명련이 훈련병의 자존심을 자극해 그들의 투지를 다시 끌어내는 모습을 보며 그가 이제 진짜 장군으로 거듭났단 생각이 들었다. 훌륭한 장군이란 말을 들으려면 무용만 뛰어나선 안 되었다. 훌륭한 장군은 부하를 단박에 휘어잡는 뛰어난 통솔력과 더불어 말 몇 마디로 바닥까지 떨어진 사기를 끌어올릴 수 있는 역량까지 갖춰야 했다.

다음 날 아침, 한명련이 아침 일찍 찾아와 명단을 하나 건넸다.

"읽어 보시옵소서. 소장이 생각한 맹호여단의 지휘 체계이옵니다."

이준성은 명단을 받아 읽어 보았다.

맹호특수전여단은 현장에서 실제 임무를 수행하는 작전 요원 300명에 그들이 원활하게 임무를 진행할 수 있도록 후방에서 지원하는 지원 요원 1,000명을 합쳐 도합 1,300명으로 이뤄져 있었다.

조직도 쪽으로 들어가면 여단 본부 밑에 작전과, 군수과, 정보과, 통신과, 인사과, 행정과, 정훈과와 같은 참모부가 있었다. 그리고 참모부 밑에는 1중대부터 11중대까지 총 10개 중대가 있었다. 다른 부대는 사단 밑으로 연대, 대대, 중대와 같은 체계가 구성되어 있지만, 맹호특수전여단은 임무의 특성상 그렇게 구성할 수 없어 10개 중대 체제를 갖추었다. 각 중대는 작전 요원 30명으로 이루어져 있어 개별 작전을 수행할 수 있었다.

10개 중대로 이루어져 있지만, 중대 번호가 11번까지 있는 이유는 중간에 4중대가 없는 탓이었다. 물론 그 이유는 숫자 4가 죽을 사(死)를 연상시키기 때문이었다. 이준성은 미신을 믿는 성격은 아니지만, 군대에선 예로부터 그런 면에서 철저했기 때문에 그 역시 그 관습을 따른 것뿐이었다.

이준성은 각 중대를 지휘하는 중대장의 이름을 확인했다. 1중대부터 8중대까지는 교관을 역임한 베테랑이 차지했다. 그러나 9중대, 10중대, 11중대의 중대장은 교관이 아니었다. 바로 훈련병 중에서 두각을 드러낸 남이흥, 요시다, 유태였다. 그들 세 명은 소위, 중위를 건너뛰어 대위로 곧장 진급함 동시에 30명의 부하를 지휘하는 중대장을 맡게 되었다.

이준성은 명단을 돌려주며 한명련에게 물었다.

"남이흥, 요시다, 유태의 이름이 중대장 명단에 올라가 있 군."

"그렇사옵니다. 사기를 올리기 위해선 훈련병의 지지를 받는 그들을 중대장으로 뽑는 게 제일 나은 방법이라 보았습니다."

"나는 불만 없네. 이대로 국방부에 올려 장관의 재가를 받 게."

"성은이 망극하옵니다."

주위를 슬쩍 둘러본 이준성은 목소리를 낮춰 은밀히 속삭였다.

"중간에 다른 사고가 터지지 않는다면 적어도 석 달 안에는 맹호특수전여단에 임무가 떨어질 걸세. 여단장은 그전까지 국경에서 실전을 겸한 훈련을 진행하며 만반의 준비를 해 두게."

한명련은 긴장한 표정으로 고개를 끄덕였다.

"명이 떨어지면 언제든지 바로 수행할 수 있게 해 놓겠사옵니다."

"어떤 식으로 준비해야 하는지는 아는가?"

"국경 너머에 있는 은호원 요원과 접촉해 지형과 지리, 그리고 소통에 필요한 필수적인 말을 먼저 배워 두는 것이옵니다."

"훌륭하군."

"황송하옵니다."

"아, 그리고 방사청에 말해서 지금 생산 중인 신무기를 가장 먼저 보급받도록 해 주겠네. 가는 동안, 사용법을 익혀 두게."

"알겠사옵니다."

"잔소리가 길었군. 그럼 나중에 보세나."

이준성이 일어나려 할 때였다.

한명련이 급히 큰절을 올리며 말했다.

"다시 뵙는 그 날까지 부디 옥체 만강하십시오."

이준성은 절을 하고 일어나는 한명련의 어깨를 덥석 잡았다.

"다음에 만났을 때는 노토의 머리를 안주 삼아 술을 마실 수 있도록 우리 서로 최선을 다함세. 그리해줄 수 있겠는가?"

"물론이옵니다, 전하."

이준성은 한명련의 어깨를 세게 잡았다가 놓은 다음, 경호실 인력과 훈련지를 나와 다음 일정을 향해 빠르게 이동했다.

다음 일정은 원주시에 있었다. 원주시에 도착한 이준성은 대기하던 원주시장을 만나 원주시의 현황을 보고받은 다음, 곧장 원주 외곽에 있는 설악사단 신병 훈련소를 찾았다.

현재 한국 육군은 중앙군과 지방군으로 나뉘어 있었다. 중앙군은 말 그대로 중앙에서 필요에 따라 움직이는 부대로 한국 육군의 핵심 전력이었다. 반면, 지방군은 각 지방에 설치한 사단급 부대로 그들의 임무는 향토를 방어하는 일이었다.

물론 임무 특성상 중앙군보다는 규모가 작을 수밖에 없었다. 전부 현역 군인으로 채워진 중앙군과 달리, 지방군은 평상시엔 현역 일부에 예비군을 더한 형태로 운영되었다. 그리고 그중 강원도를 지키는 지방군의 명칭은 설악사단이었다.

이준성은 그 설악사단의 신병을 훈련시키는 훈련소를 찾았다. 그러나 신병을 만나러 온 건 아니었다. 그가 만나려는 사람은 신병에게 사격술을 가르치는 교관 중의 하나였다.

그 교관은 이준성을 보곤 놀란 표정을 감추지 못했다. 이준성이 그를 찾아올 거라곤 전혀 예상하지 못했다는 듯한 얼굴이었다.

그 교관의 정체는 바로 타치바나 무네시게였다.

이준성은 임진왜란이 벌어졌을 때 부산까지 내려가 그곳에 주둔한 왜군을 거의 전멸 직전까지 몰아붙인 적이 있었다.

그러나 조선 왕실이 그가 거성으로 쓰던 원주읍성을 기습하는 바람에 그는 결국 눈물을 뿌리며 퇴각하는 수밖에 없었다.

한데 그가 원주읍성으로 퇴각하기 전에 치른 마지막 전투에서 사로잡은 왜장이 바로 이 타치바나 무네시게였다. 타치바나 무네시게는 뛰어난 실력으로 그를 거의 죽음 직전까지 몰아붙였다. 그 광경이 뇌리에 깊숙이 박힌 이준성은 자결하려는 그를 생포한 다음, 원주읍성으로 데려와 설득했다.

그러나 타치바나 무네시게는 전향하길 끝까지 거부했다. 이준성은 하는 수 없이 타치바나 무네시게를 광산에 보내 노역시키는 것으로 상황을 마무리 지을 수밖에 없었다. 한데 몇 달 후, 그를 다시 찾았을 때는 마음을 바꾸었는지 한국군에게 협력하겠다는 의사를 내비쳤다. 이준성은 옳다구나 싶어 그를 사격술을 가르치는 부대에 교관으로 파견했다.

그러나 이는 타치바나 무네시게가 꾸민 위장 전술이었다. 타치바나 무네시게에게는 한국군에게 협력하는 것처럼 꾸민 다음, 기회를 봐서 경상도 왜군에 합류할 속셈이었던 것이다.

그러나 그의 바람대로 이루어지게 내버려 둘 이준성이 아니었다. 그는 그렇게 호락호락한 사람이 아니었다. 고니시 유키나가와 소 요시토시는 전향할 이유가 충분했다. 그러나 타치바나 무네시게는 그럴 이유가 없었다. 한데 갑자기 마음을 바꿔 협력하겠단 의사를 보였으니 이준성으로서는 그의 의도를 의심해 보지 않을 수 없었다.

그러던 중 이준성이 조명연합군, 왜군, 노토 세 세력의 협공에 곤란을 겪는 일이 발생했다. 탈출할 기회를 호시탐탐 노리던 타치바나 무네시게는 얼른 그새를 틈타 강원도에 상륙한 왜군에게 합류하려 하였다. 그러나 탈출한 지 얼마 지나지 않아 타치바나 무네시게를 감시하던 은호원 요원에게 붙잡히며 그들의 실패는 실패로 돌아갔고, 그는 다시금 광산으로 보내졌다.

2년 넘게 광산에서 노역한 타치바나 무네시게는 그의 감시를 맡은 은호원 요원에게 이젠 탈출하지 않겠단 맹세한 후에 그의 원래 근무지인 훈련소 교관으로 돌아올 수 있었다.

타치바나 무네시게는 훈련소 교관으로 근무하는 동안, 정유재란 때 붙잡힌 왜국 포로들이 돈을 받고 풀려날 거란 소문을 들었다. 그 소문을 들은 그는 자신 역시 가신이나 가족이 몸값을 지급하면 집으로 돌아갈 수 있을 것이라 내다보았다.

그러나 그건 착각이었다. 마지막 남은 포로인 도쿠가와 이에야스의 두 아들이 돌아간 후에도 그에겐 송환 명령이 없었다.

한데 절망한 그 앞에 예상치 못한 일이 일어났다. 시마즈 요시히로가 규슈 전체를 통일한 지 얼마 지나지 않았을 때, 가족과 가신이 그를 만나기 위해 한국으로 건너온 것이다.

그들이 털어놓은 말에 따르면 그의 영지는 이미 시마즈 가문에게 점령당했기에 돌아간다 한들 영지를 되찾기란 사실상 불가능에 가깝다는 것이었다. 결국 그는 가족, 그리고 가신들과 한국에 남아 어떻게든 살 방법을 찾아보는 수밖에 없다 생각했다.

그렇게 한국에 정착해 살아가기 시작한 지 2년이 흐른 지금, 전혀 예상치도 못했던 이준성이 갑작스레 그에게 찾아온 것이었다.

이준성은 타치바나 무네시게를 훈련소 식당으로 불러 물었다.

"우리말은 좀 늘었소?"

타치바나 무네시게가 고개를 끄덕였다.

"이제 웬만큼은 한 줄 압니다."

"좋소. 그럼 이제 우리 사이에 통역은 필요 없겠군."

이준성은 타치바나 무네시게 앞에 놓인 찻잔에 차를 따랐다.

"마셔 보시오. 당신 고향인 왜국 규슈에서 들여온 차요."

타치바나 무네시게는 차를 반쯤 비운 다음, 잔을 내려놓았다.

"저를 찾아온 이유가 무엇입니까?"

"그보다 규슈에 있는 당신 영지 얘긴 들었소?"

"들었습니다. 당신…… 아니 전하의 지원을 받은 시마즈군에게 완전히 점령당해 되돌려받기는 이제 어려울 거라더군요."

"그 말이 맞을 거요. 이를테면 당신에게는 이제 돌아갈 길이 완전히 끊긴 셈이오. 하지만 아직 실망하기에는 이르오. 내가 당신에게 아주 구미가 당기는 제안을 할 거니까 말이오."

타치바나 무네시게가 미간을 살짝 찌푸리며 물었다.

"밑으로 들어와서 적과 싸우라는 제안입니까?"

"그렇소. 내 밑으로 들어오시오. 그러면 이런 한적한 훈련소에서 풋내 나는 신병을 상대하며 시간을 허비할 필요가 없소. 실적이 없는 탓에 처음부터 좋은 자리를 주지는 못하지만, 당신과 당신 형제들, 그리고 당신을 만나기 위해 한국으로 넘어온 가신이 녹봉만으로 충분히 먹고살 만한 자릴 주겠소."

찻물이 반쯤 남은 찻잔을 뚫어져라 쳐다보던 그가 불쑥 물었다.

"한데 대답하기 전에 하나만 더 물어봐도 됩니까?"

"뭐든지 물어보시오."

"전하께선 저에게 이렇듯 자비를 베푸시는 연유가 무엇입

201

니까? 제가 몇 년 전에 기회를 틈타 도망치려 했을 때도 죽이려면 죽일 수 있지 않았습니까? 왜 그때 저를 살려 준 겁니까? 그리고 굳이 돈을 써서 수백 명이 넘는 제 가족과 가신을 여기로 데려오신 겁니까? 오랫동안 고심해 봤지만, 전 아직도 그 이유를 잘 모르겠습니다."

이준성은 어깨를 으쓱하며 대답했다.

"간단하오. 난 인재를 아주 좋아하는 사람이기 때문이오. 특히 당신처럼 능력이 출중한 인재들을 아주 좋아하는 편이지. 그래서 죽을죄를 지은 당신을 살려 준 거요. 굳이 돈을 써서 당신 가족과 가신을 이곳으로 데려온 다음, 그들이 굶어 죽지 않도록 때마다 양식과 옷을 보내 준 것도 모두 그 때문이오. 이를테면 출중한 인재를 얻기 위해 투자한 셈이라 할 수 있지."

타치바나 무네시게가 미간을 찌푸렸다.

"저는 전하를 한 번 죽이려 했던 사람입니다."

"내가 그래서 당신을 좋아하는 거요. 나를 죽음 직전까지 몰아붙일 만큼 실력이 좋은 사람은 이 세상에 얼마 없거든."

고민하는 듯 타치바나 무네시게의 미간 주름이 더 깊어졌다.

"제가 전하 밑으로 들어간다면 싸워야 하는 상대는 누굽니까?"

"걱정하지 마시오. 왜국은 아니니까. 거기는 곧 시마즈 요시히로가 깨끗이 정리해 두는 우리를 위협하지 못할 것이오."

"그럼……."

"여진족이오."

타치바나 무네시게가 약간 놀란 표정으로 물었다.

"강 너머 북쪽에 산다는 자들 말입니까?"

"그렇소."

대답을 들은 타치바나 무네시게가 약간 안심한 표정을 지었다.

그러나 걱정이 완전히 가신 것은 아닌 듯했다.

타치바나 무네시게가 눈에 잔뜩 힘을 주며 물었다.

"중국의 고사성어 중 사냥이 끝나면 사냥개를 잡아먹는단 말이 있다는 것을 들었습니다. 사냥이 끝나면 사냥개는 어찌 되는 겁니까?"

이준성은 껄껄 웃었다.

"당신은 나를 잘 모르는 것 같군. 난 나를 배신하지만 않으면 부하를 절대 먼저 내치지 않는 사람이오. 그리고 내가 살아 있는 동안에는 사냥이 끝나지 않을 가능성이 크오. 사냥이 끝난 후에 잡아먹힐 걱정은 할 필요가 없단 뜻이오."

찻잔으로 손을 뻗던 이준성이 생각난 게 있다는 듯 덧붙였다.

"아, 물론 사냥개가 사냥 중에 죽어 버리는 일은 내가 어떻게 해 줄 방법이 없소. 사냥개가 살아남는 건 오로지 사냥개의 실력에 달린 문제니까. 한데 내가 사냥하려는 사냥감은 덩치가 제법 크오. 대답하기 전에 신중하게 생각하시오."

잠시 후, 타치바나 무네시게가 일어서서 한쪽 무릎을 꿇었다.

"타치바나 무네시게의 목숨은 앞으로 주군의 것입니다."

이준성은 그를 일으켜 세웠다.

"잘 생각했소."

"폐가 되지 않도록 열심히 하겠습니다."

"우리 힘을 합쳐 이 세상에서 가장 큰 사냥감을 잡아 봅시다."

전향한 타치바나 무네시게는 곧바로 중앙군 요직을 받았다. 이렇게 하여 강원도를 방문한 목적은 다 이룬 셈이었다. 이젠 도성으로 돌아가 준비에 박차를 가하는 일만 남았다.

독재자

7장. 징크스

도성에 돌아온 이준성은 창덕궁으로 국무위원을 불렀다.

건설부와 왕실부는 그동안 이준성의 어명을 받아 왜군과 성난 민중에 의해 불탄 도성 대궐을 복구하는 데 전력을 쏟았다.

기존에 있던 대궐 세 곳 중 가장 먼저 복구를 마친 궁은 조선 왕실이 200년 넘게 법궁으로 사용했으며 현재는 국왕인 이준성과 왕실 식구들이 기거하는 대궐인 경복궁이었다.

그리고 불과 사흘 전에 두 번째로 복구가 끝난 궁이 있었으니, 바로 지금 이준성이 자리한 창덕궁이었다. 창덕궁은 사실 그리 좋은 의도로 지어진 궁은 아니었다. 조선 초에 후계자

선정에 불만을 품어 1차 왕자의 난을 일으킨 이방원이 이복동생 두 명을 살해한 궁이 지금 이준성이 기거하는 경복궁이었다. 그 때문에 정종의 양위로 왕에 등극한 태종 이방원은 경복궁에 거주하기를 꺼려 그 근처에 궁궐을 새로 짓는 공사를 단행했고, 그렇게 완성된 것이 창덕궁이었다. 자기가 동생을 죽인 경복궁에선 살기가 싫었던 모양이었다.

창덕궁은 원래 단출한 궁궐이었다. 그러나 태종이 세종에게 양위하며 상왕으로 물러난 후로 잦은 증축이 이뤄지며 규모가 커졌다. 특히 태종은 생전에 창덕궁 후원에 대한 애착이 컸기 때문에 아름다운 산책로를 가꾸는 데 심혈을 기울였다.

이준성은 국무위원과 함께 창덕궁 후원에 있는 5킬로미터 길이의 아름다운 산책로를 걸으며 후원 경치를 감상했다.

산책로 좌우에는 아름다운 정자와 연못, 별채 등이 즐비했다. 또한 수령이 3, 400년은 족히 넘은 것 같은 수십 종류의 거목이 긴 가지를 산책로 주위에 드리워 안으로 들어서면 시원한 바람을 맞으며 신선한 공기를 마음껏 마실 수 있었다.

류성룡, 이산해 두 명이 이준성 옆에서 나란히 걸으며 그가 가리키는 전각이나 정자, 별채에 얽힌 일화를 들려주었다. 류성룡, 이산해 둘 다 관직 생활을 꽤 오래 한 덕에 창덕궁 후원의 역사를 다른 위원보단 훨씬 자세히 아는 편이었다.

원래 전조의 충신인 이산해는 이준성이 세운 새로운 왕조에 입각하길 끝까지 거부했다. 이젠 경희궁으로 처소를 옮긴 선조 등이 설득해 봤지만 소용이 없었다. 그러나 이준성이 취한 혁명적인 개혁 조치 덕에 나라가 발전하는 모습을 보고는 생각이 바뀐 듯 1년 전에 정적인 류성룡을 직접 찾아갔다.

류성룡, 이산해 두 명은 같은 동인이지만 류성룡은 남인의 영수, 이산해는 북인의 영수로 서로를 견제해 왔다. 한데 그런 이산해가 정적인 류성룡을 직접 찾아 입각하길 원한다는 의사를 내비친 것이다. 동인과 서인, 남인과 북인으로 나뉘어 치열한 정쟁을 펼치던 시절엔 상상조차 못 할 일이었다.

현 정부에는 당파란 게 존재하지 않았다. 물론 친한 사람들이 모여 만든 파벌은 있을 테지만, 전처럼 사상의 차이로 다른 이를 적대하는 일은 없었다. 이는 전적으로 이준성이 과거 제도를 혁파한 다음 공무원 시험을 도입했기 때문이었다.

과거 제도는 응시생에게 유학에 관해 물었다. 응시생이 유학에서 성인으로 꼽히는 학자의 가르침을 제대로 이해했는지, 그리고 그 유학에서 보는 올바른 정치란 무엇인지, 또 그 유학을 이용해 어떻게 하면 세상의 폐단을 바로잡을 수 있는지를 물었다. 이렇다 보니 과거시험을 잘 보려면 그 유학을 제대로 잘 가르쳐 줄 수 있는 스승이 꼭 필요했다.

이런 이유로 당파는 스승이 누구인지에 따라 갈리는 편이었다. 스승이 이황, 조식, 서경덕이거나 아니면 그 세 명에게 수학한 사람의 제자면 동인, 이이나 성혼과 비슷한 생각을 가졌거나 그들과 보조를 맞추면 서인으로 취급받았다.

그러나 공무원 시험에선 철저히 실무적인 내용을 물었다. 즉, 공무원 시험에 합격하려면 유학자를 찾아가는 게 아니라 이준성이 교육부에 명해 만든 학교를 찾아 공부해야 했다. 유학자가 외국어, 회계, 법률 등을 가르쳐 주진 않기 때문이었다. 올해로 7년째를 맞은 공무원 시험 덕에 고위 공무원 쪽은 아직 유학자인 경우가 많지만, 그 밑에 있는 실무 책임자들은 대부분 고등학교와 대학교를 나온 실무형 인재였다.

이준성이 산책로를 반쯤 돌았을 때, 이산해를 바라보며 물었다.

"올해 수확은 어떨 것 같소?"

이산해는 현재 농업부장관으로 재직 중이었다.

"쌀, 보리, 조 등의 수확량은 매년 꾸준히 오르는 추세이옵니다. 특히, 올해는 농업 연구소가 만든 새 농약과 비료를 보급한 덕에 수확량이 전년과 비교해 많이 올라갈 것 같사옵니다."

"농업부는 온실을 소유한 농업 연구소를 계속 닦달해 새로운 종자를 개발하는 일에 성과를 내야 할 것이오. 농약과 비료 개량이 수확량을 끌어올리는 데 좋기는 하지만, 우리 한반도의 환경에서 잘 자라는 종자를 개발하는 일이 가장 중요하오. 아, 이참에 아예 농업부가 앞으로 10년 동안 역점을 두어

추진해야 할 목표 두 가지를 장관에게 말해 주겠소."

이산해가 즉시 긴장한 표정으로 머리를 조아렸다.

"하명하시옵소서."

"농업부는 1차로 대한민국이 자급자족할 수 있는 여건을 만들어야 하오. 그리고 2차로는 자급자족을 넘어 외국에 수출까지 할 수 있는 양을 안정적으로 생산할 수 있어야 하오."

"명심하겠사옵니다."

이준성은 고개를 돌려 국방부장관 권율을 보았다.

"국방부는 준비를 얼마나 마쳤소?"

권율이 앞으로 나와 대답했다.

"병력과 군량은 준비를 완벽히 마쳤사옵니다. 방사청에서 신무기를 개발하는 대로 언제든 출진할 수 있을 것이옵니다."

"국방부는 지금부터 방사청에 모든 여력을 투입하여 내년 봄쯤에는 출진할 수 있는 완벽한 준비를 갖춰 놔야 할 것이오."

"알겠사옵니다."

대답한 권율이 머리를 조아리며 물러설 때였다.

건설부장관 이달이 얼른 권율 뒤로 숨는 모습이 보였다.

"쯧쯧."

혀를 찬 이준성은 이달을 앞으로 불렀다.

"그렇게 미리 겁먹을 필요 없소."

"화, 황송하옵니다."

이준성은 머리를 급히 조아리는 이달에게 설계도를 건넸다.

"펼쳐 보시오."

이달은 급히 이준성이 건넨 설계도를 옆으로 펼쳐 보았다. 펼친 설계도 안에는 작은 도시 하나가 통째로 들어가 있었다.

이달이 고개를 들었다.

"이, 이게 대체 무엇이옵니까?"

"내가 파주에 지으려는 신도시를 그린 설계도요. 그 신도시는 도성과 달리 처음부터 완벽한 계획 도시로 만들 생각이오. 설계도에 도로, 건물, 상하수도의 위치까지 다 들어가 있소. 물론 나중에 확장할 가능성까지 염두에 둬 만들었소."

이달이 떨리는 목소리로 물었다.

"바, 바로 착공해야 하옵니까?"

"그렇소. 내가 북방에 있는 동안에 기초 공사를 마무리하시오."

"아, 알겠사옵니다."

풀이 죽은 이달이 설계도를 들고 행렬 맨 뒤로 걸어갔다. 옆에 있던 다른 위원들이 물먹은 솜처럼 축 처진 그를 위로했다. 그러나 위로도 도움이 안 되는지 이달의 표정은 산책이 끝날 때까지 풀리지 않았다. 하지만 다른 위원들 역시 얼마

지나지 않아 이달과 같은 표정을 지을 수밖에 없었다.

이준성이 한 명씩 앞으로 불러내 그들이 중점적으로 해야 하는 일을 통보한 것이다. 말만 산책이지, 고문이나 다름없는 시간이었다.

이준성은 산책이 끝나기 직전, 류성룡을 보며 말했다.

"내가 자리를 비운 동안 국무총리는 내가 지시한 일들이 순조롭게 진행되는지를 매일 확인한 다음, 닷새마다 한 번씩 보고서를 작성해 진중에 있는 내게 보내시오. 그럼 내가 읽어보고 질책할 것은 질책하고 칭찬할 것은 칭찬하겠소."

"알겠사옵니다."

그러나 이준성의 지시는 거기서 끝나지 않았다.

"오늘 한 산책은 다들 어땠소? 좋았소?"

국무위원들은 급히 머리를 조아렸다.

"아주 좋았사옵니다."

이준성은 껄껄 웃었다.

"하하, 역시 높은 자리까지 올라온 분들이라 그런지, 아주 태연한 얼굴로 거짓말을 잘도 하시는군. 아마 속으로는 내 욕을 꽤 했을 거요. 이럴 거면 차라리 근정전에서 앉아서 하지, 무엇하러 야외까지 나와 개고생을 시키느냐면서 말이오."

그 말에 실제로 그런 생각을 한 몇 명이 움찔했다.

이준성은 피식 웃었다.

"내가 그냥 일만 들입다 시키는 나쁜 놈이었으면 총리와 장관이 일하다가 중병이 들어 드러눕든 졸도해 황천길을 가든 전혀 상관하지 않았을 거요. 나야 결과만 좋으면 장땡이니까. 그리고 여러분을 대신할 인재들이 이젠 아주 많으니까."

국무위원들은 조용히 이준성의 다음 말을 기다렸다. 그들은 정치판에서 짧게는 수 년, 많게는 수십 년을 굴렀기 때문에 이준성이 저런 악담을 하기 위해 말을 꺼낸 게 아님을 알았다. 진짜 중요한 본론은 그다음에 나오기 마련이었다.

실제로 이준성의 말이 계속 이어졌다.

"하지만 사람 사이의 일이란 게 어디 그렇소? 살다 보면 어쨌든 정이 들기 마련이지 않소? 물론 위원들 쪽에서는 좋은 감정보다는 나쁜 감정이 더 많겠지만 말이오. 어쨌든 내가 그렇게 박정한 사람이 아님을 만천하에 보여 주기 위해 한 가지 제안을 할 생각이오. 바로 여러분의 건강을 위해 오늘부터 사흘에 한 번은 우리가 오늘 산책한 이 창덕궁 산책로를 산책한 다음, 확인도장을 받아 나에게 제출하시오."

그들은 아닌 밤중에 홍두깨 같은 소리에 놀라 할 말을 잊었다. 세상에 강제로 산책을 시키는 왕이 어디 있단 말인가.

그러나 이준성의 말은 진심이었다. 사실 제안이라기보다는 강권에 가까워 국무위원들은 산책하겠단 약속을 한 다음에야 돌아갈 수 있었다. 이준성은 그들이 돌아가기 직전에 술을 줄이고 고기와 채소를 같이 먹으란 잔소리를 덧붙였다.

이준성이 갑자기 목소리를 부드럽게 만들어 설득하듯 말했다.

"대한민국은 이제 막 겨우 좋은 방향으로 발전하기 시작한 상태요. 다시 말해 정말 살고 싶은 세상은 아직 오지 않았단 거요. 한데 지금 갑자기 죽어 버려 앞으로 찾아올 좋은 세상을 못 보고 황천길로 간다면 그보다 애석한 일이 어디 있겠소? 그러니 좋게 말할 때 자기 건강을 좀 더 챙기도록 하시오. 나는 아직 그대들을 떠나보낼 생각이 없으니까."

감동한 류성룡 등은 일제히 머리를 깊이 조아렸다.

"성은이 망극하옵니다!"

산책을 마친 이준성은 경복궁으로 환궁해 두 아들을 만났다.

올해 일곱 살인 원자 준이와 다섯 살인 성이는 성격이 정반대였다. 원자는 공부보다 뛰어노는 일을 좋아했다. 틈만 나면 경복궁 여기저기를 쏘다니는 통에 원자를 담당하는 선생과 궁인들이 거의 매일 발바닥에 땀이 나게 뛰어다녀야 했다.

반면, 성이는 벌써 어른처럼 의젓하여 자기 방에 앉아 책을 읽는 일을 좋아했다. 이준성이 아마 평범한 왕이었다면 원자에게는 공부에 좀 더 집중할 것을 명했을 것이다. 그리고 성이에게는 외부 활동을 좀 더 많이 하게 유도했을 것이다.

그러나 그는 평범한 왕이 아니었다. 사람은 각자 좋아하는 분야와 잘하는 분야가 있단 생각을 지닌 그는 원자와 놀아 줄 땐 체력 단련이나 무예 연습을 많이 했다. 그러면 원자는 옆에서 같이 아령을 들며 체력을 길렀다. 그리고 무예를 연습할 때는 작은 목검을 가지고 검법을 곧잘 흉내 냈다.

그러나 원자가 밖으로 나가 놀기 위해선 한 가지 조건을 충족해야 했다. 바로 정해진 양의 독서와 학교에서 내준 숙제를 끝마쳐야 한단 조건이었다. 독서와 숙제를 마치지 못하면 나가지 못했으니, 원자는 밖으로 나가 놀기 위해 공부에 힘쓰기 시작했다. 자연스레 문무를 겸비하기 시작한 것이다.

성이는 정반대였다. 방에 틀어박혀 공부나 독서를 즐기는 성이에겐 취미로 낚시를 가르쳤다. 낚시는 정적이어서 성이의 성격에 딱 맞았다. 고기가 낚이기를 기다리는 동안, 따뜻한 햇볕을 받으며 좋아하는 독서를 마음껏 할 수 있는 것이다.

이준성은 그 앞에 무릎을 꿇은 자세로 앉아 있는 원자와 성이를 보았다. 둘 다 엄마를 닮아 그런지 꽤 곱상한 편이었다.

이준성은 원자와 성이를 바라보며 부드럽게 물었다.

"이 아빈 중요한 일이 있어 한동안 밖에 있어야 할 것 같구나."

원자가 급히 물었다.

"얼마나 오랫동안 돌아오지 못하시는 것이옵니까?"

"글쎄다. 그건 가 봐야 알겠지. 하지만 꽤 길 게야."

원자가 눈을 초롱초롱 빛내며 장담했다.

"대궐은 걱정하지 마시옵소서. 아바마마께서 대궐을 비우신 동안, 이 소자가 어머님들과 동생을 잘 지킬 것이옵니다."

이준성은 피식 웃었다.

"또 말로만 그러는 거겠지."

원자가 진심이라는 듯 목청을 높여 항변했다.

"소자는 사내라서 한 입으로 두말하지 않사옵니다."

"알았다, 알았어."

껄껄 웃은 그는 고개를 돌려 조용히 앉아 있는 성이를 보았다.

"성이는 이 아비에게 할 말이 없느냐?"

성이가 또랑또랑한 목소리로 대답했다.

"소자는 아바마마께서 무사히 돌아오시기만을 바랄 뿐이옵니다."

"어린 네가 아비 걱정을 다 해 주다니 아주 고맙구나."

이준성은 두 아들을 잠시 바라보다가 엄한 목소리로 말했다.

"내가 궁에 없으면 둘 다 어머니 말을 안 듣고 제멋대로 굴 것 같아 미리 숙제를 내주마. 숙제는 모두 세 가지다. 첫 번째는 너희를 담당하는 선생님이 내주시는 시험을 매일 80점 이상 맞아야 한단 거다. 그리고 두 번째는 후원에 있는 장애물 훈련장을 끝까지 통과해야 한단 것이다. 마지막 세 번째는 아침,

저녁으로 어머니 세 분을 찾아뵙고 정성스레 문안 인사를 여쭙는 것이다. 이 세 가지 숙제를 제대로 마치지 못하면 원자는 다음 날 밖에 나가서 놀지 못할 거고, 성이는 방에 있는 책을 모두 도서관으로 보낼 것이다."

이준성의 말에 원자와 성이가 금세 시무룩해졌다. 세 분 어머니에게 문안 인사를 여쭙는 거야 지금도 하고 있으니 그다지 어려울 게 없었다. 그러나 시험에서 80점을 맞는 문제와 장애물 훈련장을 끝까지 완주하는 것은 쉽지 않은 일이었다.

원자는 장애물 훈련장을 완주할 수 있지만, 시험을 매일 80점 이상 맞기가 힘들었다. 그리고 성이는 80점은 매일 맞을 수 있지만, 지금까지 장애물 훈련장을 완주한 적이 없었다.

이준성은 고민에 빠진 형제를 잠시 지켜보다가 밖으로 나갔다.

원자와 성이는 다음 날부터 이준성이 내준 숙제 세 가지를 매일 해야 했다. 물론 원자는 시험을 통과하지 못했고, 성이는 장애물 훈련장을 완주하지 못해 꼼짝없이 벌칙을 받았다.

한데 어느 날부터 둘이 꾀를 쓰기 시작했다. 성이가 원자의 공부를 도와주면 원자가 성이를 도와 장애물 훈련장을 완주하게 해 주었다. 이준성이 예측한 대로 형제가 서로의 약한 부분을 도와주며 전보다 더 깊은 정을 나누기 시작한 것이다.

한편, 이준성은 이준성대로 정신없이 바쁜 나날을 보내는 중이었다. 물론 북벌을 준비하는 일에 가장 많은 신경을 쓰기는 했지만, 밤에는 선혜궁을 찾아 무빈과 지내느라 바빴다.

◆ ◆ ◆

두 번째 사랑을 나눈 직후, 무빈은 말 그대로 진이 다 빠져 털썩 드러누웠다. 그러나 이준성은 그 정도로 만족할 수 없다는 듯 무빈을 다시 끌어당기며 그녀의 입술에 입을 맞췄다.

자라 보고 놀란 가슴 솥뚜껑 보고 놀란단 옛 속담처럼 화들짝 놀란 무빈은 얼굴을 급히 옆으로 돌리며 손사래를 쳤다.

"이, 이제 그만요. 제, 제발요."

이준성은 약간 실망한 투로 물었다.

"왜? 나와 자는 게 싫은 거요?"

얼굴을 붉힌 무빈은 기어들어 가는 목소리로 대답했다.

"그, 그건 아니지만……."

이준성은 이해가 안 간다는 표정으로 물었다.

"그럼 대체 왜 싫은 거요?"

무빈은 앵두 같은 입술을 살짝 깨물며 대답했다.

"전하를 사랑하긴 하지만……."

"하지만?"

무빈은 손으로 자기 얼굴을 감싸며 대답했다.

"그건…… 하루에 두 번으로 충분해요."

이준성은 고개를 살짝 갸웃거렸다.

"전에는 괜찮지 않았소?"

"전혀 괜찮지 않았어요. 다음 날 아침에 일어나서 제대로 걷지 못했다고요. 궁인 앞에서 제가 얼마나 창피했는지 아세요?"

이준성은 알았다는 듯 고개를 끄덕이며 다시 자리에 누웠다.

"그렇다면 어쩔 수 없지."

무빈은 그의 맨 가슴에 얼굴을 기대며 물었다.

"그렇게 힘들면 언니들에게 가 보는 게 어때요? 요즘은 저만 찾는 것 같아서 가끔 언니들 보기가 불편할 때가 있거든요."

이준성은 고개를 저으며 대답했다.

"그런 문제가 아니요."

무빈은 손가락으로 그의 가슴에 장난을 치며 물었다.

"그럼 어떤 문제인데요?"

"으음, 후환이 두렵다 해야 할까?"

"후환이요?"

이준성은 무빈의 아름다운 얼굴을 내려다보며 대답했다.

"남의 집 귀한 딸을 데려왔으면 행복하게 해 주는 게 남편의 도리일 텐데 당분간은 그럴 수가 없으니 후환이 생길 수밖에."

무빈은 귀여운 표정으로 고개를 갸웃거렸다.

"이해가 안 가요. 전 지금 무척이나 행복한데."

"지금이야 그렇지만 몇 달 후에는 별로 행복하지 않을 거요."

"몇 달 후에요?"

"그렇소. 난 몇 달 있으면 궁을 꽤 오래 비워야 하는 처지요."

무빈은 그제야 이해했다는 얼굴로 고개를 끄덕이며 물었다.

"북쪽 문제 때문에요?"

"그렇소."

"그래 봐야 고작 몇 달일 거 아니에요? 그 정도 기간이라면 독수공방하더라도 낭군님을 원망하지 않을 자신이 있어요."

이준성은 아니라는 듯 고개를 살짝 가로저었다.

"난 이번에 북쪽으로 올라가면 그쪽 일을 전부 깨끗하게 마무리 짓기 전엔 남쪽으로 내려올 생각이 없소. 아마 그 기간이 모르긴 몰라도 무빈이 예상하는 기간보다 훨씬 길 거요."

"으음, 노토만 치러 가시는 게 아니었군요."

대꾸한 무빈은 이준성이 왜 이러는지 알았단 표정을 지었다.

이준성은 떠나기 전에 독수공방이 길어질 수밖에 없는 새 색시를 위해 어떻게든 그녀와 오래 같이 있어 주려 한 것이다.

"좋아요. 그렇다면 오늘부턴 좀 봐 드리도록 하죠."

뭔가 결심한 사람처럼 주먹을 꼭 쥔 무빈이 먼저 그에게 입맞춤을 해 왔다. 두 남녀는 그렇게 세 번째 사랑을 나누었다.

이준성은 그날부터 점심에는 가족을 불러 가까운 경내를 산책했다. 그리고 사흘에 한 번은 왕실 일가 전체가 다 모여 창덕궁, 경복궁 후원 등으로 소풍을 떠나 경치를 즐겼다. 그리고 밤에는 선혜궁을 찾아 무빈을 밤새 재우지 않았다.

물론 오전과 오후 업무 시간엔 북벌 준비를 점검하는 한편, 그가 자리를 비운 동안 국무위원들이 추진해야 할 역점 사업에 관한 회의를 끊임없이 진행했다. 그렇게 정신없는 몇 달을 보냈을 때였다. 마침내 기승을 부리던 동장군이 물러가는 기색을 보이기 무섭게 온 세상이 옅은 녹색으로 물들어가기 시작했다. 그는 그 옅은 녹색이 짙은 녹색으로 바뀌기 전에 출정할 생각으로 중앙군을 두만강 유역에 배치했다.

두만강을 넘는 시기는 언 땅이 완전히 녹은 다음 말과 수레가 이동할 수 있을 정도로 굳는 늦봄이 될 테지만, 지금 미리 가서 준비하지 않으면 진행에 차질을 빚을 수 있었다.

이준성은 떠나기 전날만큼은 가족과 함께 보낼 생각으로 아내와 아이들을 불러 봄꽃이 막 만개하기 시작한 창덕궁 후원으로 소풍을 떠났다. 이준성은 부인 세 명, 아들 두 명과 매화나무 10여 그루가 흐드러지게 꽃을 피운 연못 옆에 돗자리를 깔고 앉아 심술궂은 봄바람에 어지러이 흩날리는 매화 꽃잎과 고즈넉한 연못의 풍경을 안주 삼아 술을 마셨다.

가져온 술 대부분이 이준성의 뱃속으로 사라지긴 했지만, 부인들 역시 술 대신에 그윽한 매화 향기에 취했는지 볼이 약간 발개져서는 뭐가 그리 좋은지 연신 웃음꽃을 피웠다.

그러나 술이나 매화엔 별 흥미가 없었던 원자와 성이는 아이들 몫으로 싸 온 과자를 허겁지겁 먹어치우기 무섭게 연못가에서 자기들끼리 노느라 이쪽에는 별 관심을 두지 않았다.

성이는 나이답지 않게 의젓한 면모가 있었다. 나이든 영감처럼 연못의 수초에 대나무 낚싯대를 드리운 성이는 의자에 앉아 물고기가 낚이기를 참을성 있게 기다리는 중이었다.

그러나 어린아이의 치기가 아직 남아 있는 원자는 바지를 무릎까지 걷어붙이고서는 연못가에 있는 우렁이와 물방개를 잡겠다며 첨벙첨벙 뛰어다녔다. 그 바람에 원자를 담당하는 경호실 요원과 궁인이 안절부절못하며 그 옆을 지켰다.

중전은 이준성을 살짝 흘기며 쏘아붙였다.

"원자가 저런 건 분명 아버지를 닮았기 때문일 거예요."

수빈이 따라 준 술을 입에 털어 넣은 이준성이 껄껄 웃었다.

"하하, 중전은 요즘 원자가 저럴 때마다 다 내 탓으로 돌리는 것 같군. 하지만 뭐 어떻소? 어린앤 어린애처럼 놀아야지."

중전은 고개를 절레절레 저었다.

"내년이면 원자도 여덟 살인데 이제 철 좀 들어야지요. 언제까지 천방지축으로 뛰어다닐 순 없는 노릇이잖아요. 보세요! 성이는 원자보다 두 살이나 어린데 벌써 의젓하잖아요!"

수빈은 자기 역시 고민이 많다는 듯 한숨을 내쉬며 대꾸했다.

"오히려 성이는 너무 점잖아 탈인걸요. 원자처럼 저렇게 마음껏 뛰놀아야 몸도 마음도 같이 건강해질 텐데 걱정이에요."

이준성은 아들 교육 문제를 상의하는 중전과 수빈, 그리고 한옆에서 이를 주의 깊게 듣는 중인 무빈을 슬쩍 쳐다보았다.

30대를 목전에 둔 중전은 완전히 만개한 붉은 장미를 보는 느낌이었다. 원래 어렸을 때부터 전체적으로 화사한 느낌을 주는 외모였는데, 나이가 든 지금은 거기에 농염한 매력까지 더해져 그녀를 보고 있으면 심장 박동이 점점 빨라지곤 하였다. 심지어 그녀는 자신의 외모를 더 돋보이게 하는 옷차림이 어떤 건지 누구보다 잘 아는 것 같았다. 그녀는 오늘 화려하게 수를 놓은 붉은색 치마와 노란색 저고리를 맵시 있게 걸쳤는데, 원색에 가까운 화려한 의상이 그녀의 하얀 피부와 육감적인 몸매를 더 매혹적으로 보이게 하였다.

이준성은 고개를 돌려 중전과 대화를 나누는 수빈을 지켜보았다. 수빈은 중전과 전혀 다른 분위기를 자아냈다. 그녀는 다른 사람에게 우아하다는 인상을 주는 특이한 미녀였다.

녹색 저고리와 남색 치마를 입은 그녀는 진흙 연못에서 피어난 한 떨기 연꽃을 연상시켰다. 차분한 눈빛과 다소곳한 자세에서는 우아한 기품이 은연중에 흘러나와 절로 경배하는 마음이 생겼다. 더욱이 요즘에는 아들 성이의 교육 문제로 책을 많이 읽어 그런지 지적인 매력까지 같이 갖추었다.

다른 사내들은 어떤지 모르지만 대놓고 유혹적인 것보단 오히려 수빈처럼 기품 있고 우아한 미녀가 더 관능적으로 보일 때가 있었다. 이준성에게는 지금이 바로 그런 때였다.

이준성은 마지막으로 무빈을 보았다. 무빈은 오늘 파란색 치마에 흰 저고리를 입었는데 옷차림이 그녀의 날씬한 자태와 잘 어울렸다. 그녀는 지금 머리 위에서 춤추듯 떨어지는 매화꽃을 닮았다. 얼핏 보면 차가운 성미를 지닌 것 같지만, 매화가 한겨울에도 식지 않는 뜨거운 생명력으로 삭풍을 이겨 내듯 그녀의 몸에도 뜨거운 열정이 감춰져 있었다.

무빈은 모델처럼 팔다리가 시원하게 뻗어 있었다. 그리고 다년간 사내 못지않은 강도로 무예를 수련해 왔기 때문에 몸 전체가 고무처럼 탄력이 넘쳤다. 펑퍼짐한 한복에 가려져 있는 그녀의 늘씬한 나신을 속속들이 아는 그로서는 그녀의 얼굴을 보기만 해도 몸에 절로 힘이 들어가는 것 같았다.

그때, 연못 쪽이 소란스러워 시선을 잠시 연못으로 돌렸다.

원자와 성이가 낚싯대를 사이좋게 나눠 잡고 낑낑대는 중인데 바늘에 월척이 걸린 듯했다. 형제가 젖 먹던 힘까지 쥐어짜 낚싯대를 당겼을 때, 커다란 잉어 한 마리가 쑥 올라왔다.

살이 잔뜩 오른 잉어가 바닥을 이리저리 뒹굴며 다시 연못으로 돌아가기 위해 안간힘을 썼다. 몸부림을 칠 때마다 잉어의 황금색 비늘이 뚝뚝 떨어져 나와 별 무리처럼 반짝였다.

경호원 한 명이 형제를 위해 잉어의 입에 걸려 있는 낚싯줄을 뽑아냈다. 이준성은 형제가 곧 이쪽으로 달려와 자기들이 조금 전에 잡은 잉어를 부모에게 자랑할 거로 예상했다. 그러나 형제는 경호원에게 부탁해 잉어를 다시 놔주었다.

이준성은 잠시 후에 빈손으로 돌아온 형제에게 물었다.

"잉어를 왜 놔주었느냐?"

원자가 머리를 긁적이며 물었다.

"놔주면 안 되는 거였사옵니까?"

"아니, 아비는 잉어를 놔준 이유가 궁금할 뿐이다."

"소자는 잉어가 불쌍해 다시 놔주었사옵니다."

이준성은 고개를 돌려 옆에 있는 성이에게 물었다.

"성이는?"

"소자는 배가 고프지 않아 잉어를 놔주었사옵니다."

이준성은 고개를 끄덕이며 원자와 성이의 행동을 칭찬해 주었다. 원래 물고기를 잡는 것처럼 무언가를 잡기는 쉽지만, 그것을 다시 놓아주기는 훨씬 어려운 법이었다. 한데 벌써 자기가 잡은 것을 놓아줄 줄 아는 형제가 아주 대견했다.

그때, 원자가 갑자기 무슨 생각이 들었는지 성이의 귀에 뭔가를 속삭였다. 형에게 귓속말을 들은 성이는 같은 생각이라는 듯 고개를 몇 차례 끄덕이고는 형과 함께 연못 근처에 있는 정원 방향으로 사이좋게 뛰어갔다. 이준성과 세 부인은 형제가 또 어디로 놀러 가는가 싶어 신경 쓰지 않았다.

이준성은 바닥에 수북하게 쌓인 매화꽃을 응시하며 물었다.

"한데 매화꽃으로도 술을 빚을 수 있소?"

수빈은 고개를 끄덕였다.

"꽃으로 빚은 술을 화주라 부르는데, 예로부터 선조들이 아주 귀한 술로 생각했단 말을 어머님에게 들은 기억이 있습니다."

중전이 수빈의 말을 받았다.

"매화라면 향이 그윽해 술을 빚기 아주 적당할 것입니다. 돌아오셨을 때 바로 드실 수 있게 술도가에 말해 놓겠습니다."

이준성은 고개를 끄덕였다.

"좋소. 언제일지 장담하진 못하지만, 오늘처럼 한자리에 모였을 때 축하하는 의미로 매화로 빚은 술을 마시도록 합시다."

이준성의 말을 들은 중전은 바로 제조상궁을 불러 지시했다.

"술도가에 오늘 핀 매화를 따다가 맛있는 술을 빚으라 하게. 전하께서 환궁하시면 승전을 기리는 의미로 진상할 것이네."

"알겠사옵니다."

대답한 제조상궁은 곧장 수라간 술도가로 뛰어갔다. 제조상궁을 통해 중전의 지시를 전해 들은 술도가 장인들은 긴장해 손이 다 떨릴 지경이었다. 나라의 국운이 걸려 있는 전쟁의 승전을 축하하는 용도라면 매화를 따다가 술을 빚은 다음 그 술을 보관하는 데 조금의 실수도 있어서는 안 되었다.

지금은 21세기와 달리 미신에 아주 민감했다. 특히 큰일을 앞뒀을 때는 작은 징조에도 큰 의미를 두는 경우가 많았다. 술도가 장인들은 매화를 따기에 앞서 목욕재계하여 몸을 깨끗이 한 다음, 고사상을 차려 천지신명께 제를 지냈다. 제를 다 지낸 후에야 술 빚기 좋은 매화를 찾으러 떠났다.

소풍으로 시작해 술자리로 이어진 자리가 거의 끝나갈 무렵, 무빈의 용태를 조심스레 관찰하던 수빈이 걱정스레 물었다.

"동생, 몸이 안 좋은 거야?"

무빈은 살짝 당황한 표정으로 고개를 들었다.

"안 좋아 보여요?"

"오늘따라 먹는 게 부실해서 그래."

중전 역시 같은 생각인 듯 고개를 끄덕였다.

"나도 수빈 동생과 같은 생각이네. 평소엔 활달하던 자네가 오늘은 풀이 약간 죽어 있는 것 같아 속으로 걱정이 이만저만 아니었네. 다만, 전하께서 중대사를 앞두고 계신 터라 앞에서 묻기 조심스러웠을 뿐이지. 말이 나온 김에 묻겠네. 몸이 어디 안 좋은가? 아니면 속에 걱정거리가 있는 건가?"

"그게 저……."

입술을 살짝 깨문 무빈이 뭔가를 털어놓으려 할 때였다. 정원으로 놀러 간 원자와 성이가 봄꽃을 한 아름 들고 돌아왔다.

원자와 성이는 각자 자기 엄마에게 달려가 엉성하게 만든 꽃다발을 바쳤다. 그리곤 남은 꽃다발 하나를 무빈에게 건넸다.

원자가 쑥스러운지 머리를 긁적이며 말했다.

"이건 작은 어머님께 드리는 꽃이에요. 작은 어머님은 무슨 꽃을 좋아하시는지 몰라 성이와 상의해 만들어 봤어요. 엉성하더라도 저희 형제의 성의를 생각해 비웃지 말아 주세요."

무빈은 크게 기뻐하며 꽃다발을 받아 들었다.

"난 꽃은 다 좋아한단다. 나까지 신경 써 줘서 고마워."

그때, 두 아이에게 받은 꽃다발의 냄새를 살짝 맡던 무빈이 갑자기 손으로 입과 코를 틀어막고는 매화나무 뒤편으로 달려갔다. 깜짝 놀란 수빈이 얼른 무빈의 뒤를 쫓아갔다.

중전은 꽃다발을 가져온 두 아이에게 호통 치며 물었다.

"작은어머니에게 드린 꽃다발에 무슨 장난을 친 거니?"

원자가 울상을 지으며 대답했다.

"아니옵니다. 소자는 절대 장난을 치지 않았사옵니다. 정말 예쁘게 생긴 꽃만 골라 꽃다발을 만들어 드렸을 뿐이옵니다."

중전은 고개를 돌려 성이에게 물었다.

"형의 말이 사실이니?"

성이가 얼른 고개를 끄덕였다.

"틀림없는 사실이옵니다, 중전마마."

중전이 고개를 살짝 저으며 중얼거렸다.

"그럼 무빈 동생이 대체 왜 그런 행동을……."

그때였다.

중전이 갑자기 떠오른 게 있는 듯 손뼉을 크게 치며 외쳤다.

"아, 그렇구나! 그런 거였어!"

그녀가 소리를 지르는 바람에 덩달아 놀란 이준성이 물었다.

"뭐가 그렇단 거요? 무빈이 그런 행동을 한 이유를 안단 거요?"

"호호, 알다마다요."

"혼자만 알지 말고 어서 알려 주시오."

중전이 자신감 넘치는 목소리로 대꾸했다.

"전하, 이번 북벌은 반드시 성공할 것입니다."

"갑자기 얘기가 왜 그쪽으로 새는 거요? 그리고 무빈이 헛구역질하는 것과 이번 북벌이 대체 무슨 관계가 있단 말이오?"

"무빈 동생이 때맞춰 회임하였으니 어찌 성공하지 않겠습니까?"

이준성은 점점 더 모르겠단 표정을 지었다.

잠시 후, 매화나무 뒤에서 얼굴이 전보다 약간 창백해진 무빈이 수빈의 부축을 받으며 걸어 나왔다. 그 모습을 본 중전은 원자와 성이에게 연못가에 가서 잠시 놀고 있으라 말했다.

중전의 말을 들은 원자와 성이가 연못으로 돌아가려 할 때였다.

"잠깐!"

두 아이를 손짓해 부른 무빈이 아이들과 시선을 맞추며 말했다.

"이거 미안해서 어쩌지? 두 분 왕자님이 일부러 나를 위해 꺾어 온 꽃인데 말이야. 작은 엄마는 두 분 왕자님이 준 꽃이 마음에 들지 않아 그랬던 게 아니야. 나중에 좀 더 자라면 작은 엄마가 오늘 왜 이런 행동을 했는지 알 수 있을 거야. 그때까지는 이 작은 엄마를 너무 미워하지 말아 줄래?"

원자가 웃으며 대답했다.

"헤헤, 미워하긴요. 방금 일은 마음 쓰지 마세요. 작은어머니 배 속에 아기가 있어 그런 거잖아요. 저희가 어리긴 하지만 그 정도 사리분간은 할 줄 알아요. 그럼 말씀 나누세요."

고개를 꾸벅 숙인 원자가 성이와 연못으로 돌아갔다.

그 모습을 바라보던 무빈이 감격한 표정을 지었다.

"큰 왕자님도 이제 다 컸군요."

중전은 그보다 더 중요한 문제가 있다는 듯 다짜고짜 물었다.

"그보다 조금 전엔 대체 왜 그런 거야?"

이준성을 힐끗 본 무빈은 쑥스러운 표정을 지으며 대답했다.

"아기가…… 아기가 생긴 것 같아요."

"어머, 이런 경사가 있나! 축하해, 동생."

손뼉까지 치며 진심으로 기뻐한 중전은 이내 돌아서서 어리둥절한 표정으로 이를 지켜보던 이준성을 향해 반절을 올렸다.

"곧 세 번째 왕손을 보시겠군요. 경하드려요."

수빈 역시 앞으로 나와 반절을 올렸다.

"경하드려요, 주상전하."

무빈이 왕손을 회임했단 소식은 빠르게 퍼져 나갔다. 곧 마사카즈를 포함한 경호실 요원들과 왕실 일가를 보필하기 위해 창덕궁에 와 있던 내관, 궁녀 등 수십 명이 자리에 엎드렸다.

"경하드리옵니다, 주상전하!"

"경하드리옵니다, 무빈마마!"

이준성은 얼떨떨한 표정으로 축하를 받으며 무빈에게 물었다.

"한데 정말 회임한 거요?"

무빈은 얼굴을 붉히며 대답했다.

"유모의 말에 따르면 회임이 맞는 것 같아요."

이준성은 황당한 표정으로 다시 물었다.

"유모가 의사도 아닌데 그걸 어찌 안단 말이오?"

그때, 옆에 서 있던 수빈이 다가와 이준성의 귀에 속삭였다.

"동생에게 조금 전에 들었는데 달거리를 두 달째 안 했데요. 동생은 그게 정확한 편이라 평소엔 틀리는 경우가 없는 것 같더군요. 또 아침마다 헛구역질한다는 말을 들었는데, 소첩의 경험상 회임이 거의 확실해요. 다만, 좀 더 확실히 알기 위해선 어의의 진찰을 받아 보는 게 좋을 것 같지만요."

"맞는 말이오. 수빈이 무빈을 어의에게 데려다주도록 하시오."

"예, 전하."

수빈은 아직 현기증이 있는 무빈을 부축해 가마에 태웠다. 그리고는 가장 가까운 창덕궁 내전으로 이동해 그곳에서 어의가 오길 기다렸다. 상선이 경복궁에 있는 어의를 부르러 간 터라, 오래지 않아 의사의 정확한 진단이 나올 것이다.

한편, 이준성은 그사이 중전을 매화나무 뒤로 불러내 물었다.

"한데 조금 전에 했던 말은 대체 무슨 뜻이었소?"

"무빈의 회임한 일 덕분에 북벌이 성공할 거란 예상 말인가요?"

"그렇소."

중전은 눈썹을 찡긋했다.

"아마 주상전하는 별로 좋아하지 않는 이야기일 거예요."

"내가 좋아하지 않는다라…… 그럼 미신 이야기요?"

"맞아요. 미신."

"자세히 얘기해 보세요. 언제까지 변죽만 올리며 약 올릴 셈이오?"

중전은 이준성을 붙잡아 다시 자리에 앉혔다.

"전하는 아직 깨닫지 못하신 모양이군요."

"무엇을 말이오?"

"전하께서 임진왜란 마지막 전투를 치르기 위해 남쪽으로 내려가셨을 때 신첩은 회임한 상태였어요. 기억이 나시나요?"

이준성은 고개를 끄덕였다.

"당연히 기억하오. 혼자 원자를 낳게 해서 얼마나 미안하던지."

"그리고 전하께서 정유재란과 왜국 원정 때문에 몇 년 동안 자리를 비웠을 땐 수빈 동생이 성이를 낳았어요. 물론, 그땐 신첩이 있었기 때문에 외롭게 아이를 낳는 일은 없었지만요."

이준성은 미간을 찌푸리며 물었다.

"내가 미안하게 생각하는 일을 다 끄집어낼 생각이오?"

"한데 전하께서 북벌을 앞둔 이번엔 무빈이 때맞춰 회임했어요. 이 얼마나 공교로운 일인가요? 한 번, 두 번은 우연이랄 수 있지만 세 번이라면 그건 우연이 아니라 필연이지 않겠어요? 전하께서 싫어하는 미신이 이번에 진짜 통한 거예요."

이준성은 고개를 살짝 저었다.

"그건 비약이오. 이 역시 우연의 일치일 따름이오."

중전은 진지한 표정으로 고개를 저었다.

"생각해 보세요. 전하께서 밖으로 나가 전쟁을 치르실 때마다 부인이 회임하는 경우가 이번까지 모두 세 번인데, 그게 하늘이 정해 준 운명이 아니라면 어찌 매번 그럴 수 있겠어요?"

"그거야 원정을 나갈 때마다 독수공방할 부인에게 미안해서 열심히 봉사한다는 것이 그만 회임까지 이어진 거 아니겠소?"

중전은 이준성을 살짝 흘겨보았다.

"절륜한 정력을 지니셔서 참 좋으시겠네요."

이준성은 껄껄 웃었다.

"내가 좀 그런 편이긴 하지."

"웃지 마세요. 칭찬하기 위해 한 말이 아니니까."

그제야 사태의 심각성을 깨달은 이준성이 얼른 손을 저었다.

"아, 그 문젠 이만 넘어가도록 합시다."

"좋아요. 이번엔 넘어가 드리죠."

이준성은 한숨 놓았단 표정으로 물었다.

"우연의 일치는 그거 하나뿐이오?"

"그거 하나뿐이라면 신첩이 왜 필연이라는 생각을 했겠어요."

"그럼 뭐가 더 있는 거요?"

"부인이 회임한 소식을 듣고 출정하신 전하께서는 승리한 후에 돌아오셨어요. 이것이 바로 두 번째 우연의 일치예요."

"그럼 세 번째도 있단 거요?"

"세 번째 우연의 일치는 그렇게 해서 태어난 원자와 성이 둘 다 잔병치레 없이 지금까지 아주 건강하게 자랐단 거예요."

이준성은 그만 자신도 모르는 사이에 고개를 끄덕였다.

"그건 확실히 신기한 일이군."

21세기에 태어난 신생아는 부모가 가진 강력한 면역력을 물려받은 상태에서 태어나는 데다가, 정해진 기간마다 백신을 맞기 때문에 손써 볼 수 없는 불치병에 걸리거나 교통사고와 같은 사고가 아니면 사망하는 일이 드물었다.

그러나 17세기 초인 지금은 의학 수준, 환경, 자연재해, 전염병, 전쟁, 기아와 같은 이유로 유아 사망률이 엄청나게 높았다.

한데 더 놀라운 것은 온갖 보살핌을 받으며 자라는 왕실 자손이라 해서 유아 사망률이 민간에서 태어나는 유아보다 낮아지는 것 또한 아니라는 사실이었다. 물론 민간에서 태어나는 유아보다는 생존할 확률이 훨씬 높을 테지만 살아남은 유아와 그렇지 못한 유아의 비율이 크게 차이나지 않을 정도로 왕실 자손의 유아 사망률 역시 꽤 높은 편에 속했다.

거기다 잔병치레 한 번 없이 7살, 5살까지 건강하게 자랐단 사실은 중전의 말대로 특이한 일이었다. 물론 가장 완벽한 신체를 가졌다는 평가를 받은 이준성의 유전자를 물려받았단 점을 고려해야 할 테지만 신기한 일임엔 틀림없었다.

이준성은 고개를 끄덕이며 물었다.

"그래서 중전은 무빈이 회임했단 사실을 알기 무섭게 이번 북벌이 성공할 거라 예상한 거요? 이 모두 필연이기 때문에?"

중전은 진지한 표정으로 대꾸했다.

"물론, 그런 미신 따위에 의지해 전하와 우리 대한민국의 병사들이 죽을 만큼 노력했다는 사실을 부정하는 것은 아니에요. 하지만 모름지기 대사를 앞둔 상황에서는 누구나 작은 일에도 동기를 부여받기 마련이지 않겠어요? 신첩은 이번 북벌 역시 예감이 아주 좋다는 말씀을 드리려던 거였어요."

"으음."

이준성은 중전의 말에 어느 정도 수긍했다.

운동선수에게는 징크스란 것이 있었다. 승리했던 경기에 한 행동을 그다음 날에도 똑같이 반복하며 운이 따르길 기원했다.

심지어 심한 선수의 경우에는 그런 징크스가 수십 개가 넘어 본인조차 헷갈릴 정도였다. 중전의 말처럼 그런 징조를 이용해 동기부여를 할 수 있다면 나쁜 생각은 아닌 것 같았다.

이준성은 그날 밤에 은호원장 강태봉을 은밀히 불러 명했다.

"중전이 했던 말을 장교와 사병에게 전파하도록 하시오. 하늘이 우릴 도우니 이번 북벌 역시 성공할 수밖에 없을 거라고."

"전하께서는 그런 미신을 싫어하지 않으셨사옵니까?"

"병사의 사기를 높일 수 있다면 할 수 있는 일은 다 해 봐야지."

"알겠사옵니다."

강태봉이 돌아간 후에 비서실장 강주봉이 들어와 보고했다.

"전하, 보건부장관 허준이 급히 들었사옵니다."

"안으로 모시게."

"예, 전하."

잠시 후, 보건부장관 허균이 안으로 들어와 절을 올렸다.

"신 허준이 전하를 알현하옵니다."

"그래, 무슨 일로 이 밤중에 날 다 찾아오셨소?"

"어의가 무빈마마를 진찰한 결과를 보고하기 위해 왔사옵니다."

"어의가 하면 될 일인데 허 장관에게 쓸데없이 수고를 끼쳤구려."

허준이 황공하단 표정으로 머리를 조아렸다.

"어찌 그런 말씀을 하시옵니까? 이는 국가의 중대사이옵니다."

"서두가 길었군. 그래, 결과는 어떻소?"

"경하드리옵니다. 무빈마마께서는 회임한 것이 틀림없사옵니다."

"고맙소. 그보다 예정일은 언제요? 해산일 말이오?"

"올해 말이옵니다."

"흐음, 역시 그 전엔 못 돌아오겠군."

허준 역시 안타깝단 표정을 감추지 못했다.

"그럴 것이옵니다."

"내가 자리를 비운 동안, 어의에게 무빈의 건강을 잘 챙겨 달라 하시오. 그리고 해산일이 가까워지면 류성룡, 최배천과 상의해서 산실청을 세운 다음, 절차와 법도에 맞춰 왕손을 볼 준비를 하도록 하시오. 또 무빈의 몸에 이상이 생길 경우, 바로바로 전령을 보내 나에게 보고하도록 하시오. 이번엔 육지여서 바다에 있을 때와 달리 보고가 쉬울 거요."

"알겠사옵니다."

무빈의 일을 부탁한 이준성이 허준에게 물었다.

"의료 기술을 연구하는 쪽은 어떻게 진행 중이오?"

"일단 의사와 간호사를 양성하는 의과대학을 수원과 전주, 평양, 대구, 함흥 다섯 곳에 세웠사옵니다. 또한 일전에 전하께서 하사하신 의서를 연구하기 위한 의학 연구소를 세운 다음, 내과와 외과 등으로 나눠 치료법을 연구 중이옵니다."

이준성은 고개를 끄덕이며 다시 물었다.

"장관은 내가 준 의서를 모두 읽어 보았소?"

"읽어 보았사옵니다."

"의서의 내용 중에 항생제란 게 있을 거요. 아마 지금의 기술로는 만들기 쉽지 않을 테지만, 어떻게든 만들어 낼 방도를 찾아야 하오. 그 항생제로 인해 앞으로 수천, 수만의 목숨을 구할 수 있게 될 테니까 말이오."

"명심하겠사옵니다."

보고를 마친 허준이 잠시 머뭇거리다가 물었다.

"한 가지만 물어봐도 되겠사옵니까?"

그는 허준이 머뭇거릴 때부터 지금 그가 무슨 질문을 하려는지 알았다. 그 앞에서 저런 표정을 짓는 사람이 적지 않았는데 대부분 그가 가진 비밀에 대한 호기심 때문이었다.

이준성은 고개를 끄덕이며 물었다.

"내가 쓴 의서의 출처가 궁금한 거요?"

속마음을 들킨 허준이 급히 머리를 조아렸다.

"화, 황송하옵니다."

"그냥 행운이라 생각하는 게 속 편할 거요. 내가 허 장관보다 훨씬 똑똑해서 그런 의서를 쓴 게 아니오. 그리고 내가 허 장관보다 의술을 많이 알아서 그런 의서를 쓴 게 아니오. 그저 내가 허 장관보다 훨씬 운이 좋은 사람이기 때문이오."

"알겠사옵니다."

대답한 허준이 보건부로 돌아갔다. 그가 이준성의 말을 어디까지 이해했는지는 모르지만, 어찌 됐든 수긍은 한 것 같다.

그날 밤, 이준성은 선혜궁을 찾아 무빈을 만났다.

일어나려는 무빈을 다시 앉힌 그가 그녀의 손을 덥석 잡았다.

"고맙소."

무빈이 부끄러운지 잡힌 손을 슬쩍 빼며 대답했다.

"고맙긴요."

"몸조리 잘하시오. 중전과 수빈, 어의에게 무빈을 잘 살펴보라 당부해 놨소. 아마 임신 중에 크게 힘든 일은 없을 거요."

"제 걱정은 마시고 북벌에만 집중하세요. 전 이제 괜찮아요."

"그렇게 말해 주어 고맙소."

이준성은 자정까지 무빈 옆에 있다가 교태전을 찾았다. 중전은 잠을 자지 않는지 바로 일어나 그가 건넨 옷을 받았다.

"선혜궁에 있다가 오시는 길이에요?"

"그렇소. 안색이 낮보다는 훨씬 좋아졌더군."

"다행이에요. 내일은 나와 수빈 동생이 가서 살펴볼게요."

"고맙소."

이준성은 중전이 내온 술을 몇 잔 마신 다음, 그녀의 몸을 끌어당겼다. 중전은 못 이기는 척 그에게 안겨 눈을 감았다.

중전이 금침 위에 누우며 등잔불을 턱으로 가리켰다.

"불을 꺼 주세요."

"싫소."

"왜요?"

"오랫동안 못 볼 텐데 이참에 자세히 봐 둬야 하지 않겠소?"

대꾸한 이준성이 그녀의 옷고름을 허겁지겁 풀었다.

중전이 그가 옷을 벗기기 쉽게 도와주며 말했다.

"신첩도 이젠 나이가 들어 예전 같지 않아요."

"내겐 오히려 지금이 더 아름답소."

이준성은 나신으로 변한 중전의 아름다운 몸매를 훑어본 다음, 천천히 사랑을 나누었다. 그리고 세 시쯤엔 다시 일어나서 수빈이 있는 영령궁을 찾았다. 수빈 역시 그가 이맘때쯤 올 거로 예상한 듯 인기척 소리에 바로 일어나 앉았다.

"오셨어요?"

"선혜궁, 교태전에 들렀다가 오는 길이니까 쫓아내지 마시오."

"무슨 그런 말씀을 다 하세요?"

"하하, 어쨌든 앉읍시다."

이준성은 수빈과 도란도란 이야기를 나누다가 사랑을 나누었다. 오늘 밤이 지나면 당분간은 남편을 볼 일이 없을 거란 사실을 아는 그녀는 평소보다 훨씬 적극적으로 나왔다.

그녀의 적극적인 행동에 자극받아 두 번이나 사랑을 나눈 그는 잠시 눈을 붙였다가 일어나서 경복궁 근정전으로 향했다.

마침내 출진의 날이 밝은 것이다.

독째자

8장. 강습

근정전 안에서 열린 이른 조회에는 예복을 차려입은 고위 공직자 100여 명이 참석해 그야말로 발 디딜 틈이 없을 지경이었다. 예복으로 갈아입은 이준성은 옥좌에 착석해 류성룡과 강주봉의 진행으로 치러지는 예식을 조용히 참관했다.

예식은 크게 세 과정으로 이루어져 있었다. 가장 먼저 외교부장관 이덕형이 옥좌 앞으로 걸어 나와 이번 북벌을 해야만 하는 정당성과 명분, 북벌을 벌이는 이유 등을 천지신명께 보고했다. 그다음에는 국무총리 류성룡이 옥좌 앞으로 걸어 나와 이번 북벌이 반드시 성공할 수 있게 천지신명과 조상님께서 잘 보살펴 달란 기원을 드렸다. 마지막에는 국방부장관 권율이 나와 북벌을 떠나는 이준성과 장병이 무사히 가족의 품으로 돌아갈 수 있게 도와 달라 기원했다.

예식이 끝난 후, 이준성이 일어나 좌중을 둘러보았다.

"지금처럼 우리 대한민국 정부를 이끄는 고위 공직자의 7할 이상이 한자리에 모이는 일이 흔하지 않은 탓에 이 틈을 이용해 잔소리를 약간 해야겠소. 듣기 싫겠지만 어쩌겠소? 난 왕이고 그대들은 신하인 것을. 내가 할 잔소리는 세 가지요. 첫 번째, 내가 도성을 비운 동안 국무위원을 비롯한 고위 공직자들은 국무총리 류성룡을 나처럼 생각하며 충실히 보필해야 할 것이오! 만약 내가 도성을 비운 사이에 중앙정부와 지방관청에서 권력을 차지하기 위해 알력다툼이 생긴다면, 절대 용서하지 않을 거요! 두 번째, 일전에 내가 각 국무위원에게 하달한 각 부의 중기, 장기 목표를 실행하는 데 있어 조금의 미진함도 없어야 할 것이오! 만약 내가 원정을 가있는 동안 소기의 성과를 거두지 못한 국무위원이 있다면, 미리 각오해 두는 게 좋을 것이오! 내가 돌아오는 대로 그들의 입에서 죽겠단 소리가 절로 나오게 해 줄 생각이니까! 그리고 마지막 세 번째는 이번 북벌을 지원하는 데 전력을 다해야 한다는 거요! 물론 실수는 할 수 있소! 그러나 그 실수를 반복하진 마시오! 후방에서 제대로 지원하지 못하면 결국 죽어 나가는 것은 전방에서 싸우는 병사들이오! 이번 북벌 지원을 맡은 관계부처의 장은 내가 방금 한 말을 부디 명심하길 바라오! 이는 그대들의 관직이 아니라 목숨이 걸려 있는 일일 테니 말이오!"

근정전에 모인 고위 공직자 전체가 머리를 조아리며 복창했다.

"명심하겠사옵니다, 주상전하!"

이준성은 신하들의 환송을 받으며 근정전을 나와 그 옆에 있는 준비실로 들어갔다. 준비실엔 이미 경호실장 마사카츠와 비서실장 강주봉이 도착해 그가 오길 기다리는 중이었다.

예복을 벗은 이준성은 장병이 입는 새 전투복으로 갈아입었다. 새 전투복은 국방색이었는데, 야전에서 위장 효과를 줄 목적으로 녹색, 검은색, 노란색 무늬를 곳곳에 집어넣었다.

전투복을 착용한 다음엔 철판이 앞뒤로 들어가 있는 무거운 방탄복을 착용했다. 또 무릎과 팔꿈치엔 관절을 보호하는 두꺼운 가죽 보호대를 착용했다. 마지막으로 새로 제작한 방탄모를 착용하기 전에 강철로 만든 인식표를 목에 걸었다.

이준성은 인식표 앞면을 보았다. 이름과 주민등록번호가 음각으로 새겨져 있었다. 물론 왕이란 표시는 들어 있지 않았다. 그가 왕이란 표시를 인식표에 해 두면, 혹 그가 전사했을 때 적이 그의 시신을 가만히 두지 않을 공산이 아주 크기 때문이었다.

이준성은 인식표를 군복 상의 안으로 집어넣었다.

"둘 다 인식표를 차고 있겠지?"

이준성과 같은 전투복을 착용한 강주봉과 마사카츠가 즉시 군복 상의 안에 든 인식표를 꺼내 이준성에게 보여 주었다.

"잘했군."

이준성이 고개를 끄덕일 때, 마사카츠가 인식표를 보며 물었다.

"한데 인식표는 왜 차는 것이옵니까?"

"전사자의 신원을 빠르게 파악하기 위해서."

"신원이야 얼굴을 보면 알 수 있는 것이 아닙니까?"

"전투 중에 목이 잘려 머리가 없거나 얼굴이 박살 나서 알아보지 못할 땐 어떻게 한단 말인가? 그리고 시신을 바로 수습하지 못하는 바람에 부패했을 땐 또 어찌 알아본단 말인가? 인식표는 그런 상황이 발생했을 때를 염두에 두고 쓰는 거네."

이번엔 강주봉이 물었다.

"한데 왜 인식표가 두 개이옵니까?"

"전투가 급해서 전사자를 수습하지 못할 때를 대비한 거지. 인식표 하나를 떼어 내서 전사자의 어금니 사이에 끼운 다음, 개머리판이나 삽으로 전사자의 정수리를 내려치면 인식표가 턱에 박혀 웬만한 힘으로는 다시 빼낼 수가 없거든. 그런 다음엔 남은 인식표 하나를 떼어 내서 퇴각할 때 가져가는 거지. 누가 죽었는진 알아야 하니까. 그리고 전장에 다시 복귀했을 때 턱에 박힌 인식표로 신원을 확인하는 거야."

강주봉은 침을 꿀꺽 삼켰다.

"꽤 거친 방법이군요."

"신원을 확인하는 데 그보다 좋은 방법이 없으니까."

이준성은 두 사람을 돌아보며 물었다.

"내가 인식표를 만들어 보급한 진짜 이유를 아는가?"

강주봉과 마사카츠가 동시에 고개를 저었다.

"잘 모르겠사옵니다."

"간단해. 난 내 병사를 절대 적의 손에 넘겨주지 않을 거란 뜻이야. 설령 그게 죽은 병사라 해도 말이야. 병사의 시신을 수습해 유족에게 돌려주는 게 그나마 우리가 나라를 위해 전사한 병사에게 해 줄 수 있는 최소한의 예의일 테니까."

두 사람은 즉시 머리를 조아렸다.

"성은이 망극하옵니다."

이준성은 강철로 만든 방탄모를 덮어썼다. 이 신형 방탄모는 그가 가장 심혈을 기울여 만든 제품이었다. 사람은 뇌가 가장 중요하기 때문에 머리를 제대로 보호해 주는 장비가 필수였다. 특히 유진이 있는 이준성의 경우엔 더욱 그러했다.

방탄모는 강철로 뚜껑을 만든 다음, 그 위에 국방색 무늬가 있는 외피를 씌워 제작했다. 또한 걸을 때 머리가 뚜껑의 단단한 부분에 부딪히지 않게 안에 공간을 만들어 주는 내피를 달았다. 내피 안에 비단이나 솜, 종이 등을 미리 넣어 두면 전력으로 달려도 내피 덕분에 머리가 아프지 않았다.

모든 장비를 착용한 이준성은 무기를 챙겨 근정전 앞뜰로 나왔다. 근정전 앞 계단엔 국방부장관 권율, 합참의장 이순신, 육군참모총장 권응수, 천갑군단 사령관 유경천 등 이번 원정을 지휘하는 주요 인사들이 나와 그를 기다리고 있었다.

이준성은 그들의 경례를 받으며 연단으로 올라갔다. 앞에는 경호를 맡은 경호실 요원 100명과 전장에서 이준성의 친위대 역할을 하는 비룡여단 흑룡대대 기병 1,000여 명이 부동자세로 대기 중이었다. 경호실장 마사카츠가 경호실 경호원 100명과 함께 기합이 잔뜩 들어간 경례를 하였다.

이준성은 근정전 계단 위에 서서 경례로 그들의 경례를 받았다. 이준성은 얼마 전 조회에서 국방부장관 권율에게 제식 몇 개를 바꾸란 명령을 내렸는데, 그중 하나가 바로 경례였다. 제식을 바꾸기 전에는 부하가 상관을 봤을 때 한쪽 무릎을 꿇은 자세로 한쪽 팔을 가슴에 붙이는 군례를 취했다.

그러나 지금은 제식이 바뀌어 차려 자세에서 오른쪽 손바닥을 똑바로 편 다음, 눈썹 옆에 붙여서 하는 경례를 하였다.

경호실 요원 다음에는 흑룡대대 기병들이 앞으로 나와 경례를 올렸다. 흑룡대대장은 바로 얼마 전에 전향한 타치바나 무네시게였다. 타치바나 무네시게는 절도 있는 동작으로 뒤로 돌아서서 부하들을 향해 '차려'라는 구령을 외쳤다.

척!

흑룡대대 병사들은 즉시 절도 있게 다리를 붙인 다음, 살짝 말아 쥔 양 주먹을 군복 바지 재봉선에 댄 상태로 대기했다.

부하들의 차려 자세를 살펴본 타치바나 무네시게는 고개를 한 차례 끄덕인 다음, 뱃속에서부터 끌어올린 큰 소리로 구령을 붙였다.

"국왕 전하께 대하여 경례!"

구령을 들은 흑룡대대 기병 1,000여 명은 즉시 한 사람이 움직이듯 거의 똑같은 동작으로 절도 있게 경례를 올려붙였다.

"흑룡!"

흑룡대대 병사 1,000여 명이 한 몸처럼 외친 경례 구호는 근정전을 넘어 너른 경복궁 전체를 쩌렁쩌렁 울리며 퍼져 나갔다.

그때, 타치바나 무네시게가 절도 있게 돌아서서 손에 쥔 기병용 칼로 하늘과 땅을 번갈아 가리킨 다음, 경례를 올렸다.

"흑룡!"

이준성은 경례로 화답한 뒤 계단 밑으로 내려와 경호실 요원과 흑룡대대 기병의 전투용 군장을 검사하는 시간을 잠시 가졌다.

원래는 이번 북벌에 참여하는 모든 부대가 지휘관 사열을 받아야 하지만 나머지 부대는 이미 국경에 배치가 끝나 있었다. 심지어 이미 실전에 들어간 부대마저 있을 지경이었다.

장비 점검까지 마친 그때, 부관 이시백이 한 마리의 말을 이끌고 그의 곁으로 다가왔다.

　올해 23살인 이시백은 국방부 소속 육군사관학교를 수석으로 졸업한 인재였다. 동생 이시방 역시 육군사관학교를 졸업해 지금은 금강사단 장교로 복무 중이었다. 즉, 형제 두 명 다 이번 전쟁에 참전한 상태였다.

　원래 이시백, 이시방 형제의 집안은 유명한 문신 집안이었다. 그러나 형제의 아버지 이귀는 시류를 잘 아는 자로 앞으로 출세하기 위해선 군문에 드는 게 좋다며 형제가 이준성이 4년 전에 설립한 사관학교에 들어갈 수 있게 손을 썼다.

　물론 이시백, 이시방 형제 역시 어려서부터 체력과 무예 쪽으로 남다른 면이 있어 아버지의 그런 결정을 흔쾌히 따랐다.

　이귀가 임진왜란에서 활약한 의병장인 덕분에 아들 두 명을 사관학교에 입학시키는 일은 그다지 어렵지 않았다. 육군, 해군사관학교는 유공자 자녀에게 우선권을 주기 때문이었다.

　이준성은 이시백의 도움을 받아 군마 마룡 위에 올라탔다. 마룡은 약간 성격이 거칠어서 이준성이 자기 등에 타기 무섭게 앞발을 높이 쳐들며 시끄럽게 울부짖었다. 이시백이 말고삐를 몇 차례 잡아당긴 후에야 입술을 푸르르 떨며 화를 삭였다.

이준성은 마룡의 목 옆을 천천히 쓰다듬으며 혀를 찼다.

"이 녀석은 어째 탈 때마다 야성이 점점 더 강해지는 것 같군."

마룡은 몇 년 전에 은퇴해서 지금은 종마로 활약 중인 흑왕의 아들이었다. 목장 관계자에 따르면 흑왕의 아들 중에서 아버지를 가장 많이 빼닮은 편이었는데, 유일한 흠이 지금처럼 야성이 남아 있어 사람 태우는 일을 끔찍이 싫어한다는 것이었다.

이준성은 돌아서서 그를 배웅하기 위해 내려온 인사들을 훑어보다가 천갑군단 사령관 유경천 앞에서 시선을 멈추었다.

"놈들이 막판까지 몰리면 반드시 압록강을 넘어 평안도를 치려 할 거요. 유 장군은 천갑군단과 함께 국경을 반드시 사수해야 하오. 만약 평안도 쪽 국경을 사수하지 못하면, 만주 깊숙이 들어간 주력군이 함경도로 후퇴할 수밖에 없소."

유경천은 고개를 숙였다.

"알고 있사옵니다, 전하. 이 유경천이 목숨 바쳐 압록강을 사수할 터이오니 전하께서는 만주 원정에만 집중하시옵소서."

"알겠소. 내 유 장군을 믿으리다."

고개를 끄덕인 이준성은 마룡의 기수를 돌려 경복궁을 나섰다. 그런 이준성의 뒤를 경호실과 흑룡대대 기병이 쫓았다.

해가 중천으로 떠오를 무렵, 이준성은 동대문을 통해 도성을 빠져나와 함경도로 출발했다. 다행히 도성에서 함경도로 뻗어 있는 가장 큰길은 상태가 괜찮아 여정이 험하지 않았다.

함흥에 도착한 이준성은 그곳에 잠시 머물며 북벌 준비를 점검했다. 그리고는 보름째 되던 날 아침 경흥성으로 향했다.

경흥성은 이번 북벌의 전략 거점이기 때문에 아주 중요한 곳이었다. 이준성은 경흥성에 와있던 참모부, 각 사단 지휘관 등과 연석회의를 가진 다음, 지금으로부터 3일 후인 초닷새 오전 04시에 총공격을 가하기로 최종 결정을 내렸다.

이준성의 최종 결정이 내려진 직후, 각 사단을 맡은 지휘관과 참모들은 자기가 맡은 부대로 서둘러 복귀해 병력과 장비를 점검했다. 3일 후엔 무슨 일이 있어도 두만강을 넘어 각 사단에 내려진 전술 및 전략 목표를 달성해야 했다.

이준성은 그날 밤에 육군사령관 권응수, 은호원장 강태봉 두 명의 방문을 받았다. 이준성은 그들에게 직접 차를 따라 내준 다음, 이미 작전에 들어간 부대의 상황을 물었다.

육군을 총지휘하는 권응수가 먼저 보고했다.

"한명련 장군이 이끄는 맹호특수전여단 10개 중대 300여 대원은 현재 강 너머에 있는 접선 장소에서 은호원 요원과 만나 병력 전개를 마쳤사옵니다. 현재 10개 중대 중 5개 중대는 도하 지점을 방어하는 중이옵고, 나머지 5개 중대는 깊숙이 잠입해 적의 중요 시설을 타격할 준비를 하는 중이옵니다."

"맹호부대와는 연락이 순조로운 편이오?"

"예, 한명련 장군이 그간 다섯 차례에 걸쳐 전령을 파견해 소식을 알려 왔사옵니다. 가장 최근에 보낸 전령은 어제 도착했는데, 초반에 약간 어려움이 있긴 했지만 지금은 모두 잘 풀려 순조롭게 작전을 진행 중이란 소식을 보내왔사옵니다."

고개를 끄덕인 이준성은 고개를 돌려 강태봉을 보았다.

"은호원 쪽은 어떤가?"

"은호원 역시 지금까진 모두 순조로운 상태이옵니다. 노토를 비롯해 반드시 소재를 확인해야 하는 10여 명의 위치를 계속해서 알아보고 있사옵니다. 또한 포섭한 노토부족 백성을 적극적으로 활용해 적군의 움직임을 계속 감시하는 중이옵니다. 적이 움직이면 한명련 장군에게 하루에서 이틀 사이에 통보할 수 있어 도하 지점에서 당하는 일은 없을 것입니다."

그러나 이준성은 마음을 놓지 못했다. 이번 작전의 성패는 두만강을 건너는 데 달려 있다고 해도 과언이 아니었다. 적이 만약 도하 지점을 파악해 기습해 온다면, 많은 사상자가 발생할 터였다. 이준성은 권웅수와 강태봉에게 적군의 움직임을 계속 감시해 뒤통수를 맞는 일이 없게 하란 엄명을 내렸다.

권웅수와 강태봉이 돌아간 후, 이준성은 작전 지도를 탁자 위에 펼쳐 놓고 등잔불을 가까이 가져가 다시 한 번 살펴보았다.

백두산과 가까운 가장 왼쪽에는 금강사단이 있었다. 그리고 금강사단 오른쪽에는 화웅사단, 자유사단, 흑표사단, 백랑사단, 비룡여단이 위치해 현재 도하 작전을 준비 중이었다. 또한 이곳 경흥성 주위에는 천마기동여단, 천궁포병여단, 황돈보급여단, 청오공병여단 등 후속 부대가 배치되어 있었다.

물론 도하 준비는 청오공병단이 도맡아 하는 중이었는데, 한강에서 실전훈련까지 했던 터라 작전 시간에 엄청난 폭우가 쏟아지거나 도하 지점 방향에서 예상치 못한 반격을 받는 게 아니라면 지금까진 실패할 이유를 찾아보기 어려웠다.

이준성은 남은 이틀 동안 작전을 처음부터 끝까지 점검한 다음, 보급 문제를 확실히 매듭지어 놓았다. 모든 전투가 그렇지만 이번 전투 역시 보급선이 꽤 길어 신경을 써야 했다.

그사이 시간은 쏜살같이 흘러 마침내 결전의 날이 밝았다. 그는 새벽 일찍 군장을 갖춘 다음, 두만강 강변으로 이동했다. 두만강 강변에선 비룡여단 병력과 청오공병여단 1대대 병력이 강을 건널 준비를 모두 마친 상태로 대기 중이었다.

두만강 수면을 뒤덮은 강 안개가 날이 밝아 올수록 점점 짙어지는 모습을 확인한 이준성은 회중시계를 꺼내 현재 시각을 확인했다. 회중시계가 정확하다면 3시 59분, 즉 작전 개시까지 1분이 남아 있었다. 마룡 위에 올라탄 그가 축축한 새벽 공기를 힘껏 들이마시는 순간, 날카로운 소음이 들렸다.

이는 도하 작전을 개시하란 원정군 사령부의 신호였다.

◆ ◈ ◆

도하 작전 개시 신호는 고요한 수면에 돌멩이를 던졌을 때처럼 사방에 옅은 파문을 만들며 퍼져 나갔다. 신호에 가장 먼저 응답한 부대는 비룡여단 금룡대대의 특수 수색 중대였다.

특수 수색 중대원 100여 명을 태운 군선 10여 척이 두만강 맞은편으로 노를 저어 빠르게 나아갔다. 군선이 강변을 출발할 때는 물안개가 심하지 않아 중대원이 노를 젓는 모습이 선명하게 보였다. 그러나 강을 반쯤 갔을 때, 두만강을 뒤덮은 안개가 사람과 배를 통째로 삼켜 버렸다. 그저 노가 물살을 가르는 희미한 소리만이 가끔 들릴 따름이었다.

그로부터 얼마 지나지 않아 물이 종이에 스며들듯 조용히 강변에 상륙한 특수 수색 중대 중대원 100여 명은 중대장의 지시에 따라 부챗살처럼 사방으로 재빨리 퍼져 나갔다. 그리곤 길목 위에 전초 기지를 세워 적의 기습에 대비했다.

그 사이, 금룡대대 특수 수색 중대를 지휘하는 중대장은 강 맞은편에서 그들의 상륙을 지켜보던 맹호특수전여단 장교와 은호원 현장 요원을 만나 근처에 본대의 상륙을 방해할 만한 요소가 있는지 물었다. 장교와 요원에게 없다는 대답을 들은 중대장은 즉시 강변으로 돌아간 다음, 소리가 나는 효시를 쏘아 도하 지점을 완벽히 접수했다는 신호를 보냈다.

효시가 내는 소리를 들은 비룡여단장 하구로는 즉시 청오 공병여단 1대대에 전령을 보내 선교를 건설하라 명령했다.

뻣뻣한 수염이 삼국지연의 속 장비처럼 사방으로 뻗쳐 난 청오공병여단 1대대장이 호랑이 같은 목소리로 호통을 질렀다.

"뭣들 하는 게냐? 어서 강 위에 선교를 만들어라!"

"예!"

대답한 공병 수십 명이 즉시 강변에 대 놓았던 배에 탑승해 아직 물안개에 덮여 있는 두만강으로 진입을 시도했다. 그러나 그들은 공병답게 평범하게 진입하진 않았다. 그들은 미리 만들어 둔 선교용 배 수십 척을 강 사이에 2열 횡대로 배치한 다음, 횡대로 배치한 배들이 거친 물살에 벌어지지 않도록 강철로 만든 와이어 등으로 묶어 단단히 고정했다.

고정을 완료한 다음에는 선교용 배 위에 미리 제작해 둔 두꺼운 철판을 깔았다. 그리고는 중간에 틈이 벌어지지 않도록 철판끼리 단단히 이어 붙여 중장비가 이동할 수 있는 다리를 완성했다. 청오공병여단은 이번 작전을 위해 반년 동안 지상과 호수, 강 등에서 실전을 방불케 하는 훈련을 해 왔다.

두만강을 뒤덮은 짙은 물안개가 작업을 끊임없이 방해했지만, 선교를 완성하는 데 걸린 시간은 훈련 때와 차이가 없었다.

태양이 두만강을 덮은 물안개를 빠르게 밀어낼 때였다. 마치 사막의 신기루처럼 완벽한 선교가 그 첫 모습을 드러냈다.

비룡여단장 하구로는 즉시 황룡대대, 적룡대대, 백룡대대 순으로 선교를 이용해 강을 건너가 중요한 목 진지부터 빨리 확보하란 명령을 내렸다. 비룡여단 소속 병력 7,000명이 전부 강을 건너는 데 걸린 시간은 4시간 안팎이었다. 또한 그날 정오 무렵에는 강행 정찰 부대가 특수 수색 중대와 협력하여 내륙 안에 있는 가장 중요한 적 시설을 점령했다.

이준성은 정오가 막 지났을 때 경호실, 비서실, 흑룡대대 병력의 호위를 받으며 선교를 이용해 만주에 첫발을 내디뎠다.

물론 이번이 첫 방문은 아니었다. 전에 가토 기요마사 문제로 노토를 만나기 위해 만주를 찾았던 적이 한 번 있었다. 심지어 이 근처에서 가토 기요마사가 지휘하던 왜군 2번대와 치열한 접전을 벌여 승리한 일까지 있었다. 그러나 그게 벌써 10년 전 일이라, 마치 처음 방문하는 것 같았다.

이준성은 이후 원정군 사령부와 동행하며 각 사단의 도하 상황을 점검했다. 가장 먼저 강을 건넌 비룡여단을 시작으로 금강사단, 흑표사단, 백랑사단, 자유사단, 화웅사단 등이 그 날 날이 저물기 전에 모두 성공적인 도하를 마쳤다. 한국군이 노토 응징을 위한 첫발을 성공적으로 내디딘 셈이었다.

다음 날에는 천마기동여단, 셋째 날에는 천궁포병여단이 각각 도하에 나섰다. 그리고 닷새째에는 청오공병여단과 황돈보급여단 등이 차례로 도하를 완료해 원정군 8만여 병력이 불과 일주일 사이에 도하를 모두 마치는 강행군을 펼쳤다.

노토는 한국군이 대대적으로 침공해 왔다는 사실을 도하를 시작한 첫날 오전에 바로 파악하는 정보력을 보여 주었다. 기병을 즐겨 쓰는 기마 부족다운 신속한 정보 전달 체계였다.

현재 야인여진은 크게 세 부족으로 나뉘어 있었다. 노토부족, 울지한부족, 찰랑합부족이 바로 그들이었다. 그중 숫자가 가장 많은 노토부족은 두만강 유역에 모여 살았기 때문에 문명이 가장 발달해 있었다. 그들은 주로 농사를 짓거나 배를 타고 두만강을 돌아다니며 물고기를 잡아 생활했다. 또한 이재에 밝은 이들은 조선 등과 교역을 하며 부를 쌓았다.

물론 흉년이 들거나 조선, 명나라 등에서 교역을 허락하지 않아 생활이 어려워졌을 땐 국경에 사는 조선인과 조선에 복속한 여진족을 약탈하는 야인 습성을 숨김없이 드러냈다.

한편, 지금의 흑룡강성 고산 지대와 연해주 깊은 산속에 주로 거주하는 울지한부족은 야인여진 세 부족 중에 부족민의 숫자가 가장 적었다. 그들은 수렵과 어로 등을 통해 생활을 영위했다. 울지한부족이 비록 문명의 발전 속도는 야인여진 세 부족 중에 가장 떨어지는 편일지는 모르지만 아주 어렸을 때부터 깊은 산속에서 사나운 짐승을 사냥하며 자란 덕에 한 명, 한 명이 아주 뛰어난 전사란 소문이 있었다.

또 추운 지역으로 갈수록 인간의 체격이 커지는 자연의 이치 덕에 동양인으로서는 보기 드물게 체구가 상당히 장대했다.

마지막으로 찰랑합부족은 북동부 평야를 옮겨 다니며 사는 야인여진으로 전형적인 유목민이었다. 그들은 양, 염소 등을 주로 길렀는데 몽골이 그러하듯 이들 역시 말 위에서는 따라올 자가 드문 편에 속할 만큼 강한 전투력을 지녔다.

이준성은 작전 현황판을 바라보며 권웅수에게 질문했다.

"노토가 울지한과 찰랑합에게 지원을 요청하는 사신을 보냈소?"

"예, 전하. 노토부족에 잠입한 은호원 요원이 오늘 아침에 전해 온 정보에 따르면 노토가 3일 전에 울지한과 찰랑합에게 지원을 간곡히 요청하는 사자를 각각 파견했다 하옵니다."

이준성은 만족한 미소를 지으며 고개를 끄덕였다.

"첫 시작이 좋군."

그러나 권웅수는 오히려 더 불안해하는 표정을 지으며 물었다.

"정말 그 작전을 계속 밀고 나갈 생각이시옵니까?"

"왜? 불안하오?"

"소장이 배운 병법에 따르면 적이 약할 때를 노려 치라 했사옵니다. 또한 적이 강할 때는 약하게 만들어서 치라 했사옵니다. 한데 전하께서 세운 작전은 그 반대가 아니겠사옵니까?"

이준성은 일어나서 만주 전역을 그린 작전 지도 앞으로 천천히 걸어갔다. 원정군 사령부 작전상황실 벽에는 가로 3미터, 세로 3미터에 달하는 만주 지역 작전 지도가 걸려 있었다.

이준성의 시선이 대형 작전 지도에 나와 있는 주요 타격 목표를 천천히 훑어 내려갔다. 처음엔 북동부 평야에 사는 찰랑합부족을 주시했다가 그다음엔 연해주 고산 지대와 항카호수에 모여 사는 울지한부족을 주시했다. 그리고는 마지막에 두만강 유역 근처에서 흩어져 사는 노토부족을 주시했다.

이준성은 그 옆으로 다가온 권웅수에게 물었다.

"권 장군 말대로 찰랑합과 울지한이 노토와 합류하기 전에 공격하는 것이 가장 안전한 선택일 거요. 그러나 가장 안전할지는 모르지만 가장 좋은 선택은 아니요. 우리가 이번 원정을 준비할 때 세운 첫 번째 목표가 무엇인지 기억하시오?"

"당연히 기억하고 있사옵니다. 야인여진을 빠르게 복속시켜 그다음에 있을 두 번째 전투를 대비하는 것이 아니옵니까?"

"맞소. 한데 노토를 먼저 쳐 버리면 지원을 오던 찰랑합과 울지한이 놀라서 자기 부족이 살던 곳으로 되돌아갈 공산이 높소. 그 얘긴 우리가 거의 1,000킬로미터에 달하는 긴 행군을 해야지만 찰랑합과 울지한을 쳐서 야인여진을 완벽히 복속시킬 수 있단 뜻이오. 난 그런 결과를 원하지 않소. 난 최소한 달 안에 이번 전투를 마무리 지을 생각이오."

권웅수가 여전히 불안감을 감추지 못하는 표정으로 물었다.

"그 말씀은 노토, 찰랑합, 울지한 연합 세력을 큰 손해 없이 완벽히 이겨야 한다는 뜻인데, 그런 일이 가능하겠사옵니까?"

"가능하지 않았다면 애초에 이런 작전을 세우지 않았을 거요."

이준성은 전령을 사방으로 파견해 작전을 시작하란 명령을 내렸다. 곧 모든 부대가 활발하게 움직이며 적을 타격했다.

가장 먼저 한 달 전에 잠입해 활동 중이던 맹호특수전여단이 미리 정해 둔 전략 목표 20여 군데를 타격해 적에게 큰 손해를 입혔다. 그들이 타격한 목표는 무기를 생산하는 대장간, 군마를 키우는 목장, 무기 보관소, 군량 창고 등이었다.

노토는 한국군이 두만강을 넘어 대대적으로 침공해 왔단 소식을 듣기 무섭게 그런 시설의 보안부터 강화하는 뛰어난 판단력을 드러냈다. 그러나 그가 강화한 보안의 질과 규모로는 귀신처럼 움직이는 맹호특수전여단 대원들을 막아 낼 수 없었다.

맹호특수전여단 대원들은 다이너마이트, 지뢰 5호, 천뢰 5호 등을 적극적으로 활용해 군량 창고, 무기 보관소 등을 철저히 망가트려 적이 군량과 무기를 재활용하지 못하게 만들었다.

또한 군마 목장에서 키우던 군마들은 목장 밖으로 쫓아내 버렸으며, 대장간과 무기 공방은 시설을 타격하기보단 그 시설에서 일하는 기술자를 제거했다. 대장간과 무기 공방을 태워도 기술자가 살아 있으면 다시 짓는 데 어려움이 없었다. 즉, 적의 병참을 끊으려면 기술자를 제거하는 게 최선이었다.

맹호특수전여단 대원들은 노토부족을 이끄는 주요 인사를 암살해 적의 지휘 체계에 혼란이 일도록 유도했다. 필요한 경우엔 적을 납치해 아군에게 필요한 정보를 모았다.

그렇게 맹호특수전여단이 맹활약을 펼치는 동안, 두만강을 건넌 금강사단과 흑표사단, 백랑사단, 화웅사단, 자유사단은 두만강 유역에 있는 노토부족 마을을 공격해 차례차례 점령해 나갔다.

두만강 전 유역에서 거의 동시에 이뤄진 이번 기습에 대처하지 못한 노토부족은 마을을 버리고 내륙으로 도망치기 바빴다. 그야말로 초토화를 당해 수백 킬로미터에 달하는 두만강 유역 곳곳에서 시커먼 연기가 쉴 새 없이 올라왔다.

전선이 워낙 길어 실시간으로 보고받지는 못했지만 불과 열흘 만에 두만강 유역에 살던 노토부족민을 전부 내륙 깊숙한 곳으로 쫓아낸 셈이었다. 여기까지는 각 보병사단에 내려진 전술적인 목표였다. 그들은 바로 전략 목표를 수행하기 위해 다시 행군에 들어갔는데, 그 목표란 바로 한자리에 집결해 야인여진 전체와의 회전을 준비하는 것이었다.

두만강 중에서 동해와 가장 가까운 쪽으로 도하한 이준성과 비룡여단은 그쪽에 있는 노토부족 마을 다섯 개를 공격해 점령한 다음, 북동쪽으로 올라가며 이 모든 일의 발단이 된 노토를 추격하기 시작했다. 노토는 처음에 두만강 유역에서 어떻게든 병력을 끌어모아 한국군의 내륙 진출을 저지하려 하였다. 그러나 맹호특수전여단의 방해로 뜻을 이루지 못한 노토는 결국 5,000명의 기병과 함께 훗날을 기약하며 내륙으로 퇴각했다. 이준성은 그런 노토를 추격했다.

한동안은 지루한 추격전이 이어졌다. 노토가 한국군에 따라잡히거나 스스로 멈추기 전까지는 추격전이 끝나지 않을 것 같았다. 한데 의외로 추격을 먼저 중단한 쪽은 노토가 아니라 이준성이 직접 지휘하던 비룡여단이었다.

이준성이 비룡여단을 멈춰 세운 지역은 몇십 킬로미터에 달하는 울창한 나무숲 속에 있는 유일한 평야였다. 나자구란 지역인데 근처 30여 킬로미터 안에서 유일하게 사람이 거주하는 지역이었다. 물론 지금은 다 도망쳐 비어 있었다.

이준성은 가장 높은 지대에 올라가 주변을 둘러보았다. 360도 전체가 울창한 나무숲에 둘러싸여 있었다. 마치 하늘에서 유성이 떨어져 이곳에만 나무가 자라지 않는 것 같았다.

이준성은 나자구가 마음에 들었다. 무엇보다 바로 옆에 수량이 많은 다수이펜강이 있어 식수를 걱정할 필요가 없단 점이 마음에 들었다. 군량은 황돈보급여단이 가져온 양으로 몇 주간 충당이 가능했지만, 식수는 현지에서 보급하는 게 여러모로 편했다. 식수까지 일일이 후방에서 보급해 쓰려면 황돈보급여단의 규모를 지금보다 세 배는 늘려야 했다.

이준성이 권응수와 원정군 작전참모 지달원 두 명에게 물었다.

"난 나자구에서 적과 싸울 생각인데 두 사람 생각은 어떻소?"

권응수가 먼저 대답했다.

"평탄한 지형이 많은 데다 근처에 강까지 있어 대군과 회전을 치르는 데는 문제가 없어 보이옵니다. 다만, 사방에 나무숲이 울창한 게 마음에 걸리옵니다. 전초 기지와 정찰 부대를 잘 활용하면 기습당할 염려는 없겠지만, 적이 숲에 숨어 유격전을 펼치거나 매복 작전을 쓴다면 꽤 위협일 것입니다."

"그렇군."

고개를 끄덕인 이준성이 지달원에게 물었다.

"지 참모는 어떻게 보는가?"

지달원은 잠시 생각을 정리한 후에 신중한 목소리로 대답했다.

"소장의 생각 역시 권 장군과 크게 다르지 않사옵니다. 다만, 전하께서 정말로 한 번의 전투를 통해 야인여진 전체를 제압하실 생각이라면, 여기보다 좋은 데는 없을 것 같사옵니다. 이곳만큼 적이 공격하기 편한 데가 없기 때문이옵니다."

이준성은 피식 웃었다.

"내가 그만큼 아군에겐 불리하고 적에게는 유리한 장소를 전장으로 골랐단 말이군. 뭐, 나야 야인여진 전체가 눈에 불을 켜고 달려와 준다면 발가벗고 춤이라도 출 수 있으니까."

이준성은 권응수, 지달원 두 명과 자세히 상의해 이곳 나자구 안에 있는 평지에 진채를 내렸다. 강과 멀면 식수 보급에 어려움이 따르므로 나자구 가운데를 비스듬히 관통하는 다수이펜강의 남동쪽 측면에 바짝 붙어 진채를 구축했다.

물론, 뒤에 강물이 흐르기 때문에 자연스럽게 배수진의 형태를 띠었는데 이준성은 별로 개의치 않았다. 배수진에 기대야 할 만큼 한국군의 전력과 사기가 낮지 않기 때문이었다.

얼마 후, 노토를 비롯한 야인여진 전체가 이준성의 이번 결정에 환호를 보내며 병력을 집결시켰다. 이준성이 사방이 훤히 드러난 평지에 진채를 내렸을 뿐 아니라, 그 진채가 있는 곳 주위에 매복과 이동이 편한 숲이 있기 때문이었다. 한국군이 제 발로 사지에 걸어 들어가 죽어 준다는데 이를 못 본 체할 만큼 담이 약한 사내는 야인여진 안에 없었다.

곧 강태봉이 찾아와 적이 동원한 전력을 보고했다.

"노토가 병력 3만 명을 모아 나자구 북서쪽으로 오는 중이옵니다. 그중 기병은 8,000여 기, 보병은 2만 2천 명이옵니다."

"많이 모았군."

"자기 목숨이 달린 일이라 그런지 박박 긁은 것 같사옵니다."

"울지한과 찰랑합은 어떤가?"

"울지한은 보병, 기병 합쳐 2만 5천 병력을 모아 나자구 남동쪽으로 빠르게 접근하는 중이옵니다. 또한 찰랑합은 1만 5천 명이 넘는 병력을 동원해 나자구 북동쪽으로 급히 내려오는 중인데 기병 비율이 높아 1만 명 이상이 기병이옵니다."

"그럼 합쳐서 모두 몇 명인가?"

"7만 명에서 8만 명이옵니다. 그중 기병은 3만가량이옵니다."

이준성은 고개를 살짝 저었다.

"전쟁은 원래 숫자로 하는 게 아니지. 그중 제대로 무장을 갖춘 병력은 얼마나 되는가? 그렇게 많지는 않을 것 같은데."

"정확하시옵니다. 보고한 요원들에 따르면, 제대로 된 병력은 2만에서 3만 명이고 나머지는 닥치는 대로 끌고 온 듯 갑옷은커녕 옷조차 제대로 갖춰 입지 않은 병사가 많았사옵니다. 무기 상태 역시 조악해 아주 형편없다 했사옵니다."

고개를 끄덕인 이준성은 권응수에게 즉시 전령을 보내 나자구를 에워싼 숲에 파견한 정찰 부대와 전초 병력을 거두어들이라 명령했다. 자라 보고 놀란 가슴 솥뚜껑 보고 놀란단 말처럼 괜히 수풀을 건드려 뱀이 놀라 도망치게 해서는 안 되었다. 야인여진이 한국군의 전력을 제대로 파악하는 건 그들이 나자구에 들어와 물러날 데가 없을 때여야 했다. 그래야 잔당을 남기지 않은 상태로 일망타진이 가능했다.

이준성이 나자구에 진채를 내린 날 오후에 금강사단과 흑표사단이 연이어 합류했다. 그리고 그다음 날 아침에는 백랑사단과 자유사단, 화웅사단이 도착해 모든 보병사단이 나자구에 집결했다. 3일째 아침엔 천마기동여단이 천궁포병여단, 청오공병여단, 황돈보급여단을 호위하며 도착해 마침내 두만강을 넘은 8만여 병력이 나자구에 집결하는 데 성공했다.

모든 병력이 모이길 기다린 이준성은 바로 병력 배치에 들어갔다. 다수이펜강과 붙어 있는 가장 안쪽에는 청오공병여단과 황돈보급여단을 배치했다. 그리고 그 앞에는 천궁포병여단을 배치했는데, 마치 부챗살을 쫙 펼쳤을 때처럼 전방 180도를 모두 포격할 수 있는 위치에 자리를 잡도록 했다.

천궁포병여단 앞에는 보병사단 다섯 개를 배치했다. 그리고 진채 가장 왼쪽에는 원충서의 천마기동여단을, 가장 오른쪽엔 하구로의 비룡여단을 각각 배치해 좌우를 튼튼히 했다.

병력 포진을 마친 이준성은 권옹수를 불러 명령했다.

"당분간은 화기 사용을 금지하겠소. 만약 군령을 어기는 장병이 있을 시엔, 군법으로 엄히 처리할 것이오. 사령관은 내 명령을 각 부대에 전파하여 이를 모르는 장병이 없게 하시오."

"예, 전하."

권옹수는 시키는 대로 이준성의 명령을 각 부대에 전파했다.

그로부터 엿새가 지났을 때였다.

노토가 지휘하는 노토부족 병력 3만 명이 나자구 북동쪽

숲에, 찰랑합이 지휘하는 찰랑합부족 병력 1만 5천 명이 나자구 북서쪽 숲에, 울지한이 지휘하는 2만 5천 명이 나자구 남동쪽 숲에 각각 도착해 한국군을 에워싸는 진형을 구축했다.

세 부대가 동시에 모습을 드러냈다는 뜻은 그들이 사전에 따로 만나 부대 진격 시기를 조율했다는 의미와 같았다.

세 부대가 도착한 날 열린 지휘관 회의에서 이준성이 물었다.

"적이 동시에 나타난 것에 어떤 의미가 있는 것 같소?"

권웅수가 일어나 그의 질문에 대답했다.

"느슨한 지휘 체계를 가진 연합 세력을 상대할 때 가장 편한 방법은 역시 적 사이에 내분을 일으키는 것이옵니다. 한데 저들이 사전에 협의해 이렇듯 정밀하게 보조를 맞춘단 뜻은 노토, 찰랑합, 울지한 세 명 사이의 결속이 우리 예상보다 훨씬 단단해 내분을 일으키기가 쉽지 않단 뜻일 겁니다."

고개를 끄덕인 이준성이 다른 사람들을 돌아보며 질문했다.

"여기에 다른 의견을 추가할 사람 있소?"

그때, 작전참모 지달원이 천천히 일어나 대답했다.

"노토, 찰랑합, 울지한 세 명의 결속은 사령관 말처럼 단단해 보이옵니다. 하지만 노토, 찰랑합, 울지한이 자기 부족을 완벽히 장악한 상태냐 묻는다면 거기엔 의문이 따를 것이옵니다. 그들이 동원한 병력에 이상한 점이 있기 때문입니다."

이준성은 그가 몇 달 전에 직접 잡은 호랑이의 가죽으로 만든 푹신한 의자에 거의 누운 상태로 앉아 있었다. 한데 지달원의 의견을 듣는 순간, 재빨리 상체를 세우며 재촉했다.

"방금 한 말을 자세히 얘기해 보게."

"은호원이 준 정보가 정확하다면 인구는 노토부족이 가장 많고 그다음이 찰랑합부족, 마지막이 울지한부족이옵니다. 한데 동원한 병력은 노토가 3만, 울지한이 2만 5천, 찰랑합이 1만 5천이옵니다. 인구가 가장 적은 울지한이 2만 5천을 동원했는데 그보다 인구가 거의 배나 많은 찰랑합은 그보다 1만이 적은 1만 5천을 동원했사옵니다. 이는 찰랑합이 자기 부족을 완벽히 통제하지 못한다는 증거일 것이옵니다."

이준성은 우측에 앉아 있는 은호원장 강태봉을 보며 물었다.

"지 참모의 말이 사실인가?"

강태봉은 뒤에 앉아 있는 참모와 귓속말을 나눈 후에 대답했다.

"사실이옵니다. 찰랑합은 현재 이복동생인 가오란의 도전을 강하게 받는 중이라, 모든 병력을 동원하기가 힘들었을 것이옵니다. 모든 병력을 동원했다가는 영지에 남아 있는 이복동생 가오란이 반란을 일으킬 위험이 크기 때문이옵니다."

이준성은 미간을 찌푸리며 다시 물었다.

"찰랑합이 현재 이곳에 와 있긴 한 건가?"

이준성의 짜증을 느낀 강태봉은 약간 긴장해 대답했다.

"그렇사옵니다. 혹시 몰라 가까이서 찰랑합을 감시 중인 은호원 요원 두 명에게 1차로 확인받은 다음, 1년 전쯤에 포섭해 둔 찰랑합부족 수뇌부를 통해 2차로 확인까지 했사옵니다. 찰랑합이 찰랑합부족 군대를 이끄는 게 확실하옵니다."

"찰랑합이 영지 밖으로 나와 있으면 가오란에게 기회를 주는 게 아닌가? 가오란이란 자에게 정말 야심이 있다면 이복형이 자리를 비운 지금이야말로 권력을 잡기 좋은 기회인데."

강태봉은 아니라는 듯 고개를 저었다.

"찰랑합 역시 그리 멍청한 자는 아니옵니다. 자기가 영지를 비운 사이에 가오란이 반란을 일으킬 수 있다 염려한 그는 가오란의 첫 번째 가는 장수인 아탕개와 그의 부하를 이번 원정에 동참시켰사옵니다. 즉, 가오란은 아탕개가 찰랑합과 같이 있으므로 반란을 일으킬 방법이 없사옵니다."

이준성은 피식 웃었다.

"가오란이 반란을 일으키지 못하도록 원천봉쇄하기 위해 가오란의 오른팔인 아탕개를 이번 원정에 동참시켰다는 말이군."

"그렇사옵니다. 그러한 이유로 인해 찰랑합의 영지에는 오히려 가오란보다 찰랑합을 따르는 병력이 더 많은 상황이옵니다. 가오란이 엄청난 협상력으로 찰랑합을 따르는 병력을 꼬드겨 자기편으로 만들지 않는 이상엔 가오란이 영지에서 반란을 성공시킬 가능성은 거의 없다는 분석이옵니다."

강태봉의 보고를 들은 권웅수가 물었다.

"그렇다면 찰랑합이 자기 부족을 제대로 통제하지 못한단 약점을 이용해 이득을 취할 방법이 현재는 없는 게 아닙니까?"

지달원을 힐끔 본 이준성이 미소를 지으며 대답했다.

"그렇지 않소. 이를 이용해 이득을 취할 방법이 한 가지 있소."

"있단 말이옵니까?"

"그렇소. 찰랑합이 아니라 가오란의 오른팔이라던 그 아탕개와 그가 이번에 데려온 부하들을 우리가 이용하는 거요."

이준성은 고개를 돌려 다시 강태봉에게 물었다.

"찰랑합부족 수뇌부에 포섭한 자가 있다 했지?"

"예, 전하. 호르기치란 자인데 병량을 관리하는 장수이옵니다."

"호르기치에게 접근해서 그에게 아탕개를 꼬드겨 보라 하시오."

"그 말씀은 아탕개를 꼬드겨서 그가 찰랑합을 치도록 유도하란 말씀이시옵니까? 아탕개가 여기서 찰랑합을 잡거나 죽이면 영지에 있는 가오란을 도와줄 수 있으니까 말이옵니다."

"그렇지. 그러나 조건을 하나 달아야 하네. 아탕개가 첫날부터 배신해 찰랑합을 공격하면, 노토와 울지한이 찰랑합을 도와 아탕개를 역으로 칠 수 있네. 그런 상황을 막으려면 전투가 최고조에 달했을 때 쳐야 한다고 말하게. 그래야 노토와 울지한이 자기 앞가림하기 바빠 찰랑합을 도와주지 못할 테니 말이야. 이 점을 호르기치에게 반드시 알려 주게."

강태봉은 즉시 머리를 조아렸다.

"바로 실행하겠사옵니다."

전략회의가 끝난 후 이준성이 지휘관들을 돌아보며 당부했다.

"며칠 동안은 적을 방심시켜야 하오. 그러니 내가 앞서 전파한 명령대로 화기를 쓰지 마시오. 아마 적 역시 적극적으로 나오지는 않을 거요. 며칠만 냉병기로 적과 싸워 주시오."

지휘관들은 일제히 머리를 조아렸다.

"명심하겠사옵니다!"

다음 날, 오전에는 노토가, 오후에는 울지한과 찰랑합이 함성을 지르며 숲에서 뛰쳐나와 공격을 가해 왔다. 노토의 공격은 쉽게 격퇴했지만 울지한과 찰랑합이 해 온 연합 공격은 꽤 위협적이어서 자유사단과 화웅사단이 밀리는 수모를 겪었다.

기병이 주력을 이루는 찰랑합부대는 전선 주위를 정신없이 질주하며 화살을 쏴 댔는데, 사격이 정확해 자유사단 5연

대가 잠시 후퇴해 전열을 정비해야 했다. 또한 도끼, 몽둥이
와 같은 둔기를 무기로 주로 쓰는 울지한부대의 공격에는 화
웅사단이 손해를 입어 비룡여단의 긴급 지원을 받아야 했다.

은호원이 조사한 정보대로 찰랑합부대의 주력 기병은 과
연 독특한 면이 있어 야전에선 당해 내기가 쉽지 않아 보였
다.

그들은 말 위에서 온갖 자세로 화살을 쏘며 자신의 실력을
뽐냈는데, 심지어는 말안장 위에 똑바로 서서 활을 쏘았다.

또한 화가 난 자유사단 병사들이 각궁으로 화살을 쏘아 반
격했을 때는 말 옆에 몸을 숨기는 비상한 재주까지 선보였
다.

반면, 울지한부대는 결이 다른 형태로 싸움을 걸어왔다.
그들의 조상이 어느 지역에서 왔는진 모르지만, 그들은 서양
인처럼 덩치가 크고 팔다리가 길었으며 눈동자가 갈색이었
다.

그들은 자신들의 체격에서 나오는 막강한 힘을 제대로 활
용하기 위해 도끼, 몽둥이, 큰 칼처럼 근력이 필요한 무기를
사용했다. 한데 힘이 얼마나 좋은지, 화웅사단이 방어하기
위해 내민 방패마저 통째로 날려 버리는 괴력을 선보였다.

어쨌든 첫날 공격을 막아 낸 한국군은 그로부터 사흘 동안
그와 비슷한 형태의 공격을 계속 받아야 했다. 어떨 때는 노
토, 찰랑합, 울지한 세 부대가 동시에 공격해 왔는데 막기가

까다로워 예비 전력으로 남아 있던 천마기동여단과 비룡여단까지 나서야 했다. 또 밤엔 야습을 해 오거나 화공을 펼쳐 이준성이 있는 원정군 사령부까지 불화살이 날아왔다.

병사들이 다수이펜강에서 떠 온 물로 사령부 작전상황실에 붙은 불을 끄는 모습을 잠시 지켜보던 권응수가 달려와 물었다.

"내일은 화기를 쓰는 것이옵니까?"

"하루만 더 기다리도록 합시다."

"공격의 강도가 점점 강해지는데 괜찮겠사옵니까?"

"내일 하루만 더 막아 내면 놈들도 악에 받쳐 덤벼들 거요. 아마 그때는 전력을 다해 올 테니 하루만 더 막도록 합시다."

권응수가 입술을 깨물며 고개를 끄덕였다.

"알겠사옵니다."

다음 날, 이준성은 전선에 직접 나가 병사들과 같이 싸웠다. 오늘은 적의 기세가 아주 격렬할 것이 뻔했기 때문에 싸울 수 있는 자는 전부 전선에 나가란 명령을 내려 두었다. 그는 솔선수범할 생각으로 오랜만에 전선을 직접 찾았다.

이준성은 흑표사단이 맡은 중앙 전선을 찾았다. 한데 전선 앞에는 철조망과 대기병 방책이 촘촘하게 둘러쳐져 있었다. 또 전선 바로 뒤에는 모래포대로 구축한 참호가 있었다.

이준성은 고개를 끄덕였다. 최일선에 있는 부대까지 그가 내린 명령대로 완벽한 방어 체계를 갖췄기 때문이었다. 군기가 엄정하고 훈련 상태가 좋지 않으면 쉽게 못 하는 일이었다.

이준성은 좌우를 둘러봤다. 20대 초중반 병사들이 많았다. 아마 왜국 원정이 끝난 후에 입대한 병사들 같았다. 그리고 그 말은 이번 전쟁이 그들이 치르는 첫 전쟁이란 뜻이었다.

그러나 그는 걱정하지 않았다. 신병 옆에는 30대 혹은 40대 보이는 부사관과 장교들이 있었다. 실력과 경험을 모두 갖춘 부사관과 장교야말로 한국군을 지탱하는 중추라 할 수 있었다. 그들은 이준성과 함께 임진왜란, 정유재란, 왜국 원정을 성공리에 마친 베테랑들이었다. 그는 그들의 실력을 믿었기 때문에, 그리고 존중했기 때문에 걱정하지 않았다.

뿌우우!

그때, 30여 미터 후방에 설치한 망루 위에서 나팔소리가 울렸다. 나팔 소리가 한 번인 것을 보면 적이 공격을 시작한 모양이었다. 이준성은 곧 지축을 뒤흔드는 말발굽 소리가 점차 가까워지는 것을 느낄 수 있었다. 그는 옆에 있는 지휘관용 연단 위에 올라가 전방을 관찰했다. 하늘을 누렇게 만든 뿌연 먼지 속에서 수천 기가 넘는 기병 군단이 그가 현재 있는 전선을 향해 미친 듯이 달려오는 모습이 보였다.

기병 뒤에는 수만 명은 족히 넘을 것 같은 보병 부대가 따라오는 중이었다. 곧 전선에 도착한 기병들이 화살을 쏘았다.

파파파팟!

하늘을 새카맣게 물들이며 날아드는 화살을 보기 무섭게 장교와 부사관들이 고래고래 고함을 질렀다. 병사들은 즉시 앞에 있는 방패를 들어 올린 다음, 그 밑으로 들어가 피했다.

이준성 역시 방패로 화살을 막았다.

푹푹푹!

중력을 한껏 머금은 화살이 방패에 박힐 때마다 몸이 출렁였다. 다행히 화살이 방패를 관통하거나 방패로 가리지 못한 부위에 화살이 박히는 불상사는 일어나지 않았다.

이준성은 방패에 뚫린 구멍으로 정면을 보았다. 기병 수천 기가 전선 바로 앞에서 횡으로 이동하며 계속 화살을 쏘았다. 그리고 전선 끝까지 이동한 후에는 다시 반대편으로 질주하며 화살을 쏘았다. 그 탓에 화살이 멈출 기미는 보이지 않았다.

처음에는 화살 때문에 전열에서 이탈하는 병사가 많지 않았지만, 화살 세례가 거의 1시간 동안 이어진 후엔 제법 많은 병사가 화살에 다쳐 후방에 있는 야전병원으로 후송되었다.

"빌어먹을 놈들, 화살을 대체 얼마나 가져온 거야?"

옆에서 방패를 들고 이준성을 호위하던 경호실장 마사카츠가 툴툴거릴 때였다. 마사카츠가 하는 말을 들었는지 적 기병이 갑자기 뒤로 멀찍이 물러섰다가 다시 돌진해 들어왔다.

한데 이번에는 적 기병이 돌진하는 속도가 전보다 두 배는 빨라진 것 같았다. 전에는 뿌옇게 날리는 먼지 속에서 그래도 적의 형체를 알아볼 수 있었다면, 지금은 형체마저 사라져 마치 사막에서 분다는 모래바람을 보는 기분이었다.

"이것은……?"

깜짝 놀란 이준성이 부하들에게 경고하려는 순간.

전선에 서 있던 흑표사단 소속 중대장이 먼저 고함을 질렀다.

"놈들이 돌파 공격을 해 올 거다! 모두 기병돌파에 대비하라!"

중대장이 한 말은 그가 하려던 경고와 거의 일치했다.

이준성은 피식 웃었다.

"그렇군. 내가 아는데 저들이라고 모를 리가 없지."

이준성은 다시 전선으로 내려가 적을 막을 준비에 들어갔다. 그는 원래 언월도처럼 적의 사지를 통째로 잘라 내는 무기를 즐겨 사용했다. 그러나 나이가 든 지금은 체력을 아끼기 위해 인디언이 쓰던 토마호크와 특수 제작한 전투용 낫을 사용했다. 토마호크는 쉽게 말해 전투용 도끼인데, 도끼 뒤에 날카로운 송곳이 달려 있어 그곳으로 찍으면 투구를 착용한 머리처럼 적의 단단한 부위에 구멍을 뚫을 수가 있었다.

그때였다.

콰아앙!

전선에 뛰어든 기병 수십 기가 철조망과 대기병 방책을 차례로 들이받으며 폭음이 울렸다. 물론 충돌한 기병 대부분은 말에서 떨어지거나 말에 탄 상태로 방책에 찔려 즉사를 면치 못했다. 그러나 어차피 그들은 자살특공대였다.

진짜 공격은 두 번째 돌파부터였다. 동료가 자기 목숨을 희생해 뚫어 놓은 방향으로 수십 기의 기병이 돌진해 들어왔다. 곧 여기저기서 기병과 보병 간의 치열한 전투가 벌어졌다.

이준성은 그를 찔러 오는 기병의 창을 피한 다음, 왼손의 낫으로 기병이 탄 군마의 무릎을 잘라 냈다. 다리가 잘린 군마가 울부짖으며 쓰러질 때, 그 위에 있던 기병이 뛰어내렸다.

이준성은 바닥을 뒹구는 기병을 오른발로 찍은 다음, 오른손에 쥔 토마호크 뒷부분을 기병의 눈 위에 박아 넣었다. 붉은 피와 허연 유리체가 한데 뭉쳐 그의 얼굴 위로 날아들었다.

이준성은 소매로 얼굴에 묻은 피를 닦으며 숨을 들이마셨다.

역시 그는 전장에 있을 때가 가장 기분 좋았다. 아마 사람들은 그런 그를 미친놈으로 여길 테지만, 이는 어쩔 수 없는 사실이었다. 이준성은 몸에 있는 모든 아드레날린이 폭죽처럼 터지는 것을 느끼며 두 번째 먹잇감을 향해 달려들었다.

독재자

9장. 압도적인 반격

　그때, 기병 하나가 철퇴로 이준성의 머리를 내리쳤다. 그러나 이준성은 놀랄 만큼 빠른 속도로 이를 피해낸 다음, 오른손에 쥔 토마호크로 기병의 두툼한 허벅지를 냅다 찍었다.

　"크억!"

　기병의 신음이 들리는 순간, 이준성은 토마호크를 쥔 손에 힘을 주어 기병을 안장 위에서 끌어내렸다. 그리고는 왼손에 쥔 낫으로 기병의 목을 감은 다음, 풀을 베듯 안으로 당겼다. 기병의 목에서 뜨거운 선혈이 용솟음치듯 뿜어졌다.

　이준성은 그런 식으로 기병 대여섯을 순식간에 해치웠다. 그를 호위하기 위해 참전한 경호실 요원들 역시 이준성처럼 토마호크와 낫으로 무장한 상태에서 적 기병을 상대했다.

마사카츠를 포함한 경호실 요원 100명은 말 그대로 전군 최강의 실력을 지닌 실력자들이었다. 그런 실력자의 손에 토마호크와 낫처럼 상대하기 까다로운 무기까지 쥐여 준 셈이라, 마치 양 우리에 뛰어든 늑대 무리를 지켜보는 심경이었다.

경호실 요원 반대편에서는 타치바나 무네시게가 지휘하는 흑룡대대 병사들이 적 기병을 솜씨 좋게 요리하는 중이었다.

흑룡대대는 애초에 자부심으로 똘똘 뭉친 부대였다. 더구나 지금은 수십 번이 넘는 혈전에서 살아남은 베테랑으로만 이루어져 있어 그 실력을 따라올 부대가 없었다. 실전을 밥 먹듯 경험한 덕에 누가 상대든 당황하는 법이 전혀 없는 그들은 대기병 전법을 써서 적 기병을 효율적으로 해치웠다. 그들이 사용하는 대기병 전법은 의외로 간단했다.

구겸창, 갈고리, 올가미와 같은 대기병용 무기로 군마의 머리나 다리를 제압해 기병을 밑으로 떨어트렸다. 그리고 군마를 제압하기 어려운 경우에는 아예 처음부터 군마에 탄 기병을 공격해 밑으로 끌어내렸다. 말에 탄 기병은 무섭지만, 말에서 떨어진 기병은 일반 보병이나 마찬가지였다. 적 기병은 흑룡대대의 대기병 전술에 맥을 추지 못했다.

특히, 타치바나 무네시게와 그가 데려온 타치바나 가문

가신 30여 명의 활약이 돋보였다. 그들은 수비를 거의 도외시한 상태에서 적 기병에게 악착같이 달려들어 숨통을 끊었다.

그들은 이준성이 보는 앞에서 실력을 어필할 생각으로 인정사정 봐주는 것 없이 처음부터 적을 아주 잔혹하게 처단했다.

비록 타치바나 가문의 장기가 화력전이라고는 하지만 칼과 창, 도끼로 하는 백병전 역시 그에 못지않은 위력이 있었다.

야인여진 연합군은 기세 좋게 중앙을 돌파해 들어왔지만, 벌집을 건드린 것처럼 사방에서 달려드는 이준성과 경호실, 흑룡대대의 반격에 정신을 차리지 못했다. 이준성 등은 그냥 벌이 아니라 사람을 쏘아 죽이는 말벌이나 마찬가지였다.

야인여진 연합군은 급히 중앙을 버리고 왼쪽 측면으로 돌아갔다. 그러나 그곳에는 원충서가 지휘하는 천마기동여단이 있었다. 천마기동여단의 반격에 호되게 당한 야인여진 연합군은 크게 돌아 이번엔 한국군 우측으로 돌진해 들어갔다.

그러나 그곳엔 하구로가 이끄는 비룡여단이 있었다. 비룡여단은 항왜가 8할에 가까운 부대였다. 말 그대로 백병전의 귀신만 모여 있는 부대라, 제 발로 사지에 들어간 셈이었다.

수만에 달하는 기병이 전선 앞에서 우왕좌왕하는 모습을 보며 속이 새카맣게 타들어 가던 야인여진 수뇌부가 마침내 보병 카드를 꺼냈다. 야인여진 연합군에서 그나마 제대로 된 보병 부대를 운영하는 울지한부족 보병 부대가 선봉을 맡은 상태에서 한국군 전선 중앙으로 물밀듯 밀려들었다.

이준성은 근처 연단 위로 올라가 중앙을 바라보았다. 덩치가 커다란 울지한부족 전사 수백 명이 도끼, 철퇴, 곤봉 등을 휘두르며 기병 시체가 널려 있는 전선 중앙을 넘어 들어왔다.

흑표사단 병사들은 급히 방패를 이용해 울지한부족 전사들이 휘두르는 둔기를 막아 보려 했지만, 효율이 크게 떨어졌다.

울지한부족 전사들의 힘이 워낙 좋아 사람과 방패가 통째로 날아갔다. 이준성은 울지한부족 전사들을 이대로 놔두면 다른 전선에 피해가 갈 것 같아 얼른 그쪽으로 몸을 날렸다.

이준성은 달려가며 고함을 질렀다.

"창과 같은 원거리 무기를 써라! 거리를 벌리며 싸워야 한다!"

이준성의 외침을 들은 흑표사단 병사들은 즉시 방패 대신에 창으로 울지한부족 전사들을 상대하기 시작했다. 다행히 창은 효과가 있어 울지한부족 전사들의 기세가 한풀 꺾였다.

현장에 도착한 이준성은 경호실과 흑룡대대에 명령을 내렸다.

"놈들을 병사가 아닌 군마로 생각하며 싸워라!"

이준성의 명령을 바로 이해한 경호실과 흑룡대대 병사들은 구겸창, 갈고리, 올가미와 같은 무기로 울지한부족 전사들을 괴롭혔다. 마치 미쳐 날뛰는 군마를 잡을 때처럼 구겸창에 달린 낫으로 울지한부족 전사의 발목을 집중적으로 노려 베어 갔다. 또 갈고리와 올가미로는 울지한부족 전사를 옭아맨 다음, 멀리서 창을 찔러 넣어 재빨리 숨통을 끊었다.

이준성 역시 전투에 다시 참여했는데, 그는 여전히 낫과 토마호크를 사용했다. 그때, 수염이 얼굴을 뒤덮은 거한 하나가 나무 벨 때 쓰는 도끼로 이준성의 정수리를 냅다 찍어 왔다.

아마 이준성이 나무였으면 순식간에 두 쪽이 나서 날아갔을 테지만 그는 나무가 아니었다. 그는 살아 움직이는 인간이었다. 복싱 스텝을 밟아 가볍게 피한 그가 옆을 보았다.

거한의 전력이 실린 커다란 도끼가 바닥으로 힘차게 떨어졌다. 한데 그 순간, 실소를 금치 못할 일이 일어났다. 거한이 도끼에 실려 있는 자기 힘을 제대로 감당하지 못한 탓에 크게 비틀거린 것이다. 고개를 절레절레 저은 이준성은 옆으로 돌아서며 토마호크 도끼날을 거한 옆구리에 쑤셔 박았다.

그가 토마호크를 뽑아내는 순간, 피와 살점이 후드득 쏟아졌다.

"으아악!"

괴성을 지른 거한이 도끼를 뒤집어 이준성 옆구리를 맹렬히 찍어 왔다. 덩치가 커서 그런지 쉽게 쓰러져 줄 기미가 없었다.

이준성은 낫과 토마호크를 교차시켜 앞으로 밀어 갔다.

카아앙!

도끼와 낫, 토마호크가 서로 부딪치며 불똥이 크게 튀었다. 거한은 전력이 담긴 자기 도끼를 손쉽게 막아 낸 이준성을 신기한 표정으로 쳐다보다가 도끼를 위로 번쩍 들어 올렸다.

그러나 이준성이 보기에는 별로 좋은 행동 같지 않았다. 그 바람에 가슴에 있는 거한의 급소가 통째로 드러나 버린 것이다.

이준성은 오른손에 쥔 토마호크를 앞으로 던졌다.

푹!

빙글빙글 돌며 허공을 가른 토마호크가 거한의 심장에 정확히 박혀 들었다. 거한이 걸친 가죽 갑옷으로는 질 좋은 강철로 제작된 토마호크의 날카로운 날을 막아 내지 못했다.

거한 역시 인간인지 심장에 토마호크가 꽂힌 후엔 통나무처럼 몸이 뻣뻣하게 굳었다. 그리고는 도끼를 들어 올린 자세에서 거목이 쓰러지듯 뒤로 넘어가며 쿵 하는 소리를 냈다.

이준성은 토마호크에 묻은 피와 내장 조각을 죽은 적의 몸에 닦으며 주위를 둘러보았다. 경호실, 흑룡대대, 흑표사단이 전선을 돌파해 들어온 울지한부족 전사들을 다시 몰아내는 중이었다. 울지한부족 전사들이 뒤로 밀리는 순간, 야인여진 수뇌부가 투입한 보병 카드 역시 실패로 돌아갈 수밖에 없어 전황은 순식간에 한국군 쪽으로 유리하게 흘러갔다.

이준성은 적이 이쯤에서 물러갈 거로 예상했다. 그리고 생각보다 큰 피해에 분노한 야인여진 수뇌부가 내일은 악에 받쳐 공격해 올 거로 예상했다. 그는 원래 야인여진이 모든 전력을 동원할 가능성이 큰 내일쯤 승부를 볼 계획이었다.

그러나 전쟁의 양상을 예측하는 것은 사람의 마음을 예측하는 것만큼이나 어려웠다. 아니, 사람의 마음을 예측하는 것보다 전쟁의 양상을 예측하는 게 더 어려울지 몰랐다. 전쟁에서 오고 가는 것 중에 가장 큰 것이 목숨이기 때문이었다. 인간이 살기 위해 무슨 짓을 저지를지는 신조차 몰랐다.

그때, 망루에 있던 관측 장교가 고함을 질렀다.

"적 기병 한 갈래가 갑자기 후퇴해 후방 쪽으로 돌아갑니다!"

이준성은 처음에 그 기병이 후퇴하는 것으로 생각했다. 그러면 그가 예상한 후퇴 시점과 정확히 일치했다. 한데 2, 3분 더 기다려 보았지만 다른 부대가 후퇴한다는 보고가 없었다.

"이상하군."

이준성은 급히 망루 위로 뛰어 올라가 전방을 관찰했다. 그러나 전장이 흙먼지에 뒤덮여있어 맨눈으로는 확인이 힘들었다. 그는 급히 인드라망 기능을 이용해 전장을 재빨리 훑었다.

맨 처음 후퇴한 기병은 찰랑합부족의 아탕개부대가 틀림없었다. 어젯밤에 강태봉이 은밀히 찾아와 호르기치의 꼬드김에 넘어간 아탕개가 두 세력이 정면으로 충돌할 때 은밀히 퇴각해 찰랑합을 암살하기로 마음먹었단 내용을 전했다.

그는 은호원이 포섭한 호르기치를 통해 아탕개에게 내일 벌어질 전투에서 반란을 일으키란 밀명을 내렸다. 한데 아탕개는 그게 오늘이라 착각해 찰랑합을 기습하러 간 것이다.

실제로 찰랑합이 있는 것으로 보이는 진채 안에서 두 세력이 사력을 다해 맞붙는 모습이 시야에 들어왔다. 처음에는 찰랑합의 세력이 진채 끄트머리까지 순식간에 밀려났다. 아군인 아탕개에게 기습당할 것이라곤 전혀 생각 못 한 듯했다.

그러나 몇 분 지나지 않아 상황이 180도 바뀌었다. 찰랑합의 지원 요청을 받은 노토와 울지한 두 족장이 병력을 급파해 세 방향에서 아탕개의 반란군을 역습해 들어간 것이다.

아탕개가 얼마나 더 버틸지는 알 수 없지만 아마 길진 않을 터였다. 내분 작전이 보기 좋게 실패로 돌아간 셈이었다.

이준성은 주먹으로 망루 난간을 후려쳤다.

"이런 병신 같은 새끼!"

아탕개가 너무 일찍 나서는 바람에 그가 준비한 계획에

차질이 빚어졌다. 그가 화를 내는 모습에 놀란 마사카츠와 타치바나 무네시게 등이 급히 한걸음 물러나며 머리를 조아렸다.

그때, 국왕이 망루에 나타나는 바람에 겁을 잔뜩 집어먹은 모습으로 한쪽에 찌그러져 있던 관측 장교가 더듬거리며 말했다.

"주, 주상전하. 저, 저쪽에…….."

이준성은 관측 장교가 가리키는 방향으로 고개를 돌렸다.

그 순간, 다수이펜강과 숲이 만나는 가장자리 부근에서 먼지가 뿌옇게 일면서 처음 보는 병력이 나타났다. 숫자는 아직 확실치 않지만, 최소 5~6,000에 달하는 것으로 보였다. 그리고 무엇보다 그 5~6,000명 전체가 기병이라는 점에서 약간 당황했다.

처음에는 야인여진 연합군이 숨겨 둔 복병이라 생각했다. 한데 인드라망을 이용해 살펴본 결과, 야인여진 측 복병이 아니었다. 새로 나타난 적은 야인여진과는 차림새가 약간 달랐다.

야인여진 기병은 가죽옷을 걸친 자가 많았는데 지금 나타난 기병은 갑옷과 마갑까지 제대로 장비한 진짜 기병이었다.

타치바나 무네시게가 눈가에 힘을 주며 중얼거렸다.

"아무래도 차림새가 야인여진 쪽 같지는 않군요."

이준성은 고개를 끄덕였다.

"눈이 좋군. 맞다. 저들은 야인여진이 아니야."

마사카츠가 놀라 물었다.

"그럼 제3의 세력이란 말이옵니까?"

"제3의 세력까지는 아니지. 우리가 예상했던 세력 중 하나니까."

이준성의 말대로 방금 나타난 적은 돌발 변수까지는 아니었다. 그보다는 그의 예상보다 일찍 나타난 변수에 가까웠다.

새로 나타난 적의 정체는 바로 건주여진이었다.

이준성은 건주여진 기병 부대가 맨 앞에 내세운 깃발의 형태를 재빨리 확인했다. 남색 비단에 용을 수놓은 깃발이었다.

"슈르하치로군."

슈르하치는 누르하치의 동복동생으로 건주여진의 절대적인 이인자였다. 사실, 현재의 건주여진은 누르하치와 슈르하치 두 형제가 나눠 통치한다고 해도 과언이 아닌 상황이었다. 한데 그런 슈르하치가 나자구에 모습을 드러낸 것이다.

그때, 권응수가 망루 쪽으로 헐레벌떡 뛰어와 소리쳤다.

"은호원장이 조금 전에 건주여진이 야인여진을 지원할 목적으로 기병 수천 기를 파견했다는 정보를 보내왔사옵니다!"

이준성은 피식 웃었다.

"강태봉이 혼쭐이 좀 나야겠군."

슈르하치가 이미 전장에 등장한 상태에서 뒤늦게 가져온 정보는 당연히 별 쓸모가 없었다. 이는 은호원의 실책이었다.

비서실장 강주봉은 비난을 들은 형제를 두둔하고 싶어 하는 눈치였다. 그러나 그들이 형제이기 때문에 더 나설 수가 없었다. 여기서 강태봉을 감싸다간 형제끼리 파벌을 만든단 비난을 피하지 못했다. 이준성이 끔찍하게 싫어하는 것 중 하나가 파벌이기 때문에 이는 섶이 아니라 다이너마이트를 등에 짊어지고 불 속에 뛰어드는 행위와 다름없었다.

그때, 타치바나 무네시게가 앞으로 나와 말했다.

"소장이 일전에 건주여진은 해서여진, 명나라와 전쟁을 치르는 중이라 이쪽으론 병력을 보낼 여유가 없을 거란 정보를 들었습니다. 아마 은호원 역시 전혀 예상치 못한 움직임이었을 겁니다. 특히 전원 기병으로 구성된 기병 부대의 움직임이라면 사람보다 훨씬 빠를 것이기에 이 일로 은호원장을 처벌하시는 것은 과한 처사가 아닐까 생각합니다."

이준성은 팩 돌아서서 타치바나 무네시게를 노려봤다.

"그대는 다 좋은데 머리를 너무 쓰는 경향이 있어."

타치바나 무네시게가 약간 당황한 표정으로 물었다.

"무슨 말씀이시온지······."

"내가 조금 전에 강태봉을 혼쭐내야 한단 말을 했을 때, 비서실장 강주봉이 형제를 감싸려다가 그만두는 모습을 봤을 거야. 그때, 자네는 이참에 정부 요직에 있는 강주봉의 환심을 사 볼 목적으로 그를 대신해 변명하는 말을 한 모양인데, 애초에 그럴 필요가 없단 거야. 난 오로지 그 사람이 가진 실력만 보는 사람이니까. 누가 천거해 줘서, 누가 뒤를 밀어줘서, 누가 누구의 가족이라서는 내게 전혀 중요하지 않단 뜻이야. 내가 만든 한국은 실력이 없으면 도태되고 실력이 좋으면 점점 더 좋은 자리로 갈 수 있는 적자생존의 세계니까 인맥을 만들기보다는 실력을 더 키우는 데 집중해."

타치바나 무네시게가 약간 겸연쩍은 표정으로 대답했다.

"황송하옵니다."

사과를 받아들인 이준성은 돌아서서 슈르하치의 움직임을 살폈다. 슈르하치는 전장을 살펴본 후에 천마기동여단이 있는 좌측 끝을 찔렀다. 옆에서부터 찔러 들어올 속셈이었다.

그때, 망루 위로 올라온 권웅수가 물었다.

"건주여진 놈들은 어떻게 처리하시겠사옵니까?"

"돌아가는 상황이 개판인데 나라고 별수 있겠소? 각 부대에 명령을 내려 지금부터 화기를 사용하라 하시오. 또한 천궁포병여단장에게 일전에 말한 대로 포격하여 퇴로부터 끊으라 하시오. 그다음에 전 병력을 앞으로 전개할 것이오."

"예, 전하!"

습관대로 군례를 취하려다가 얼른 다시 일어나서 경례를

올린 권웅수가 밑으로 거의 몸을 날리다시피 하여 내려갔다.

잠시 후, 이미 방진을 마친 천궁포병여단 소속 진천 1호 200여 문이 마침내 긴 잠에서 깨어나 첫 포탄을 쏘아 올렸다.

진천 1호 200여 문이 일제히 발사한 초탄 200여 발이 마치 폭죽이 터지듯 사방으로 쏘아져 갔다. 그리곤 나자구를 에워싼 울창한 나무숲에 떨어지며 사방으로 불꽃을 뿜어냈다.

콰콰콰쾅!

충격신관이 달린 유성 3호가 폭발할 때마다 불길에 휩싸인 나무가 굉음을 내며 사방으로 쓰러졌다. 천궁포병여단 병사들이 평소에 훈련한 대로 연속 포격을 세 차례 가했을 때, 나자구를 둘러싼 숲이 온통 화염에 휩싸였다. 마치 불꽃으로 만든 링이 나자구 평야를 에워싼 것 같은 모습이었다.

물론 그 링에 올라 맞서 싸울 선수는 마침내 제 실력을 드러내려 하는 한국군과 야인여진, 건주여진 연합 세력이었다. 다수이펜강의 강물과 불꽃으로 만든 링 덕에 두 선수 중 하나가 끝장나기 전엔 끝나지 않을 승부의 막이 오른 것이다.

이준성은 천궁포병여단이 포격하는 포성을 들으며 망루를 내려왔다. 망루 밑에서는 눈치 빠른 부관 이시백이 마룡과 함께 그가 내려오길 기다리는 중이었다. 그 모습을 본 마사카츠와 타치바나 무네시게 역시 경례를 절도 있게 올려붙인 다음, 부하들을 준비시키기 위해 서둘러 걸음을 옮겼다.

이준성은 이시백의 도움을 받아 마갑을 씌워 놓은 마룡 위에 재빨리 올라탔다. 화약 냄새를 맡은 마룡은 콧김을 기차 화통처럼 내뿜으며 앞다리로 죄 없는 바닥을 마구 긁었다.

이준성은 흥분한 마룡의 갈기를 쓰다듬으며 중얼거렸다.

"사람이 등에 타면 싫어하는 건 아버지 흑왕과 닮지 않았지만, 전투를 앞두고 흥분하는 것은 제 아비를 빼다 박았군."

이준성은 주위를 둘러보며 안장에 무기가 제대로 실려 있는지 확인했다. 먼저 안장 앞에는 권총집이 달린 탄띠가 놓여 있었다. 이준성은 탄띠를 꺼내 허리에 착용했다. 버클로 길이를 조절해 잠그는 방식의 탄띠여서 착용이 아주 간편했다.

탄띠는 무게가 상당히 나가는 편이었다. 부착하는 장구류가 많기 때문이었다. 먼저 탄띠 오른쪽 옆에는 소가죽으로 제작한 버튼형 권총집을, 그리고 그 반대편인 왼쪽 옆에는 케이바, 즉 군에서 쓰는 강철 나이프가 든 칼집을 달았다.

딸칵!

가장 먼저 버튼을 눌러 권총집을 연 이준성은 권총집 안에 들어 있는 연뢰총을 꺼내 그립을 오른손으로 꽉 쥐어 보았다.

연뢰총은 소뢰전 다섯 발을 장전해 발사하는 리볼버 형태의 권총이었다. 이준성은 손에 힘을 주어 나무로 만든 연뢰총의 그립을 느껴 보았다. 다른 장병이 쓰는 연뢰총 그립은 밤나무나 감나무, 박달나무처럼 단단한 목재에 옻칠하여 제작했다. 그러나 이준성이 쓰는 연뢰총은 임금이 쓰는 권총이기 때문에 아주 비싼 마호가니로 그립을 만들었다. 덕분에 마호가니 특유의 짙은 나무색이 은색 광채를 발산하는 강철 총신과 조화를 이루며 고풍스러운 분위기를 자아냈다.

또한 한국 최고의 소목 장인들이 마호가니로 만든 그립 위에 용과 봉황이 뒤엉켜 노는 모습을 정밀하게 음각해 사람을 죽이는 무기라기보단 하나의 훌륭한 예술품에 더 가까웠다.

딸각!

이준성은 총신에 달린 버튼을 눌러 연뢰총 가운데를 떼어 냈다. 즉, 탄환을 장전하는 실린더가 밖으로 나오도록 만들었다.

원래 리볼버를 장전하는 방법은 크게 두 가지였다. 하나는 이준성이 방금 한 것처럼 가운데를 연 다음, 실린더가 하늘을 보게 만들어 탄환을 장전하는 탑 브레이크 방식이었다. 그리고 두 번째는 실린더를 옆으로 튀어나오게 해서 장전하는 스윙아웃 방식이었다. 물론 스윙아웃 방식이 훨씬 진화한 형태였다. 총 가운데를 꺾어 장전하는 탑 브레이크는 일단 내구성이 떨어졌다. 총이 사실상 두 부분으로 나뉘어 있는 형태이기 때문에 탄환을 쏠수록 열었다가 닫았다가 하는 부분이 약해져 결국 총 전체에 이상이 생기곤 하였다.

반면 실린더를 옆으로 빼내 장전하면 끝나는 스윙아웃은 내구성이 훨씬 강해 많이 쏜다고 총이 부서질 위험이 없었다.

하지만 한국이 현재 보유한 기술력으로는 스윙아웃 방식을 써서 몇천 정에 달하는 권총을 양산하기가 힘들었다. 그래서 이준성은 스윙아웃 대신에 탑 브레이크 방식을 도입했다.

탑 브레이크 방식으로 실린더를 연 다음에는 탄띠 오른쪽 앞에 달린 탄환 주머니에서 소뇌전 다섯 발을 꺼내 실린더에 있는 구멍 다섯 개에 일일이 집어넣었다. 다 집어넣은 다음에는 실린더를 원래대로 조립해서 권총집에 밀어 넣었다.

이준성이 두 번째로 살펴본 무기는 뇌섬총이었다. 뇌섬총은 강선이 뚫려 있는 후장식 강선총으로 독일 마우저사의 게베어 1871을 모델로 개발했으며 작동 방식은 볼트액션이었다.

철컥!

뇌섬총의 볼트를 뒤로 당겨 약실을 연 이준성은 탄띠 왼쪽 주머니에 든 뇌전 한 발을 꺼내 장전했다. 그리곤 볼트를 앞으로 민 상태에서 오른쪽 옆으로 젖혀 장전을 모두 마쳤다.

장전을 마친 뇌섬총은 멜빵끈을 이용해 등에 착용했다. 물론 총구가 하늘을 향하도록 착용했다. 총구가 밑으로 향하게 착용하면 격발 사고로 말이나 부하가 다칠 위험이 있었다.

이렇듯 탄띠 옆에는 연뢰총을 보관하는 권총집과 칼집이, 앞에는 뇌전과 소뇌전 수십 발을 보관하는 탄환 주머니가 달려 있었다. 또 뒤에는 접어 보관하는 야전삽과 물이 든 수통, 비가 올 때 꺼내 입는 기름 먹인 우의 등이 달려 있었다. 그런 이유로 탄띠의 무게가 거의 10킬로그램에 육박했다.

마지막으로 방탄조끼 고리에 막대형 수류탄 천뢰 5호 네 발을 건 이준성은 기병이 쓰는 짧은 칼을 휴대한 상태에서 마룡의 배를 걷어차 우측을 지키는 비룡여단에 합류했다.

비룡여단 뒤엔 준비를 재빨리 마친 경호실과 흑룡대대 기병이 군마에 탄 상태로 이준성이 도착하길 기다리는 중이었다.

마사카츠, 타치바나 무네시게와 시선을 맞추며 고개를 끄덕인 이준성은 비룡여단 옆으로 돌아가 전선 한 축을 맡았다.

한편, 그사이 후방에 있는 천궁포병여단 포병은 벌써 여섯 번째 유성 3호를 나자구를 둘러싼 나무숲 쪽으로 발사한 상태였다. 진천 1호 200문이 유성 3호를 최소 여섯 발 발사했단 뜻은 1,200발이 넘는 유성 3호가 짧은 시간 안에 나자구를 둘러싼 나무숲 위에 떨어졌다는 말을 의미했다.

콰콰콰쾅!

유성 3호가 나무숲에 떨어질 때마다 폭발음이 고막을 쾅쾅 울려 댔다. 그리고는 포격에 박살 난 나무들이 화염에 휩싸여 사방으로 나둥그러지는 바람에 셀 수 없을 정도로 많은 불똥이 밤하늘 은하수처럼 하늘 한편을 아름답게 물들였다.

노토, 찰랑합, 울지한 등 야인여진을 이끄는 세 족장은 물론이거니와 지원 요청을 받고 달려온 건주여진의 슈르하치 기병 부대 역시 갑작스러운 변고에 놀라 잠시 공세를 멈추었다.

피융!

포탄이 긴 꼬리를 만들며 머리 위를 지나는 순간, 그들의 퇴로가 있는 나무숲 곳곳에서 불기둥이 연기와 함께 치솟았다.

화포 공격에 익숙지 않은 울지한과 찰랑합은 당연히 기겁했다. 심지어 국경을 약탈할 때 조선군이 발사하는 화포를 직접 상대해 본 경험이 있는 노토조차 아연실색할 수밖에 없었다. 그가 상대한 조선군의 화포는 쇳덩어리를 발사했다.

조선군이 화포로 쏜 철환에 말이나 사람이 맞으면 고깃덩이로 변하긴 하지만 지금처럼 불꽃을 쏟아내며 폭발하진 않았다.

슈르하치 또한 갑작스러운 화포 공격에 놀라긴 매한가지였다. 그는 조선군이 쏘는 화포보다 훨씬 진보한 화포를 쏘는 명군을 상대해 본 경험이 많았다. 그러나 명군이 가진 그 어떤 화포도 지금처럼 폭발하는 포탄을 날려 보내지는 못했다. 말 그대로 슈르하치가 가진 상식을 벗어나는 순간이었다.

그러나 슈르하치를 진짜 기겁하게 만든 건 한국군이 쏴 대는 신형 포탄이 아니었다. 그가 진짜 두렵다고 느낀 건 포탄이 날아가는 방향에 있었다. 한국군 포병이 신형 포탄을 그들 머리 위에 쏟아부었다면 놀라긴 마찬가지였을 테지만 지금처럼 간담이 서늘해질 정도로 놀라지는 않았을 것이다.

그들은 기병이었다. 거리를 좁히거나 아예 거리를 벌려 포탄을 피할 수 있었다. 그리곤 삼십육계 줄행랑을 놓으면 한국군의 추적을 피할 자신이 있었다. 한국군이 가진 신형 포탄을 상대하는 방법을 모색하는 건 도망친 후에 해도 늦지 않았다. 한데 한국군은 발상 자체가 아예 달랐다.

한국군은 그 신형 포탄을 그들의 머리 위에 떨어트리는 게 아니라, 그들이 퇴로라 생각하는 나무숲에 떨어트렸다. 즉, 퇴로를 차단해 서로가 배수진의 형태를 띠도록 강제한 것이다.

한국군은 다수이펜강의 깊은 강물에, 야인여진, 건주여진 연합 세력은 불타는 나무숲에 막혀 도망칠 방법이 없어졌다.

다시 말해 서로 퇴로를 차단한 상태에서 진검승부를 하잔 의미였다. 슈르하치는 등골에 서늘한 바람이 이는 것을 느꼈다. 웬만한 자신감이 아니면 하기 힘든 선택이기 때문이었다.

둘 중 하나가 전멸할 때까지 싸우자는 것은 전력이 우세한 쪽 역시 쉽게 하기 힘든 판단이었다. 상대편을 전멸시키려면 본인 역시 그만큼의 손해를 감수해야 하기 때문이었다. 그게 아니라면 한국군에게 손해를 거의 보지 않은 상태에서 야인여진, 건주여진 연합 세력을 압도할 비책이 있다는 의미였다. 슈르하치의 생각이 거기까지 미쳤을 때였다.

마침내 한국군이 전쟁을 시작한 이래 처음으로 앞으로 나왔다.

이준성은 마룡의 배를 걷어차 앞으로 튀어 나갔다. 그 순간 이때만을 기다렸다는 듯 오른쪽에선 비룡여단이, 왼쪽에서는 천마기동여단이 질풍처럼 전방의 적을 향해 돌진했다.

비룡여단과 천마기동여단이 움직이는 순간, 중앙에 있는 흑표, 백랑, 금강, 자유, 화웅 다섯 사단 역시 앞으로 진격했다. 그들은 기병처럼 행동이 빠르지는 않았지만 한 걸음, 한 걸음 착실하게 전진하며 앞에 있는 적을 철저히 분쇄해 나갔다.

가장 먼저 달려 나간 이준성은 즉시 탄띠에 있는 권총집에서 연뢰총을 뽑아 오른손에 쥔 다음, 엄지손가락으로 해머를 당겨 고정했다. 흔히 말하는 코킹 동작이었다. 그런 다음에 한국군의 갑작스러운 돌격에 놀라 멍하니 서 있던 야인여진 기병의 얼굴에 연뢰총을 겨눈 다음, 방아쇠를 당겼다.

탕!

연뢰총의 실린더가 돌아가는 순간, 총성과 함께 총구가 위로 들렸다. 그는 급히 그가 조준한 기병의 얼굴을 확인했다.

기병은 3, 4미터에 불과한 짧은 거리에서 날아든 소뇌전에 입을 정통으로 맞는 바람에 부러진 이 조각과 핏덩이를 토해 내며 말 위에서 낙마했다. 소뇌전이 뇌전보다 저지력이 좀 떨어지긴 하지만 3, 4미터 거리에서는 큰 차이가 없었다.

밑으로 떨어진 기병은 뒤통수에서 피와 뇌수를 쏟아 내며 즉사했다. 이준성은 마룡의 속도를 늦추며 같은 동작을 반복했다. 주위에 적 기병이 보이는 순간, 엄지로 연뢰총의 해머를 코킹한 다음, 총구를 적의 가슴이나 얼굴에 조준해 쏘았다.

그는 연뢰총에 들어 있는 소뇌전 다섯 발로 적 기병 두 명을 즉사시켰고 두 명은 말 위에서 떨어지도록 만들었다. 그러나 한 발은 불발이 나는 바람에 탄두가 앞으로 나가지 않았다.

연뢰총을 권총집에 집어넣은 이준성은 탄띠에 찬 칼을 꺼내 적 기병을 베어 갔다. 그가 사용하는 칼은 기병이 휘두르기 쉽게 만들어진 기병용 칼로 기존 칼보다는 도신이 약간 짧았다. 그러나 무게 중심이 아주 잘 잡혀 있기 때문에 제대로 휘두르면 짧은 칼날로 적에게 치명상을 입힐 수 있었다.

이준성이 적 기병 세 명을 쓰러트린 후에 잠시 숨을 고를 때였다. 그를 따라온 경호실과 흑룡대대 기병 1,000여 명이 그가 한 대로 연뢰총을 쏘며 적진을 갈랐다. 연뢰총의 다소 날카로운 총성이 마치 콩을 볶을 때처럼 쉼 없이 울렸다.

뒤이어 하구로가 직접 이끄는 비룡여단 병사 6,000여 명이 뇌섬총으로 사격하며 진격해 적 전체를 왼쪽으로 몰아붙였다.

적 기병은 비처럼 날아드는 뇌섬총의 탄환에 속절없이 무너져 내렸다. 한국군이 기존에 쓰던 뇌우 1호는 1분에 서너 발을 쏘기가 힘들었다. 그러나 금속 탄피로 만든 뇌전을 탄환으로 사용하는 뇌섬총은 1분에 예닐곱 발을 쏠 수 있었다.

뇌우 1호는 총구에 화약과 탄환을 먼저 장전한 다음, 니들에 퍼커션을 부착해야 발사할 수 있었다. 그러나 뇌섬총은 후장식이기 때문에 총구를 통해 화약과 탄환을 장전할 필요가 없었다. 또한 퍼커션, 화약, 탄두가 모두 들어 있는 일체형 금속 탄피를 사용하기 때문에 장전이 복잡하지 않았다.

그저 뇌섬총에 달린 볼트를 뒤로 젖혀 약실을 개방한 다음, 허리에 찬 탄띠의 탄환 주머니에서 뇌전을 꺼내 열린 약실에 밀어 넣는 것으로 장전은 모두 끝났다. 또 뇌전을 열어둔 약실에 밀어 넣은 상태에서 볼트를 앞으로 밀었다가 다시 오른쪽으로 내려 젖히면 바로 적에게 쏠 수 있었다.

거기다가 비룡여단이 보유한 뇌섬총 숫자가 2,000정이 넘었기 때문에 당하는 처지에선 탄환으로 만든 비가 쏟아지는 것과 같은 느낌이었다. 적 기병은 앞에서부터 마치 도미노가 무너지듯 쓰러졌다. 물론 개중에 용감한 기병 몇 명은 쏟아지는 탄환을 두려워 않고 달려들어 공격을 시도했다.

그러나 자살이나 다름없는 돌격조차 효과가 그리 크지 않았다. 사수의 호위를 맡은 보병이 찌른 장창이 그 즉시 날아들었기 때문이었다. 결국, 수만에 달하는 야인여진 연합군은 비룡여단에게 쫓겨 나자구 왼쪽으로 밀려나기 시작했다.

비룡여단이 적 수만 명을 시종일관 몰아붙여 준 덕분에 적과 적 진채 사이에 커다란 구멍이 뚫렸다. 그 모습이 이준성의 눈에는 마치 천국으로 가는 계단이 생긴 것처럼 보였다.

그는 주저 없이 마룡의 속도를 높여 노토, 찰랑합, 울지한이 있는 적 진채를 향해 맹렬히 돌진해 들어갔다. 진채를 지키던 적 또한 적진 오른쪽에서 갈라져 나온 일단의 부대가 그들이 있는 진채로 돌격해 온다는 사실을 금세 파악한 것인지 곧장 화살을 발사해 그들을 저지하려 하였다. 물론 가장 선두에 있는 이준성을 향해 날아오는 화살이 가장 많았다.

이준성은 급히 마갑을 씌운 마룡 뒤에 상체를 숙여 화살을 피했다. 그러나 화살이 워낙 많아 다 피하긴 어려웠다. 더구나 그의 덩치가 워낙 커 마룡으로는 엄폐가 힘들었다.

그때였다.

"속도를 늦추시옵소서! 경호실이 왔사옵니다!"

뒤에서 마사카츠가 목청이 터지라 외치는 소리가 들렸다. 그는 즉시 마룡의 속도를 늦추며 호위 부대가 오길 기다렸다.

잠시 후, 마사카츠가 지휘하는 경호실과 타치바나 무네시게가 이끄는 흑룡대대가 속도를 높여 이준성 주위를 에워쌌다.

부하들이 화살을 나눠 맞아 준 덕에 이준성은 큰 피해 없이 적 진채를 향해 돌격할 수 있었다. 적 진채와의 거리가 30미터쯤 남았을 때였다. 적이 투창 공격을 해 왔다. 창은 마갑을 관통할 수 있어 순식간에 수십 명이 넘는 아군 기병이 바닥을 굴렀다. 그러나 이준성은 속도를 줄이지 않았다. 여기서 속도를 줄이면 그건 적의 의도대로 될 뿐이었다.

　그나마 다행은 적이 대기병 방책을 세워 두지 않았단 점이었다. 아마 한국군이 기병으로 돌격해 올 것을 예상하지 못한 듯했다. 그게 아니면 한국군 기병 따윈 그들이 자랑하는 기병으로 충분히 요격할 수 있다고 자신한 모양이었다.

　이준성은 당황한 적의 얼굴이 보이는 순간, 마룡의 배를 힘껏 걷어찼다. 마룡은 누가 자기 배를 세게 차는 바람에 화가 나 그런 건지, 아니면 이준성의 명령을 제대로 수행하기 위해 그런 건지 알 수는 없지만, 어쨌든 스프링처럼 펄쩍 뛰어올라 적이 서 있는 전선을 순식간에 뛰어넘었다.

　이준성은 마룡의 앞다리가 땅에 닿는 순간, 수중의 칼을 사방으로 휘둘러 갔다. 근처에 있던 적들이 피를 뿌리며 나가떨어졌다. 그는 부하들의 진입을 막는 중인 적에게 달려가 그들의 등에 칼질한 다음, 다시 기수를 돌려 정면을 보았다.

　사방에서 적이 쏟아져 들어왔지만 유독 한군데만은 그들을 향해 다가오는 게 아니라 점점 뒤로 물러나는 중이었다.

　이준성은 싸늘한 미소를 지었다.

"거기 있었군."

이준성은 뒤로 물러나는 적 속으로 폭풍처럼 질주해 들어
갔다.

〈8권에 계속〉

이 계로 간 초능력 차

FUSION FANTASY STORY

세계가 극찬하는 최고의 마술사 이강현.
그리고 그만이 가지고 있는 또 다른 직함

'인류 최초의 초능력자'

남부러울 것 없이 살아가던 그가
불의의 사고로 죽음을 맞이한 순간,
마법의 세계에서 새로운 삶을 맞이한다!

이계에서도 최고가 되어 보이겠다!
신아 선택한 재능러 이강현의 이계 정